Francis Durbridge

Schöne Grüße von Mister Brix

(Kind Regards from Mister Brix)

mit einem Vor- und Nachwort von
Dr. Georg Pagitz

– Williams & Whiting –

Coverdesign: Timo Schröder

ISBN 9781912582761

Williams & Whiting (Publishers)
15 Chestnut Grove, Hurstpierpoint,
West Sussex, BN6 9SS, England

INHALT

Gregory – Rossiter – Brix:
Drei Namen, ein und derselbe Fall

VORWORT
von Dr. Georg Pagitz

Schöne Grüße von Brix liegt hier erstmals als Buch vor. Der Roman erschien 1962 als dreizehnteiliger Fortsetzungskrimi in der *Bild und Funk* (Ausgabe 17/1962 bis Ausgabe 29/1962) und wurde groß angekündigt und beworben, zumal Francis Durbridge nur kurz davor, im Januar 1962, mit seinem legendären TV-Sechsteiler *Das Halstuch* die Straßen leergefegt hatte. Damit hatte er das komplette abendliche Kultur-, Vereins- und Sportleben zum Erliegen gebracht, weil das Publikum Abend für Abend – drei Mal die Woche – vor dem Fernseher saß, um die Ermittlungen von Inspektor Harry Yates (gespielt von Heinz Drache) mitzuverfolgen. Die 89% Einschaltquote dieses »TV-Events«, wie man es heute wohl bezeichnen würde, sind legendär, wurden allerdings ein Jahr später noch durch die letzte Folge von *Tim Frazer* mit 93% getoppt. Ebenso legendär ist der Verrat des Kabarettisten Wolfgang Neuss, der vor Ausstrahlung der letzten Folge per Zeitungsinserat den Täter verriet.

All das sorgte dafür, das in den deutschsprachigen Ländern eine wahre »Durbridge-Manie« herrschte. Gierig wartete man auf neue Stoffe des britischen Autors, der durch seine Paul-Temple-Radioserien bereits zu großem Ruhm gelangt war.

Eilig versuchten alle Medien, an neue Durbridge-

Stoffe zu kommen, nicht nur das Radio und das Fernsehen. Einem deutschen Theaterproduzenten gelang es, Durbridge ein Theaterstück abzukaufen: *Wettlauf mit der Uhr* hieß es zunächst, lief in mehreren deutschen Städten und wurde 1968 in einer überarbeiteten Form unter Hans Schweikarts Regie mit Albert Lieven, Horst Tappert und Ingrid van Bergen unter dem Titel *Ein lückenloses Alibi* am Berliner Hebbel-Theater mit großem Erfolg aufgeführt. Auf der anderen Seite erschienen nun auch diverse Paul-Temple-Comics in der BRD und einer Filmproduktionsfirma verkaufte Durbridge ein Drehbuch für einen Kinofilm. Der Titel dazu lautete *Step in the Dark...* (erschien in dieser Buchreihe bereits unter dem Titel *Schritt ins Dunkel*). Letztlich übernahm man aber nur einige Namen aus der Geschichte und produzierte – Durbridges Namen weiter benutzend – den mittelmäßigen Film *Piccadilly null Uhr zwölf,* der nichts mehr mit dem Originaldrehbuch von Durbridge, das voller Wendungen und Twists war, zu tun hatte.

Auch die Zeitschriftenverlage rissen sich um Durbridge: Der *Bild und Funk* gelang es schließlich, den in diesem Buch enthaltenen Roman zu erwerben.

Die Titelseite der Ausgabe Nummer 17, die Ende April 1962 erschien, ziert Margot Trooger, die in *Das Halstuch* die weibliche Hauptrolle gespielt hatte. *Bild und Funk* titelte in gelben Lettern: »Halstuch-Autor Francis Durbridge schrieb den spannenden BILD UND FUNK-Roman *Schöne Grüße von Mister Brix.*« Unter Margot Troogers Bild stand in kleinen Lettern: »Auch in seinem neuen Roman, den BILD UND FUNK veröffentlicht, steht eine blonde Schöne im Mittelpunkt des Geschehens. Ist sie die Täterin? Oder wer ist dieser geheimnisvolle Mister Brix?«

Auf Seite 2 und 3 derselben Ausgabe erschien ein Artikel mit dem Titel »Schöne Grüße von Mister Durbridge«, in dem der Autor und dessen Arbeitsmethoden vorgestellt wurden. Außerdem verwies man mittels Szenenaufnahmen aus den TV-Mehrteilern *Der Andere* (1959), *Es ist soweit* (1960) und *Das Halstuch* (1961) auf die Erfolge des Briten, von dem in dem Artikel geschrieben wurde, dass er auf dem besten Wege sei, sich neben Arthur Conan Doyle, Agatha Christie und Edgar Wallace in eine Reihe der führenden englischen Kriminalautoren einzureihen.

Jede Episode wurde mit einer Zusammenfassung eröffnet und enthielt wunderschöne Illustrationen, die von dem bekannten Maler und Werbegrafiker Theo Bleser angefertigt worden waren. Dieser war unter anderem auch für viele Filmplakate der damaligen Zeit verantwortlich gewesen.

Doch zurück zum Roman: Was 1962 wohl niemand wusste, war, dass der Meister der feindosierten Spannung der *Bild und Funk* eine alte Geschichte verkauft hatte. Durbridge war ein Meister des Recycelns und brachte bereits für Radio oder Fernsehen verwendete Stoffe in Zweitverwertung auch als Roman heraus. Häufig änderte er dabei auch die Figurennamen und manche Handlungsstränge im Plot.

Dies geschah auch bei seinem beliebten und erfolgreichen Hörspiel *Paul Temple and the Gregory Affair* aus dem Jahre 1946, das in zehn Teilen produziert und auch in viele andere Sprachen übersetzt wurde, unter anderem auch auf Deutsch. Mit *Paul Temple und die Affaire Gregory*, dessen Aufnahmen aus dem Winter 1949/1950 (im Gegensatz zu den Originalskripten) verschollen sind, wurde die Figur des beliebten schreibenden Detektivs im deutschen Sprachraum eingeführt – damals bereits mit der beliebten sonoren Stimme von René Deltgen in der Hauptrolle.

Im Jahr 1951 brachte Durbridge diese Geschichte

als Roman auf den Markt (Verlag John Long). Original-titel: *Design for Murder*. Darin gab es einige Änderungen, vor allem was die Figurennamen betrifft. Der Autor eliminiert Paul Temple, Steve, Diener Charlie, Sir Graham und Inspektor Vosper aus der Geschichte und setzt an ihre Stelle Lionel und Sally Wyatt, deren Diener Fred Porter, Sir James Perivale von Scotland Yard und Chefinspektor Lathom. Ist im Originalhörspiel noch Mr. Gregory der unbekannte Hintermann, so jagen die nunmehr pensionierten Polizisten Lionel und Sally den mysteriösen Mr. Rossiter. Der Roman hält sich über sehr weite Strecken an die Handlung des Originalhörspiels und hat an vielen Stellen sogar wortgleiche Dialoge. In der Übersetzung von Peter Th. Clemens erscheint das Buch unter dem Titel *Mr. Rossiter empfiehlt sich* im Jahr 1962 im Heyne-Verlag auch auf Deutsch. Kurz zuvor bringt die *Bild und Funk* allerdings den hier vorliegenden Roman in dreizehn Fortsetzungen in die Kioske. Kuriosum: Es ist – inhaltlich gesehen – die gleiche Geschichte wie bei Gregory und Rossiter, nur benennt Durbridge erneut alle Figuren um, ändert ein paar Details und gibt dem Bösewicht nun den Namen Brix.

Francis Durbridge war ein großer Perfektionist, der mit keiner seiner Arbeiten jemals abgeschlossen hatte und ständig daran feilte. Immer dann, wenn es die Möglichkeit ergab, eine überarbeitete Fassung herauszubringen, nahm er diese wahr.

So ist es auch kein Wunder, dass wir beispielsweise von Temples erstem Abenteuer *Send for Paul Temple* (1938, in Romanform als *Paul Temple und der Fall Max Lorraine* 2021 in meiner Übersetzung bei Pidax erschienen) später eine überarbeitete Romanfassung unter dem Titel *Beware of Johnny Washington* (1951) mit neuen Figurennamen erhalten, die Durbridge nochmals unter dem Titel *One Man to Another* (ohne Jahreszahl, bis dato unveröffentlicht) überarbeitet – und dabei wieder alle Namen und Orte ändert. Aber dies ist nur ein Beispiel von vielen.

Doch kommen wir zu *Schöne Grüße von Mister Brix* zurück: Den Durbridge- und vor allem den Paul-Temple-Fans ist es dank dieses Romans nun endlich möglich, den Temple-Fall *Gregory* komplett zu erleben. Der Roman hält sich im Großen und Ganzen fast Szene für Szene an das Originalhörspiel. Man muss sich statt den Grants nur die Temples vorstellen – und schon ist man mittendrin in einem der spannendsten Fälle des schreibenden Detektivs!

Im Nachwort zu diesem Roman finden Sie eine Übersicht, wie die einzelnen Figuren im *Gregory*-Fall hießen und wie Durbridge ihre Äquivalente in den Romanen *Mr. Rossiter empfiehlt sich* und *Schöne Grüße von Mister Brix* benannte. Außerdem gehe ich dort auch auf die verschiedenen Auswertungen des Stoffs in anderen Ländern ein und auf die Besetzungen der Rollen in den Hörspielen.

Nun aber spannende Lektüre bei einem sechzig Jahre nicht zugänglichen Francis-Durbridge-Roman, der alle Durbridge-Zutaten aufweist und es daher im wahrsten Sinne des Wortes wirklich in sich hat.

Abschließend möchte ich mich ausdrücklich und herzlich bei Jakob Oberdacher bedanken, der es durch seine umfangreiche Zeitschriftensammlung ermöglicht hat, dieses Juwel zunächst in digitale Form und dann auf Papier zu bringen!

Dr. Georg Pagitz, Januar 2022

Francis Durbridge
SCHÖNE GRÜSSE VON MISTER BRIX

Die handelnden Figuren:

Richard Grant	ehemaliger Inspektor bei Scotland Yard
Margret Grant	seine Ehefrau
Sir James Perival	stellvertretender Sonderbevollmächtigter bei Scotland Yard
Chefinspektor Clark	Polizeibeamter
Fred Porter	Hausfaktotum der Grants
Robert Brown	Barbara Willis' reicher Verlobter
Dr. Harriet Fraser	Ärztin
Hugo Linder	Feriengast und Architekt
Sir Donald Angus	reicher Reeder aus Glasgow
Charles Luigi	Betreiber des *Madrid-Clubs*
Carver	Kellner im *Madrid-Club*
Laureen Beaumont	junge attraktive Frau
Marcia Christie	Betreiberin einer Boutique
Carol Salter	Tänzerin
Vic Taylor	Taxifahrer
Bill Tyson	Fischer
Marjorie Faber	Entführungsopfer
Georgie Royston	Trompeter
Lanny Kitson	Totoladenbesitzer
Prof. Reed	Tierarzt
Barbara Willis	Tochter aus reichem Hause
Peggy Gillow	Polizeibeamtin
Superintendent Bradley	Kriminalbeamter

Der Roman spielt in London,
in Faversham und in Shorecombe (Devonshire).

1

Als er den Schuss hörte, zog er den Kopf ein. Er wusste genau, es war nur sein Nachbar, der hinter Krähen herballerte. Trotzdem zuckte er zusammen. Er war nervös heute. Es lag etwas in der Luft. Etwas, das ihn an die Zeit bei Scotland Yard erinnerte.

Das Telegramm war schuld daran. Ex-Inspektor Richard Grant legte den Füllhalter aus der Hand. Er tastete nach dem Papier, das er in der Innentasche der Hausjacke vor seiner Frau versteckt hatte. Hervorzuziehen brauchte er es nicht. Er wusste den beunruhigenden Inhalt auswendig: »ANKOMME SAMSTAG NACHMITTAG – MUSS DICH DRINGEND SPRECHEN – HERZLICH PEGGY.«

Zum Teufel mit den Bedenken! Was war denn dabei? Peggy Gillow war seine Kollegin gewesen. Genauer: seine Schülerin. Warum sollte sie ihren alten Lehrmeister nicht besuchen? Sicher wollte sie nur einen Tipp von ihm. Aber da war dieser vertrackte Satz, der noch hinterherkam. Er lautete: »SAGE VORHER NIEMANDEM – BITTE – NIEMANDEM ETWAS.«

Niemandem, bitte niemandem! Darüber kam er nicht hinweg. Wozu die Geheimniskrämerei? Niemand, das konnte sich doch nur auf Margret beziehen. Warum sollte seine Frau nicht auf Peggys Besuch vorbereitet werden? Es war doch sonst nicht Peggys Art, etwas so spannend zu machen.

Grant fuhr hoch. Da war ein Geräusch hinter seinem Rücken. Margret war leise ins Zimmer gekommen. Sie machte sich an der Bücherwand zu schaffen. Was sollte das Herumschleichen? »Was tust du da?«, fragte er schroff. »Ich habe dich gar nicht eintreten hören.«

»Pardon, Richard. Ich wollte nicht stören«, antwortete sie. »Ich wische nur Staub.«

Er sah es. Dagegen war nichts einzuwenden. Dennoch kam ihm die Sache komisch vor. Und gleich darauf wusste er, was ihm aufgefallen war: Margret trug zum Staubwischen das teure honigfarbene Golfkostüm für ganz besondere Gelegenheiten.

»Dazu hast du dich umgezogen?«

»Wie du siehst!«

Bitte sehr: Es lag etwas in der Luft. Auch Margret hatte es gespürt. Sie war selten so gereizt. Richard Grant nahm den Füllhalter. Unter Margrets forschendem Blick, der ihm im Genick brannte, beugte er sich über den Fragebogen. Dämlicher Papierkram! Er konnte sich heute einfach nicht auf die Fragen konzentrieren, die das Landwirtschaftsministerium Ihrer Majestät allen Bienenzüchtern vorgelegt hatte. Zu statistischen Zwecken.

Er blickte verstohlen zur Standuhr hinüber. Zehn nach fünf! Idiotisch von Peggy, keine genaue Ankunftszeit zu telegrafieren. Kam sie mit dem Personenzug, der am Ortsbahnhof hielt? Nahm sie den Express bis Faversham? Oder beabsichtigte sie, per Auto vorzufahren?

Gerade jetzt ertönte ein fernes Grollen.

»Der Eilzug aus London«, sagte Margret.

Richard Grant gab keine Antwort. Da verließ sie den Raum. Auffallend rasch und viel lauter, als sie eingetreten war.

Was hatte Peggy sich bloß gedacht? Wollte sie einfach so hereinschneien und Margret gegenüber so tun, als wäre ihr eine herrliche Überraschung gelungen? Etwa so: »Was, da staunen die lieben Kinderchen! Na, ist mir der Überfall nicht blendend geglückt?«

Zuzutrauen war es Peggy Gillow. Sie war stets von der überwältigenden Wirkung ihres Charmes überzeugt gewesen.

Oder? Sie hatte doch nicht etwa erwartet, er würde Margret fortschicken. Es war schon schwer genug gewesen, seiner Frau plausibel zu machen, dass Fred Porter, ihr Faktotum, ausgerechnet heute einen freien Tag in London verbringen musste. Wo Porter doch überhaupt nicht wollte.

Das Telefon schrillte.

Es hing im Flur. Für die paar Gespräche, die ein kleiner Farmer zu führen hatte, reichte das. Jetzt bedauerte er es. Denn Margret hatte sich des Apparates bereits bemächtigt.

»Hier Grant«, meldete sie sich. Dann rief sie etliche Male »Hallo« und legte wieder auf. Richard streckte den Kopf zur Tür hinaus.

»Wer war da, Darling?«

Margret sah vergrämt aus. Tonlos sagte sie: »Jemand, der offenbar nur dich, aber nicht mich zu sprechen wünschte. Ich hörte ein Atmen in der Muschel. Aber es hat sich niemand gemeldet!«

»Meinst du nicht, dass jemand nur falsch gewählt hat?«

»Nein.« Margret sagte es entschieden. »Wer falsch wählt, entschuldigt sich oder legt sofort wieder auf!«

Dann verschwand sie in Richtung Küche. Natürlich war es Peggy gewesen. Richard Grant war davon überzeugt. Hatte sie absagen wollen? Oder sollte er etwa zu einem geheimen Treffpunkt kommen? Aber nein, so kindisch konnte selbst Peggy Gillow nicht sein, obwohl sie immer ein bisschen unberechenbar gewesen war. Unberechenbar und überschwänglich. Bei Licht besehen: Es war ihr durchaus zuzutrauen, dass sie den alten Flirt wieder aufwärmen wollte. Vielleicht fühlte sie sich einsam und war bei Durchsicht ihrer Erinnerungen ausgerechnet auf das längst bereinigte Konto Richard Grant gestoßen?

Aber gewiss! Dass er nicht gleich darauf gekommen war. Hätte sie sonst Pennys für das Wort ›herzlich‹ geopfert?

Ihm wurde heiß und heißer. Erinnerungsbilder tauchten auf. Sie hingen vor seinem geistigen Auge wie verbotene Früchte. Trotz ängstlicher Bedenken griff er nach ihnen.

Fünf Jahre war es her. Er war schon mit Margret verlobt. Aber ihr Verhältnis hatte unter dem Diensteifer gelitten, den Margret bei der weiblichen Kripo an den Tag legte. Es war ein wenig abgekühlt.

Damals war Peggy aufgetaucht. Taufrisch, blond und unbeschwert war sie angeflattert gekommen und hatte Sonnenschein in die grauen Diensträume des Yard gebracht. Ganze zweiundzwanzig Jahre war sie damals alt gewesen. Zwölf Jahre jünger als er und sieben Jahre jünger als Margret. Sie wurde ihm unterstellt, und das war keine reine Freude. Sein Fehler war, dass er eines Tages »Mein kleines Dummerchen« zu ihr gesagt hatte. Sie war ihm weinend an die Brust gesunken...

Schwamm drüber! Margret merkte, was gespielt wurde. Sie begann, ihre Liebe zu verteidigen. Mit Erfolg. Ein Jahr später heirateten sie. Und Margret ließ keine Ruhe, bis Richard Grant sich vor nunmehr zwei Jahren wegen seiner Kriegsverletzung hatte pensionieren lassen. Zur gleichen Zeit war auch Margret aus dem Polizeidienst ausgeschieden. Alles wegen Peggy.

Und jetzt kam sie.

Zunächst kam Margret. Wieder mit Staubtuch. Sie hantierte schweigend an der Standuhr herum, deren Zeiger bereits auf zehn vor sechs standen. Plötzlich warf sie das Tuch über eine Stuhllehne und erklärte kurz und bündig: »Damit du Bescheid weißt: Ich gehe ein bisschen fort.«

Richard erkannte seine Chance. Vielleicht war es so das Beste.

»Du kannst meinen Wagen haben, wenn du nach Faversham willst«, sagte er leichthin.

»Vielen Dank!«

Danke ja oder danke nein? Richard sollte es gleich erfahren. Margrets Schweigen war nur die Ruhe vor dem Sturm. Sie trat vor ihn hin. Nicht etwa, um die Autoschlüssel entgegenzunehmen. Nein. Sie sprach nicht laut. Trotzdem trafen ihn ihre Worte wie ein wohlgezielter Hieb.

»Du willst mich los sein. Nun gut. Ich gehe.«

Jetzt erst entdeckte er die Tränenspuren in ihrem Gesicht.

Sie fuhr fort: »Du sollst nur wissen: Ich weiß Bescheid. Es war ein Fehler der Post in Faversham. Sie gaben mir das Telegramm im Vorwege fernmündlich durch. Ich werde die Konsequenzen ziehen, ohne dir Vorwürfe zu machen. Schließlich ist es ja nur die Strafe für meine naive Ahnungslosigkeit. Nicht im Traum wäre mir eingefallen, du hättest immer noch Kontakt zu dieser Gillow.«

»Aber Darling, lass dir doch erklären...«

»Danke. Mir reicht, was ich erlebt habe. Dass du mir nichts von dem Telegramm gesagt hast, war deutlich genug. Und jetzt? Ich weiß, die Person lungert draußen irgendwo herum und wartet nur darauf, bis ich verschwunden bin. Bitte sehr, ich tue dir den Gefallen!«

Das war es also. Daher ihr seltsames Verhalten. Daher das Staubwischen, das neue Kostüm und die Reaktion auf den seltsamen Anruf.

Er stammelte ein paar Entschuldigungen und glaubte schon, Margret umgestimmt zu haben. Da läutete wieder das Telefon. Diesmal ging Richard hin.

»Grant«, rief er. Und dann noch zwei Mal: »Richard

Grant!«

Nichts. – Oder doch. Ein leises Rauschen. Leichter Atem.

»Bitte melden!«, rief Richard. Dann verließ ihn die Geduld. »Was soll der Unsinn? Wer ist dort? Bist du es, Peggy?«

Da geschah etwas Merkwürdiges.

Ein Glucksen erklang. Unterdrücktes Gelächter. Dann ein Klicken. Der anonyme Anrufer hatte aufgelegt. Es war bestimmt nicht Peggy gewesen. Die Stimme hatte einem Mann gehört.

Die Uhr schlug sechs.

»Wir werden nicht länger mit dem Tee warten«, sagte Margret. Sie tat, als wäre nichts gewesen. Sie konnte jetzt sogar ganz sachlich mit Richard darüber reden, was Peggy wohl unter »Nachmittag« verstehen mochte. Sie bewies Richard, ohne es auszusprechen, wie falsch es gewesen war, Heimlichkeiten vor ihr zu haben.

Er brauchte nicht daran zu zweifeln: Sie würde Peggy liebenswürdig empfangen. Äußerst liebenswürdig.

»Wie sie wohl aussieht?«, fragte Margret voll weiblicher Anteilnahme. »Ob sie ihr Haar noch immer so stark bleicht?« Richard hatte das Blond bislang für echt gehalten. Und dann: »Ich bin riesig gespannt, ob sie noch so hübsch ist.« Das klang ganz neidlos. »Ich fürchte nämlich, sie gehört zur Sorte Frauen, die rasch altern.«

Im Volksmund heißt es »Der Teufel kommt, wenn man ihn ruft«. Personen, die so sehr im Gespräch sind, können nicht mehr lange ausbleiben, glaubt man. Derart intensiv beschworen, musste nun auch bald die säumige Peggy Gillow erscheinen. Daher wunderten sich weder Richard noch Margret, als es gegen halb sieben klingelte.

»Öffne du ihr«, sagte Margret. »Wenn sie nur dich sehen will, bleibe ich solange in der Küche.«

»Nein, geh du!«, widersprach Richard. »Ich bitte dich darum, Darling. Ich halte es für besser. Soll sie gleich wissen, woran sie ist.«

Als es zum zweiten Male klingelte, gingen sie beide zur Haustür. Auf dem Flur gab es noch eine Verzögerung. Margret fiel ein, er sollte lieber das gute Jackett anziehen.

»Du wirkst sonst zu hausbacken«, meinte sie.

Er tat es. Ihr Vorschlag kam seiner heimlichen Eitelkeit entgegen. Dann ging sie endlich zur Tür.

Während er noch darüber nachdachte, ob Margret es übelnähme, wenn er Peggy mit einem Kompliment begrüßte, hatte Margret schon den Sperrhaken gelöst. Die Tür schwang auf. Und beide prallten zurück.

Es war nicht Peggy Gillow. Ein Fremder stand auf der Schwelle. Ein finster blickender Mann.

Der Fremde verhielt sich kurios. Er verneigte sich leicht, trat dann aber sofort den Rückzug an. Auf dem Plattenweg vom Gartentor zur Haustür blieb er stehen. Er winkte und rief: »Hallo, Sir!«

Dann sahen sie auch den zweiten Mann. Er stand abgewendet da, in gebückter Haltung. Er pflückte Stachelbeeren. Als er sich umdrehte, erkannten sie ihn, Sir James Perival.

Der stellvertretende Sonderbevollmächtigte von Scotland Yard, Richards ehemaliger Vorgesetzter, stellte seinen Begleiter vor: Chefinspektor Clark.

Während sie ins Haus gingen, sagte Sir James: »Mit mir hatten Sie wohl nicht gerechnet?«

»Nein, Sir James. Mit Ihnen nicht«, entgegnete Richard ungeschickt. Margret warf ihm einen bedeutsamen Blick zu. Er hieß: Kein Wort über Peggys Telegramm.

Im Wohnzimmer trat Sir James an das breite Fenster. Er schaute rundum, von den Obstbäumen über den Gemüsegarten bis zu den Hühnerställen.

»Sehr schön, Grant«, sagte er. »Herrlich haben Sie es hier. Ein richtiges Idyll.«

Er war natürlich nicht gekommen, um das Farmleben zu studieren. Als Margret hinausgegangen war, um Tee zu bereiten, kam er zur Sache.

»Wir stecken in einem schwierigen Fall und möchten uns gern mit Ihnen beraten. Es handelt sich um Barbara Willis. Sie haben sicher davon in der Zeitung gelesen.«

»Willis?«, murmelte Grant. Nein. Er konnte sich nicht erinnern und schüttelte den Kopf.

»Das verschwundene junge Mädchen«, half Chefinspektor Clark nach.

»Richtig, jetzt erinnere ich mich. Die Notiz erschien vor einigen Wochen«, sagte Grant.

»Aber, mein Bester, haben Sie denn nicht verfolgt, was der Polizeibericht gestern brachte?«, fragte Sir James fassungslos.

»Nein, Sir«, gestand sein Ex-Inspektor. »Um diese Jahreszeit hat ein richtiger Landmann andere Dinge zu tun. Sie müssen mir schon erzählen, was an dem Fall bemerkenswert ist.« Margret kam herein. Sie brachte den Tee. Nachdem sie eingeschenkt hatte, ging sie wieder. Sie hatte das Schweigen der Herren richtig gedeutet. Sie war unerwünscht.

Jetzt erzählte Sir James: »Barbara Willis, einzige Tochter reicher Eltern, war vor vier Wochen spurlos verschwunden. Sie hatte mit ihrem Verlobten, einem wohlhabenden jungen Mann namens Robert Brown, ein Theater besucht. Anschließend waren sie in einen Nachtklub am Haymarket gegangen. Gegen Mitternacht wollten sie heimfahren. Browns Wagen sprang nicht an. Damit es für Barbara nicht zu spät wurde, winkte er einem vorbeifahrenden Taxi und ließ seine Braut damit heimfahren. Barbara kam nie an. Sie war verschollen.

Zwei Tage später erhielt Robert Brown einen Brief. Eingeschrieben.«

»Aha, Erpressung!«, warf Richard Grant ein.

»Warten Sie ab. Es kommt noch besser«, sagte Sir James. »Der Brief enthielt die kostbare Brillantbrosche, die Barbara an jenem Abend getragen hatte. Und außerdem ein Kärtchen, auf dem mit roter Tinte geschrieben stand: »SCHÖNE GRÜßE VON MISTER BRIX« – Was sagen Sie dazu, lieber Grant?«.

»Ich kenne keinen Mister Brix. Wird wohl ein Künstlername sein, der die Polizei irreführen soll. Seltsame Angelegenheit. Sieht nicht nach Raub aus und nicht nach Erpressung. Vielleicht hat ein romantischer Nebenbuhler die Kleine entführt und wollte sich nicht bei seiner Romeo-Tat bereichern?«

Er merkte, sein Späßchen kam nicht an. Was wollte Sir James? Er war doch nicht gekommen, um ihm Neues über die Arbeit des Yard zu erzählen.

»Ich glaube, ich schenke uns mal einen Whisky ein«, sagte er. »Und dann lassen Sie die Katze mal aus dem Sack, Sir!«

Sir James schnupperte an einer der Zigarren, die Grant angeboten hatte.

Es war Fred Porters billige Sorte. Richard Grant rauchte nur Zigaretten. Sir James verzog zwar das Gesicht, zündete sich aber trotzdem eine an. Dann trank er einen Schluck.

»Na dann!«, sagte er. »Sie haben ja noch genug in der Flasche. Ich vermute nämlich, Sie werden gleich noch einen brauchen, lieber Grant.«

Er wechselte einen vielsagenden Blick mit Chefinspektor Clark und fuhr fort: »Auch Scotland Yard hatte keinen Mister Brix ausfindig machen können. Aber die Handschriften-Sachverständigen machten eine sensationelle Entdeckung: Die Schrift glich aufs Haar der eines guten Bekannten. Na, raten. Sie mal!«, sagte Sir James. »Es ist einer, an den Sie sich eigentlich sehr gut erinnern müssten.«

Richard Grant kam nicht drauf. Er wollte auch nicht. »Was geht mich das an?«, fragte er sich. Bisher interessierte ihn viel mehr, was mit Peggy Gillow los war. Er beschloss, Sir James bei nächster Gelegenheit unverfänglich nach ihr zu fragen.

»Ariman!«

Grant schreckte aus seinen Gedanken hoch. Hatte da jemand »Ariman« gesagt?

»Grant, was ist denn? Sie müssen sich doch an den Fall Ariman erinnern. Es war doch der letzte, den Sie bearbeitet haben«, sagte Sir James.

Genau. Er hatte den Fall bearbeitet. Er hatte die Bande hochgehen lassen. Er hatte Ariman das Handwerk gelegt. Aber der Mann, der sich hinter dem Phantasienamen versteckt hatte, entkam. Er tauchte unter. Im Ausland, so hieß es.

»Ariman hat erpresst. Und wie! – Wenn es sich wirklich um die gleiche Handschrift handelt, dann geht es auch jetzt um Erpressung«, sagte Richard Grant.

»Sie können sich darauf verlassen, Sir James. Wenn er Robert Brown oder die Eltern des Mädchens bis heute nicht erpresst hat, wird er morgen damit anfangen. Darauf gehe ich jede Wette ein.«

»Sie hätten die Wette bereits in diesem Augenblick verloren, lieber Grant.« Sir James wurde sehr ernst.

»Dieser Robert Brown wurde gestern nach Devonshire beordert, um dort den Leichnam seiner Braut zu identifizieren. Ein Sportangler und ein Einheimischer fanden das Mädchen im Wasser.«

»Ertrunken?«

»Nein, erdrosselt!«

»Wann?«

24

»Fünf bis sieben Stunden, bevor man sie ins Wasser warf.«

Sieben Mal ertönte der Gong der Standuhr.

Margret klopfte an. Sie schaute zur Tür herein und sagte: »Ich habe ein paar Häppchen vorbereitet. Wann darf ich...?«

Dabei sah sie ihren Mann mit großen Augen an. »Was ist mit Peggy Gillow los?«, fragten die Augen.

Richard konnte nur mit einem Achselzucken antworten. Sir James deutete die Geste falsch.

»Aber ja«, rief er, »wenn Sie sich schon die Mühe gemacht haben. Nur herein damit. Es interessiert mich doch, wie sich ehemalige Stützen der Polizei später im Haushalt bewähren.« Margret verschwand. Sir James stand auf. Er vertrat sich die Beine. Dann baute er sich vor Richard auf. »Übrigens, Grant, da ist noch etwas.« Er sah ihn durchdringend aus seinen klaren hellblauen Augen an. »Sie hatten doch beim Fall Ariman eine Gehilfin. So ein patentes nettes Persönchen. Sie war Ihnen vorher schon mal als Anfängerin unterstellt. Wegen ihrer Kenntnisse der Materie haben wir sie mit Ermittlungen in Sachen Brix beauftragt. Sie hatte uns bereits sehr hübsche Fingerzeige gegeben. Ich glaube, sie war auf der richtigen Spur.«

Es rumpelte an der Tür. Chefinspektor Clark öffnete und ließ Margret ein, die ein Tablett trug. Diesmal ließ Sir James sich nicht stören.

»Ja, die kleine Peggy Gillow war auf der richtigen Spur. Ich fürchte es.«

»Wieso fürchten Sie es, Sir James?«, fragte Richard.

»Ich fürchte es, weil ich annehme, dass sie sich zu weit vorgewagt hat. Peggy Gillow hat sich seit vorgestern nicht mehr beim Yard gemeldet. Heute früh bekam ihr alter Vater einen Einschreibebrief. Ihr Armreif lag darin. Und dieses Kärtchen.« Er langte in die Seitentasche und reichte es Grant. Da stand es wieder: »SCHÖNE GRÜßE VON MISTER BRIX«.

Richard Grant verfärbte sich. Sekundenlang war es totenstill im Zimmer. Dann hörte er es leise klirren. Margret stand da. Sie hielt eine Tasse in der Hand, die sie gerade auf den Tisch stellen wollte. Ihre Hand zitterte. Die Tasse vibrierte auf der Untertasse.

»Mein Gott, Sir James!«, stammelte Richard. »Und Sie befürchten...?«

»Das Schlimmste, lieber Grant. Leider. Das Schlimmste!«

Margret setzte die Tasse ab. Sie sah die Männer an. Einen nach dem anderen. Keiner sprach ein Wort. Richard hielt die Augen geschlossen. Er biss sich auf die Lippen. Sir James erwiderte Margrets Blick. Ernst und fragend. Antwort heischend.

»Und was können wir tun?«

Margret sagte es. Ihre Stimme bebte. Da räusperte sich Chefinspektor Clark. Er blähte die bleichen, hängenden Wangen. Unter seinem schwarzen Bart deutete sich ein Lächeln an. War es ironisch? Oder triumphierend?

»Na, Grant«, ermunterte Sir James, »was meinen Sie?«

Richard Grant holte tief Luft.

»Bevor Sie mir Einzelheiten erzählen, muss ich Ihnen ein Geständnis machen, Sir.« Und er erzählte von Peggy Gillows Telegramm. Er holte seine Hausjacke, zog es aus der Innentasche und gab es Sir James.

Dieser überflog es. Dann reichte er es seinem Chefinspektor. Clark las.

»Vor drei Tagen angekommen. Das bringt uns nicht weiter, Sir.« Clark überlegte. Dann fuhr er fort: »Man könnte daraus schließen, dass Peggy damals gerade die

Gefahr auf sich zukommen sah. Sonst hätte sie telefoniert oder einen einfachen Brief geschrieben.«

»Und warum hat sie sich nicht mit dem Yard in Verbindung gesetzt?«, fragte Richard Grant.

Sir James zog an der Zigarre. Er paffte blaue Ringe in den Raum.

»Die Frage ist berechtigt, Grant. Ich vermute, sie hatte keine Gelegenheit mehr dazu. Sie wollte von Ihnen wahrscheinlich überhaupt keinen Rat und keine Hilfe. Ich nehme etwas anderes an.«

Er machte eine Pause. Oh ja, er verstand sich drauf, Effekte zu erzielen. Er blickte in die Runde und genoss die allgemeine Spannung.

Dann schoss er seinen Pfeil ab. Mitten ins Ziel: »Ich nehme an, Peggy Gillow wollte Sie aus alter Freundschaft warnen. Durch den Handschriftenvergleich wusste sie bereits: Ariman und Brix sind identisch. Wahrscheinlich hat sie herausbekommen, dass Brix vorhatte, bei Ihnen, lieber Grant, die alte Ariman-Rechnung zu begleichen!«

»Richard!«, Margret schrie leise auf.

»Aber, Darling«, sagte Grant begütigend. Er durchschaute den Trick, mit dem Sir James versuchte, ihn mitten in den Fall hineinzuziehen.

»Ihre These ist mir zu gewagt, Sir James«, entgegnete er. »Ariman ging es immer nur um Geld. Möglich, sein Vorrat ist aufgebraucht. Er muss sich neues beschaffen. Aber dann hält er sich bestimmt nicht mit Racheakten auf.«

»Vielleicht fürchtet er Sie immer noch«, konterte Sir James.

»Mich? Einen harmlosen Farmer? Wie könnte ich ihm noch gefährlich werden?«

Richard Grant wusste genau, auf was Sir James Perival aus war. Aber er wollte ihm den Gefallen nicht tun. Sein ehemaliger Vorgesetzter machte schon ein ganz verzweifeltes Gesicht. Da geschah es, dass Margret ihrem Mann in den Rücken fiel.

»Wenn Sie meinen, dass wir Peggy Gillow irgendwie helfen können, verfügen Sie bitte über uns«, sagte sie, ohne Richard eines um Einverständnis fragenden Blickes zu würdigen.

Sir James hatte erreicht, was er wollte. Chefinspektor Clark nahm einen Aktenband aus der schwarzen Ledertasche. Er reichte ihn Richard Grant.

»Da habe ich von den wichtigsten Unterlagen für Sie Kopien anfertigen lassen«, sagte er. »Ich wünsche Ihnen angenehme Lektüre.«

Sie verabredeten, dass Richard am Montag anrufen und seine Meinung sagen sollte. Alles Weitere wollten sie dann verabreden.

Die Herren von Scotland Yard verabschiedeten sich, als es eben acht geschlagen hatte.

Letzte Sonnenstrahlen vergoldeten das hügelige Land. Sir James blieb auf dem Weg zum Auto stehen. Er breitete die Arme aus und sog den sanften, süßen Duft dieses Sommerabends ein.

»Ich beneide Sie um den Frieden, der Sie umgibt«, sagte er zu Margret und Richard Grant.

Soviel Richard den Aufzeichnungen entnehmen konnte, hatte Peggy Gillow die Ermittlungen bei den Mittätern und Erpressten des Herrn Ariman begonnen. Er fand Namen, an die er sich jetzt sofort wieder erinnerte. Wesentliches – so schien es ihm – hatte Peggy jedoch noch nicht herausbekommen.

Das Interessanteste war eine handgeschriebene Notiz von Clark. Sie lautete: »*Bei der toten Barbara Willis wurde ein von Dr. Fraser, London, Wimpole Street, ausgestelltes Rezept für ein harmloses Beruhigungsmittel gefunden. Bedeutsam wird die Tatsache durch den Umstand, dass wir heute Morgen ein entsprechendes Rezept des gleichen Arztes im Zimmer von Peggy Gillow entdeckten. Dr. Fraser war heute nicht zu erreichen. Wahrscheinlich übers Wochenende verreist. Mehr über die mysteriöse Angelegenheit am Montag.«*

Immerhin. Man musste sich diesen Dr. Fraser genau anschauen. Richard Grant grübelte noch darüber nach, ob ihm während seiner Yard-Tätigkeit ein Arzt dieses Namens vorgekommen sei, da hörte er wieder das Telefon. Richard ging hinaus. Margret stand schon neben dem Apparat. Sie sah ängstlich aus.

»Hier Richard Grant«, meldete er sich. Diesmal bekam er sofort Antwort.

»Reparaturwerkstatt Copper«, klang es ihm entgegen. Mit tiefer Männerstimme. »Eine Miss Gillow hat angerufen von unterwegs. Sie hatte eine Panne. Ich fahre hin und sehe mir den Wagen an. Sie wird auf jeden Fall in ein bis zwei Stunden in Faversham sein und erwartet Sie dort im Prince-Albert-Hotel. Also, dann guten Abend!«

»Warten Sie«, rief Richard. »Ist die Panne auf der Strecke von London passiert? Wo ist Miss Gillow jetzt?«

»Nein, nicht von London. Irgendwo von seewärts. Sie hat's meinem Boss ausgerichtet. Und der ist schon mit dem Motorrad voraus.«

Richard wollte noch den Namen des Anrufers wissen. Er fragte. Zwecklos. Der andere hatte eingehängt.

»Lass uns hier bleiben, Richard«, sagte Margret. »Die Sache ist nicht in Ordnung, glaube es mir.«

»Wenn die Sache nicht in Ordnung ist, muss ich erst recht hin. Und dich nehme ich mit, damit du nicht allein zu Hause bleiben musst.«

Als sie losfuhren, war es kurz nach neun. Nach zwanzig Minuten erreichten sie Faversham. Die kleine

Stadt lag wie ausgestorben da. Sie parkten vor dem Prince-Albert-Hotel.

Richard war zu ungeduldig, um zu warten. Er erkundigte sich nach der Reparaturwerkstatt Copper, ließ Margret im Hotel zurück und machte sich zu Fuß auf den Weg.

Die Werkstatt war weder die größte noch die modernste. Sie lag neben einem kleinen Autofriedhof am Stadtrand. Das Tor war verschlossen. Kein Licht brannte.

Richard Grant klopfte beim benachbarten Haus an die Tür. Eine alte Frau, halb taub, öffnete. Sie konnte ihm nichts sagen. Er ging zum *Prince Albert* zurück. Es war kurz vor zehn, als er ankam.

»Ich wollte schon Sir James anrufen«, kam Margret ihm entgegen. »Ich habe eine furchtbare Angst ausgestanden, Richard. Der Anruf war ein Bluff, du kannst dich drauf verlassen.«

Die Firma Copper stand im Telefonbuch. Es gab jedoch nur einen Geschäftsanschluss. Privat war Mister Copper nicht zu erreichen. Sie mussten also ausharren.

Als der Zeiger der Uhr über der Theke aber auf elf vorrückte, war ihre Geduld am Ende. Sie stiegen in den Wagen und fuhren zurück.

Als sie zur Farm einbogen, zeigte sich im Scheinwerferlicht, dass das Garagentor geschlossen war. »Gott sei Dank«, sagte Margret, »Fred Porter ist schon zurück.«

»Wenn er sich nur abgewöhnen wollte, die Einfahrt zuzusperren, wenn ich mit dem Wagen unterwegs bin«, knurrte Richard.

Margret entgegnete: »Er kann nicht aus seiner Haut. Als ehemaliger Ordnungshüter sorgt er eben dafür, dass niemand auf den Gedanken kommt, dir deine alten Reifen und Putzlappen zu stehlen.«

Richard stoppte, Margret stieg aus. »Bleib gleich sitzen«, sagte sie. »Ich öffne das Tor. Seit Porter die Angeln geölt hat, schaffe ich es spielend.«

Margret ging. Gleich darauf bedauerte Richard, ihr die Arbeit überlassen zu haben. Die Aufregungen des Tages hatten offenbar an Margrets Kräften gezehrt. Der Gang wirkte anders als sonst. Träge. Zögernd. Dennoch: Sie schaffte es leichter, als er vermutet hatte. Das Tor ging auf. Das Licht der Scheinwerfer warf Margrets Schatten an die Rückwand der weißgetünchten Garage.

Richard wollte anfahren. Aber Margret gab den Weg nicht frei. Sie stand da wie erstarrt.

Plötzlich taumelte sie zur Seite. Sie konnte sich gerade noch an der Seitenwand festhalten. Mit einem Sprung war Richard aus dem Wagen. Er fing Margret auf. Und dann sah auch er, was sie so erschreckt hatte. In der hinteren Ecke der Garage, neben den alten Autoreifen, lag eine Gestalt.

»Komm rasch, Darling«, redete er auf Margret ein. »Setz dich ins Auto und drück auf die Hupe, bis Porter herauskommt, falls er wirklich schon da ist. Ich schaue mal nach, was los ist.«

Willenlos ließ Margret sich zum Auto führen. Sie tat, was Richard gesagt hatte, aber Porter kam nicht zum Vorschein.

Nach einer Minute kehrte Richard zurück. Er war verstört. Mit fremder Stimme sagte er:

»Erdrosselt.«

Und dann: »Sei tapfer, Darling. Es ist nicht hier geschehen. Sie muss schon tot gewesen sein, als man uns fortlockte.«

Margret konnte kaum sprechen.

»Ist sie es wirklich?«, fragte sie.

»Ja, Darling, es ist Peggy Gillow.«

Fred Porter war im Haus. Er wurde erst wach, als

Richard in sein Zimmer stürmte. Er blinzelte schlaftrunken, als Richard ihn fragte, wann er gekommen sei und ob er nichts bemerkt habe.

»Gegen zehn war ich hier«, gähnte er und hauchte Bierdunst in den Raum. »Bemerkt? Ich? Nein, war schrecklich müde. Das heißt, als ich gerade gekommen war, rief jemand an.«

»Wer denn?«

»Hat er nicht gesagt. Er bestellte nur – schöne Grüße von...«

»Von wem... Porter? Werden Sie endlich wach und sagen Sie mir, von wem!«

»Warten Sie mal, Chef. Ich glaube, von einem Mister...«

Richard kam ihm zuvor.

»Von einem Mister Brix, nicht wahr?«

Fred Porter starrte ihn mit glasigen Augen an. Er überlegte angestrengt. Man sah es. Dann schüttelte er den Kopf.

»Nein«, knurrte er. »Der Mann hieß nicht Brix, der Mann hieß Copper.«

Margret hatte sofort bei Scotland Yard anrufen wollen. Aber Richard hielt es für ungeschickt, die örtlichen Dienststellen zu übergehen.

Der Ortskonstabler hatte vorschriftsmäßig der Distriktstation in Faversham Meldung gemacht. Für den schneidigen jungen Sergeanten vom Dienst war es die große Stunde der Bewährung. Er hatte gleich ein großes Aufgebot beisammen und brachte außer einem Arzt und dem Fotografen noch sechs uniformierte Polizisten mit.

Dem Sergeanten fiel es offensichtlich schwer zu glauben, dass die Grants keine Ahnung haben wollten, wie der Leichnam einer guten Bekannten in ihre Garage gelangt war.

Er verbot Richard, beim Yard anzurufen, und forderte ihn auf, noch einmal mit zur Garage zu kommen, um dort die näheren Umstände der Entdeckung an Ort und Stelle zu schildern. Auch Margret musste mit.

Draußen ließ er die beiden einfach stehen. Er brüllte seine Leute an, die – sehr voreilig – dabei waren, die Tote auf die Bahre zu heben. Da er jedoch erfuhr, dass Arzt und Fotograf ihre Aufgabe bereits erledigt hatten, ließ er die Bahre hinaustragen. Richard sah es.

Er zog Margret weiter von der Einfahrt fort. »Bitte, Darling, schau nicht hin«, sagte er und hielt sie fest. Margret zitterte am ganzen Körper. So hatte Richard sie noch nie erlebt. Er wunderte sich. Sie war doch als ehemalige Detektivin einiges gewohnt gewesen. In den zwei Jahren ihres Farmerlebens hatte er keine Veränderungen an ihr wahrgenommen. Weshalb gerade jetzt? Warum hatte der Tod Peggy Gillows sie an den Rand des Zusammenbruchs gebracht?

Ihr Zustand machte es unmöglich draußen zu warten, bis der Sergeant sich bequemte, seine Fragen zu stellen. Richard führte Margret kurzerhand ins Haus. Dann rief er Scotland Yard an.

Sir Perival war um diese Stunde nicht mehr in seinen Diensträumen. Es gab jedoch eine direkte Querverbindung zu seiner Wohnung.

Ehe noch der Sergeant einschreiten konnte, hatte er sich gemeldet. Und was dann kam, ließ den jungen eifrigen Beamten aus Faversham recht kleinlaut werden. Nachdem Grant von dem Ereignis berichtet hatte, tönte die Stimme des Sonderbevollmächtigten so laut aus der Hörmuschel, dass es alle verstehen konnten: »Hören Sie gut zu, Grant! Untersagen Sie den ehrenwerten Kollegen von der Distriktstation, ihre Kinkerlitzchen fortzusetzen. Dies ist ein Yard-Fall! Von mir aus sollen sie das Haus umstellen und in der Umgebung nach Spuren suchen.

Aber mehr nicht! Sie aber lieber Grant, können sich jetzt nicht mehr drücken. Sie müssen mitmachen! Hören Sie: Sie müssen! Das Beste ist, Sie fahren am frühen Morgen schon nach Shorecombe, wo man die Willis gefunden hat. Damit rechnet Mister Brix nicht. Dafür soll sich Inspektor Clerk zunächst um die Ereignisse in Ihrem Haus kümmern. Sie lassen doch sicher den alten Fred Porter da? Der kann uns ja auch das Nötige erzählen. Also, abgemacht, Grant. Tun Sie Ihre Pflicht. Es darf keine Zeit mehr verloren gehen!«

Richard blickte zu Margret hinüber, die wie leblos im kleinen Sessel hing, der neben dem Telefontischen stand.

»Ich muss den Fall übernehmen, Darling«, sagte er. »Es geht nicht anders.«

Margret schlug die Augen auf. Dann schüttelte sie sachte den Kopf.

»Nicht du«, sagte sie leise. »Wir beide werden es tun. Ich lasse dich nicht allein fahren.«

Am nächsten Morgen fuhren die Grants mit ihrem Wagen nach Shorecombe, dem kleinen Fischerdorf in Devonshire. Dort war vor drei Tagen Barbara Willis aus dem Wasser gezogen worden.

Ein Hotel gab es in der winzigen Ortschaft nicht, wohl aber einen sauberen Gasthof. Die Grants mieteten ein schlichtes, aber behagliches Zimmer. Zum Essen gingen sie in den Schankraum hinunter. Der Wirt, ein jovialer Fünfziger, ließ sich nicht zweimal an den Tisch bitten. Er berichtete ausführlich über die Tragödie der hübschen jungen Londonerin Barbara Willis, die ausgerechnet in Shorecombe ihr Ende gefunden hatte. Neues über die düstere Angelegenheit oder ihre Hintergründe war allerdings von ihm nicht zu erfahren. Immerhin verbürgte er sich für die Lauterkeit des Fischers Bill Tyson, der zusammen mit dem Feriengast Hugo Linder die Leiche geborgen hatte.

»Bill kenne ich schon seit über dreißig Jahren«, sagte er. »Ein armer Teufel, der sich mit seiner Fischerei mehr schlecht als recht ernährt. Aber er bittet niemanden um einen Gefallen und ist die Rechtschaffenheit in Person. Ich würde ihm meine letzte Flasche Brandy anvertrauen, ohne mit der Wimper zu zucken.«

Richard Grant musste lächeln. Natürlich hatte er beschlossen, selbst mit dem Fischer zu sprechen, und hielt an dieser Absicht fest.

Als er den Wirt nach Hugo Linder fragte, erfuhr er, dass der häufig in den Gasthof kam. »Das ist gut«, sagte Grant. »Wir möchten Mister Linder gerne kennenlernen. Könnten Sie das so einrichten?«

»Selbstverständlich«, lachte der biedere Wirt. »Für Scotland Yard tue ich alles.«

Und wirklich. Die Grants hatten sich nach dem Essen eben auf ihr Zimmer zurückgezogen, da klopfte der Wirt. Er teilte mit, Hugo Linder sei soeben angekommen und erwarte die Herrschaften in einem Nebenzimmer des Schankraums.

Linder entpuppte sich als typischer Skandinavier. Schlank und hochgewachsen, mit blondem Haar. Margret fand, er hatte einen lauernden Blick. Selbst in seiner saloppen Ferienkleidung wirkte er kultiviert.

»Der Wirt sagte mir, Sie wollten mich sprechen«, begann er nach der Begrüßung. »Ich habe schon in der neuesten Londoner Zeitung gelesen, was gestern Abend in Ihrer Garage passiert ist. Bitte fragen Sie. Ich stehe zu Ihrer Verfügung.«

»Ich danke Ihnen, Mister Linder«, sagte Richard Grant und erkundigte sich genau nach dem Auffinden des jungen Mädchens. Neues kam nicht heraus.

»Und wie war es mit Bill Tyson?«, fragte Grant

schließlich. »Erschreckte es ihn sehr, als er die Tote in seinem Netz entdeckte?«

»Es hat uns beide furchtbar erschreckt«, erklärte Linder. »Stellen Sie sich vor: Eben hatten wir noch gelacht und nichts Böses geahnt...«

»Wussten Sie, dass es sich um Barbara Willis handelte?«, mischte sich Margret ein.

»Nein, Madam. Aber Bill Tyson erkannte sie. Er hatte ihr Foto erst tags zuvor in der Zeitung gesehen. Er ist ein armer Mann und liest nur alte Zeitungen, die er zufällig irgendwo bekommt.«

»Wie lange werden Sie noch in Shorecombe bleiben, Mister Linder?«, wollte Grant wissen.

»Etwa noch zwei bis drei Wochen. Ich verbringe hier seit Jahren regelmäßig meinen Sommerurlaub in einer kleinen Fischerhütte. Übrigens nicht weit von Bill Tysons Behausung. Sonst wohne ich in London, wo ich mein Architektenbüro habe.«

»Sagen Sie, Mister Linder«, fuhr Grant fort, »Bill Tyson ist wohl viel mit seinem Boot auf See. Wann erreicht man ihn am besten?«

»Gegen Abend ist er fast immer zu Hause. Aber ich fürchte, der alte Bill liebt es nicht besonders, wenn ihm Fragen gestellt werden«, antwortete Linder lächelnd. »Der örtlichen Polizei hat er noch bereitwillig geantwortet. Als danach ein paar Zeitungsreporter zu ihm kamen, war er schon recht unfreundlich. Aber als später noch ein Gentleman aus Teignmouth kam, wurde er sogar ausgesprochen grob.«

»Wer war denn dieser Gentleman?«

»Er hieß Brown.«

»Brown?«, wiederholte Grant. »So heißt der Mann, der mit Barbara Willis verlobt war.«

»Oh – dann begreife ich, dass er alles erfahren wollte, was mit dem Tod des armen Mädchens zusammenhängt«, meinte Linder. »Aber Tyson warf ihn hinaus, als ihm die Fragerei zu viel wurde.«

»Wie weit ist es bis zu Tysons Hütte?«

»Zu Fuß über den Klippenpfad etwa vier Meilen, über die Landstraße dürften es sechs Meilen sein.«

»Schön, Mister Linder. Falls Sie bis zum Abend nach Hause kommen, sagen Sie Bill Tyson bitte, dass wir ihn gegen halb neun aufsuchen.«

»Ja, gerne.«

Linder schien gehen zu wollen, blieb aber doch wieder stehen und fragte: »Mister Grant – glauben Sie, dass das Mädchen, das Sie in Ihrer Garage fanden, von dem gleichen Täter ermordet worden ist wie Barbara Willis?«

»Ja, das glaube ich«, antwortete Grant nach kurzem Zögern.

»Wie schrecklich!«, rief Linder, »Zwei junge Mädchen innerhalb kurzer Zeit erdrosselt! Wer kann so etwas tun?«

»Ein Mann namens Brix«, erwiderte Grant und blickte Linder mit maskenhaft starrem Gesicht in die Augen.

»Brix?«, wiederholte Linder erregt. »Wer ist denn dieser Mister Brix?«

»Das«, sagte Grant gelassen, »will ich ja herausfinden, Mister Linder.«

Als Linder gegangen war, fragte Margret: »Nun, dein Eindruck?«

»Ein netter junger Mann, allenfalls ein bisschen nervös«, entgegnete Grant. »Man kann sich schwer vorstellen, dass er mit irgendwelchen scheußlichen Dingen zu tun hat, nicht wahr?«

Wenig später fuhren die Grants nach Teignmouth, der benachbarten Hafenstadt. Sie ist zugleich Seebad und bot für den Rest des Nachmittags einige Zerstreuung.

Gegen sieben Uhr brachen sie wieder auf. Sie wollten den Weg zu Bill Tysons Hütte noch bei Tageslicht bewältigen.

Margret saß am Steuer. Sechs Meilen vor Shorecombe bog sie ab. Durch ein Gewirr von Nebenstraßen und Feldwegen geriet sie schließlich in die Irre. Sie hielt bei einer Kreuzung an, um sich nach den Richtungsschildern zu orientieren. Inzwischen war es ziemlich dämmerig geworden.

Sie kamen jetzt auf eine schmale, vielfach gewundene Straße. Plötzlich sah Margret im Rückspiegel die Scheinwerfer eines Autos aufblitzen. Wegen der vielen Kurven verschwanden die Lichter immer wieder. Erst auf einer längeren Geraden kam das Auto selbst in Sicht. Es hatte ein weit höheres Tempo als die Grantsche Limousine, Blinkzeichen deuteten an, dass man überholen wollte.

Margret hielt sich hart am Straßenrand und drosselte die Geschwindigkeit. Der fremde Wagen näherte sich schnell. Er verminderte dann aber gleichfalls seine Geschwindigkeit und blieb in einem Abstand von etwa 15 Metern hinter den Grants.

»Warum überholt er denn nicht?«, fragte sich Margret irritiert. Der Autoscheinwerfer im Rückspiegel blendete sie. Außerdem fand sie das ganze Verhalten des fremden Fahrers beunruhigend.

»Fahr lieber noch langsamer, Margret«, mahnte Richard. »Dort vorn kommt wieder eine dieser alten Brücken, die schmaler sind als die ohnehin schon schmale Straße.«

Gehorsam nahm Margret den Fuß vom Gaspedal. Das Tempo ihres Wagens wurde noch langsamer. Aber auch das fremde Auto setzte seine Geschwindigkeit herab, so dass es bei den fünfzehn Metern Abstand blieb.

Dann plötzlich – unmittelbar vor der Brücke – kam das fremde Auto in jäher Beschleunigung herangebraust. Mit einem wilden Schwenker schnitt es dem Grantschen Wagen kurz nach dem Überholen den Weg.

Margret trat hart auf die Bremse. Um einen Zusammenstoß zu vermeiden, versuchte sie noch weiter auszuweichen. Dabei kam sie von der Straße ab.

Der Wagen durchbrach die niedrige Hecke neben der Fahrbahn, geriet auf die Uferböschung.

Zwei Sekunden lang war es, als wollte der Wagen mit in der Luft schwebender Vorderachse im Gestrüpp hängen bleiben.

Richard packte Margret. Er drückte ihren Oberkörper gegen das Rückenpolster, um das Gewicht nach hinten zu verlagern und sie gleichzeitig vor einem heftigen Zusammenprall mit Lenkrad und Windschutzscheibe zu bewahren.

Da er den Kopf gedreht hatte, konnte er den fremden Wagen gerade noch davonrasen sehen. Er versuchte, hellwach nach der bei ihm sehr kurzen Schrecksekunde, Einzelheiten zu registrieren. Da neigte sich sein Wagen vornüber. Grant hörte Margrets schrillen Schrei. Er sah dunkles, glitzerndes Wasser. Es schien auf ihn zuzukommen. In rasender Geschwindigkeit.

2

Umgekippt lag der Wagen des Ehepaars Grant im Fluss. Nass und verschmutzt stiegen Margret und Richard die Böschung hinauf. Oben auf der Straße hielt ein Auto. Eine Frauengestalt tauchte auf. Richard beeilte sich. Mit einem Ruck zog er seine Frau zu sich heran.

Er erlebte alles hellwach. Sein Gehirn erfasste jede Einzelheit des Sturzes. Er sah die Kieselsteine auf dem Grund des Flusses, die überraschten kleinen Fische und den knorrigen Wurzelarm, der vom Ufer ins Wasser ragte.

Den Bruchteil einer Sekunde glaubte er, das Geäst könnte den Wagen aufhalten. Irrsinnige Hoffnung! Das Holz federte zur Seite. Zurückschwappend traf es nur den hinteren Kotflügel. Richard Grant stemmte sich mit dem einen Arm vom Handschuhfach ab. Mit dem anderen drückte er Margret nach hinten.

»Jetzt!«, dachte er.

Dann sprühten ihm tausend glitzernde, weißleuchtende Perlen entgegen. Wasserspritzer im Scheinwerferlicht. Sie raubten ihm die Sicht.

Der Aufprall kam anders als erwartet. Der Wagen schlug mit der rechten vorderen Ecke auf. Statt sich zu überschlagen, kippte er auf die Seite. Dann wurde es dunkel. Die Lichtanlage war ausgefallen. Richard konnte es nicht verhindern: Er fiel mit aller Wucht auf Margret und begrub sie unter seiner Last. Er hörte sie stöhnen. Dann spürte auch er den Schmerz. Sein Bein war eingeklemmt. Ausgerechnet das linke. Jenes mit der schlecht verheilten Schussfraktur im Oberschenkel. Das Kniegelenk ließ sich nur um achtzig Grad beugen. Jetzt war der

Bogen überspannt. Der Schmerz raubte ihm für Sekunden die Denkfähigkeit. Doch dann vernahm er es, das interne gurgelnde, glucksende Geräusch. Wasser drang ein. Es stieg rasch. Feucht und kalt kroch es an Margret empor. Schon erreichte es ihr Gesicht. Sie schrie laut auf, als sie das erste Streicheln des Todes auf der Wange spürte.

Richard begriff: Es ging ums Ganze! Ohne Rücksicht auf sein Bein krümmte er sich noch mehr zusammen. Ihm war, als berste der Knochen, als zerrissen die Sehnen. Aber er schaffte es. Mit einem plötzlichen Ruck gelang ihm die Drehung aus der Waagrechten in die Senkrechte. Gleichzeitig riss er Margrets Oberkörper hoch.

»Bist du verletzt?«, fragte er.

»Ich weiß nicht«, antwortete sie. »Es schmerzt an der Schulter und an der Hüfte. Aber ich glaube, es ist nichts Schlimmes.«

Als der erste Schock überwunden war, versuchte Richard, die Wagentür über sich zu öffnen. Es gelang ihm nicht. Er kurbelte das Seitenfenster herunter. Mit einiger Mühe gelangte er ins Freie. Anschließend half er seiner Frau heraus.

Der Wagen ragte zur Hälfte aus dem Wasser. Bis zur Uferböschung waren es vier oder fünf Meter. Richard stieg zuerst in den Fluss. Er suchte sich im Dunkeln einen Weg, um Margret hinübertragen zu können. Dann kehrte er zurück und holte sie.

Am Ufer angekommen, stiegen sie nicht gleich die steile Böschung hoch. Richard zog Margret ein paar Meter zur Seite. An einem Weidenstumpf ließ er sie zurück.

»Warte hier und muckse dich nicht. Ich will mir mal die Gegend anschauen.«

»Richard! Du meinst doch nicht etwa...?«

»Doch, Margret. Genau das meine ich. Wenn dies

ein simpler Unfall war, bin ich niemals Scotland-Yard-Mann gewesen.«

Er legte ihr beschwichtigend die Hand auf die Schulter. »Nur einen Augenblick. Dann bin ich zurück. Ich möchte nur sehen, ob der Strolch, der uns dies eingebrockt hat, vielleicht irgendwo auf der Lauer liegt.«

Trotz seines schmerzenden Beines kam er ohne Mühe den Hang hinauf. Er trat nicht sofort auf die Straße. In geduckter Haltung lauschte er eine Weile. Dann erst kroch er durch die Hecke. Nichts.

Nur das Gluckern des Wassers war zu hören.

»Zu Bill Tyson kommen wir heute nicht«, dachte Richard. »Wenn wir großes Glück haben, kommt noch ein Auto vorbei, das uns mitnehmen kann.«

Er starrte eine Weile die Straße entlang. In Richtung Teignmouth. Schon wollte er durch die Hecke zurück, da hörte er ein Motorengeräusch. Es kam aus Richtung Shorecombe. Gleich darauf griff der Lichtfinger eines Autoscheinwerfers nach ihm. Richard stellte sich mitten in den hellen Kegel. Er stand sprungbereit. Man konnte nie wissen...

Als sich der fremde Wagen der Brücke näherte, verringerte er die Geschwindigkeit. Er kam näher und stoppte zehn Meter vor Richards Füßen. Die Scheinwerfer gingen aus. Nur Standlicht blieb.

»Hallo, was gibt's?«, ertönte eine Stimme. Sie gehörte einer Frau.

»Mein Wagen liegt im Fluss. Können Sie meine Frau, die noch unten an der Böschung sitzt, und mich mitnehmen?«

»Holen Sie Ihre Frau«, kam es zurück. Dann werden wir weitersehen.

»Eine vorsichtige Dame«, dachte Richard. Er hörte am leise singenden Geräusch, dass sie ihren Fuß noch immer auf dem Gaspedal hatte, bereit, ihn über den Haufen zu fahren.

»Aber bitte, warten Sie!«, rief er. Dann kletterte er zu Margret zurück.

Margret fiel es schwerer, die Steigung zu bewältigen. Richard musste ihr helfen. Er stieg ein Stück bergan, zog Margret an sich vorbei und schob sie jeweils zum nächsten festen Stand.

Sie hatten die Hälfte bewältigt, da tauchte oben eine Frauengestalt auf. Vermutlich die Autofahrerin.

Richard beeilte sich. Mit weitausholenden Schritten stieg er hoch. Margret, hielt sich krampfhaft an seiner nach hinten gestreckten Hand fest. Sie gab sich alle Mühe, ihm zu folgen. Richard hatte jetzt den Rand der Böschung erreicht. Noch ein Schritt, und er stand auf der Straße. Er drehte sich um und zog Margret ganz zu sich heran.

»Haben Sie schwere Verletzungen, oder sind Sie mit dem Schrecken davongekommen?«, fragte die hilfsbereite Dame. Sie war etwa dreißig Jahre alt. Sehr elegant gekleidet. Sie wirkte ausgesprochen selbstsicher.

»Nein, wir sind ziemlich in Ordnung«, antwortete Richard. »Wir müssen nur auf irgendeine Weise von hier fort.«

»Ich bringe Sie, wohin Sie wollen.«

Wir werden Ihnen selbstredend den Schaden ersetzen, der durch unsere nassen Kleider entsteht«, sagte Richard. Und dann: »Übrigens, gestatten Sie, mein Name ist Grant.«

Die Frau tat erstaunt. »Was denn? Doch nicht etwa Richard Grant?«

»Allerdings.«

»Der Ex-Inspektor?«

»Wie er leibt und lebt!«

»Na, da habe ich Glück gehabt, Mister Grant. Ich bin Ihretwegen nach Shorecombe gefahren, um Sie aufzusuchen«, sagte die Dame. »Ich möchte Sie sprechen. Erlauben Sie, dass ich mich vorstelle. Mein Name ist Fraser. Doktor Harriet Fraser!«

»Doktor Fraser?«

Richard traute seinen Ohren nicht. Er starrte die Frau an wie das siebte Weltwunder. Die Notiz war ihm eingefallen, die Chefinspektor Clark für ihn hinterlassen hatte. Die Rezepte, die man bei Barbara Willis und Peggy Gillow gefunden hatte, trugen diese Unterschrift: Dr. Fraser. Die Frau bemerkte sein Erstaunen. Es irritierte sie.

»Warum so überrascht, Mister Grant? Ich bin Ärztin. Trauen Sie mir das nicht zu?«

Sofort hatte Richard sich wieder gefangen.

»Aber sicher, Frau Doktor. Mich verblüfft nur der Zufall, der uns eine Ärztin zur Unfallstelle sandte.«

Sie stiegen ein. Margret nahm auf dem Rücksitz Platz. Begierig zu erfahren, was die Ärztin von ihm wollte, setzte Richard sich neben sie. Seine Beine in den patschnassen Hosen drückte er vorsorglich dicht gegen die Wagentür.

Dr. Harriet Fraser wendete auf der schmalen Straße. Sie fuhr sehr sicher. Während der Wagen in Richtung Shorecombe rollte, fragte sie: »Wie kam es zu dem Unfall, Mister Grant? Hatte er eine besondere Ursache?«

»Wie man's nehmen will«, wich Richard aus. »Meine Frau saß am Steuer.«

Sein Scherz kam nicht an. Die Ärztin hielt ihn wohl für ein Produkt männlicher Überheblichkeit. Verächtliches Schnauben ließ ihre Nasenflügel beben. Richard überlegte. Sie gehörte offenbar zu jenen Frauen, die einem verübelten, wenn man das schwache Geschlecht nicht ernst nahm. Er beschloss, vorsichtiger zu sein.

»Wirklich, Frau Doktor«, sagte er. »Margret war unschuldig. Irgendein tollwütiger Autofahrer musste

44

ausgerechnet an der engsten Stelle überholen. Es gab überhaupt keine andere Möglichkeit, als auszuweichen.«

Sie hob die Brauen. Anscheinend staunte sie über Grants Naivität.

»Kalkulieren Sie nicht ein, es könnte Absicht gewesen sein?«

»Ich nicht.« Richard sprach ganz überzeugt. »Sie etwa, Doktor Fraser?«

Sie schwieg. Sie hatte nur die Straße im Auge. Die Strecke war kurvenreich. Sie schwang sich über einen Höhenzug, von dem man einen Blick aufs Meer hatte. Kurze Zeit später waren sie bei den ersten Häusern von Shorecombe.

»Sagen Sie, Frau Doktor, Sie sind auf Ihrer Herfahrt keinem Wagen begegnet? Eigentlich hätte der Todesfahrer doch zwischen Shorecombe und der Brücke an Ihnen vorbeifahren müssen?«

»Nein. Mir ist kein Auto begegnet«, sagte sie, »aber wenn Sie die Augen offen halten, erkennen Sie den Wagen vielleicht hier im Ort wieder.«

»Das ist ein guter Gedanke«, räumte Richard ein.

Ohne nach rückwärts zu schauen, wusste er, dass Margret die ganze Zeit daran gedacht hatte und Augen machte wie ein Luchs.

Aber auch in Shorecombe sah sie nichts Auffälliges. Nur auf dem kleinen Platz neben dem Gasthaus waren zwei Autos abgestellt.

Dr. Harriet Fraser parkte direkt vorm Eingang des Gasthofes.

»Ich hatte hier nach Ihnen gefragt, Mister Grant. Deshalb weiß ich, wo Sie wohnen.«

Dann stiegen sie aus. Richard geleitete Margret gerade zur Tür. Da kam ein Wagen angerollt. Aus der entgegengesetzten Richtung. Es war ein dunkelblauer Rover mit Londoner Kennzeichen. Der Fahrer hupte zweimal kurz. So kam es, dass auch Margret sich umschaute. Sie sahen, dass der Wagen bremste. Anscheinend wollte der Fahrer stoppen.

Sie sahen auch, dass Dr. Harriet Fraser verstohlen eine abwinkende Handbewegung machte, und dass der Wagen daraufhin vorbeifuhr.

»Hast du den Fahrer gesehen? Den hellen Schopf und das kühne Profil?«, sagte Margret. »Das war doch...«

Richard kam ihr zuvor.

»...keiner von unseren Bekannten, Darling. Ich weiß, du dachtest an James Killroy. Er war es nicht. Wie sollte er auch hierher kommen?«

Margret hatte keineswegs an James Killroy gedacht. Sie kannte keinen Menschen dieses Namens. Aber sie begriff: Richard wollte verhindern, dass diese Dr. Fraser mithörte, wen sie beide erkannt zu haben glaubten.

Dr. Harriet Fraser bestand darauf, Margrets Schulter und Hüfte anzuschauen. So ging sie mit den Grants, nachdem sie einige Worte mit dem Wirt gewechselt hatte, in deren Zimmer.

Die Ärztin stellte einige harmlose Prellungen fest. »Sie sollten sich aber gleich hinlegen«, empfahl sie. »Ich gebe Ihnen eine Beruhigungstablette, die gleichzeitig einer beginnenden Erkältung zuvorkommt.«

Sie wandte sich an Richard.

»Sie, Mister Grant, sollten ebenfalls eine nehmen. Aber vielleicht reicht auch ein ordentlicher Whisky. Den müssen Sie noch mit mir trinken, während wir über das sprechen, was mich zu Ihnen geführt hat.«

Sie gab Margret die Tablette. Dann ging sie hinunter in die Gaststube, um Richard Gelegenheit zu geben, sich trockene Kleidung anzuziehen.

»Wie findest du sie?«, fragte Richard, als die Ärztin

das Zimmer verlassen hatte und sich ihre Schritte auf dem Flur entfernten.

»Ich muss morgen gleich zum Friseur«, sagte sie, scheinbar zusammenhanglos. Aber Richard verstand den Hintersinn ihrer Antwort. Mit dem Instinkt der Frau hatte Margret erfasst: gefährliche Konkurrenz! Sie hatte es nicht ausgesprochen. Statt dessen verriet sie nur die Konsequenz, die sie gezogen hatte. Sie lautete: Schärf die Waffen!

»Ich fragte, wie du sie findest, Darling?«

»Sie scheint ja ganz tüchtig zu sein. Menschlich meine ich. Nicht als Ärztin. Traust du ihr die Beteiligung an einem Mord zu?«

Margret reinigte ihm gerade die trockne Hose.

»Sie verwendet ein auffallendes Parfüm. Ich mag das nicht«, sagte sie. Richard stand gerade auf einem Bein. Er wurde ungeduldig. »Nun gib doch Antwort, Margret. Hat sie etwas mit Mister Brix zu tun oder nicht. Hältst du sie für eine Mörderin?«

Margret machte ein abweisendes Gesicht. Sie zog sich ins Bett zurück. Dann erst antwortete sie: »Nein, Richard, eigentlich nicht.«

Fünf Minuten später ging Richard nach unten. Erfrischt betrat er das Nebenzimmer des Schankraums. Dr. Fraser begrüßte ihn lächelnd: »Jetzt sehen Sie wie ein ganz anderer Mann aus, Mister Grant!«

»Ich fühle mich auch so«, versicherte er. »Meine Frau habe ich gemäß Ihrem Rat gleich ins Bett gesteckt.«

»Das war sicher das Beste. Über eine Uferböschung mit dem Auto ins Wasser zu rasen, ist kein Kinderspiel. Aber seien Sie unbesorgt, morgen wird auch sie sich wieder wohl fühlen.«

Grant schaltete den elektrischen Kamin ein. Da klopfte es. Der Wirt erschien mit einem Tablett.

»Ich habe mir erlaubt, auch für Sie Whisky und Soda zu bestellen, Mister Grant«, sagte die Ärztin. »Ich hoffe, es ist Ihnen recht.«

»Vielen Dank, Doktor Fraser.«

Der Wirt setzte Gläser und Flaschen ab und ging wieder hinaus.

Sie nahmen in zwei bequemen Sesseln vor dem Kamin Platz. Die Ärztin schlug ihre schlanken Beine übereinander. Gleichzeitig zog sie mit lässiger Bewegung den ziemlich kurzen Kostümrock übers Knie. Erst dadurch wurde Grants Aufmerksamkeit von ihrem ausdrucksvollen intelligenten Gesicht auf die ganze rassige Erscheinung gelenkt. Sie war eine aparte Schönheit. Ihr Temperament verbarg sie hinter geradezu aufreizender Kühle. Grant bemühte sich, sachlich zu bleiben.

»Nun, Doktor Fraser«, sagte er, »schießen Sie los.«

»Ja«, nickte die Ärztin, »zunächst eine Frage: Als ich Ihnen meinen Namen nannte, waren Sie offensichtlich überrascht. Hatten Sie schon von mir gehört?«

»Weshalb wollten Sie mich aufsuchen?«, wich Grant aus.

»Weil ich über bestimmte Dinge beunruhigt bin und Ihre Hilfe brauche«, sagte sie. Ihre feingliedrigen Hände schlossen sich fest um die Armlehnen ihres Sessels.

»Gut, wir werden sehen. Erzählen Sie mir alles von Anfang an.«

Die Ärztin nahm einen Schluck Whisky. Grant bot ihr eine Zigarette an und reichte Feuer.

Ihr Gesicht hatte jetzt einen gequälten Ausdruck. Sie lehnte sich in den Sessel zurück und begann: »Ich werde mich kurz fassen. Vor etwa sechs Wochen kam in meine Londoner Praxis ein Mädchen. Sie nannte sich Barbara Willis und erwies sich als sensibler, beinahe überspannter Typ. Ein spezielles Leiden konnte ich nicht feststellen. Doch behauptete Miss Willis, häufig an starken

Kopfschmerzen zu leiden. Ich fragte, ob sie viel Alkohol trinke. Sie bejahte es. Darauf erklärte ich ihr, sie müsste für mindestens einen Monat ihren Alkoholverbrauch stark einschränken. Sonst könnte ich sie nicht erfolgreich behandeln. Das sagte ich in durchaus freundlichem Ton und überreichte ihr ein Rezept für ein Beruhigungsmittel. Miss Willis reagierte überraschend: Sie sprang auf, schaute mich wütend an und rief, solche lächerlichen Ratschläge bekäme sie schon genug von ihrem Verlobten Robert Brown. Dazu brauche sie keinen Arzt. Dann warf sie drei Pfundnoten auf den Tisch und rauschte hinaus.«

Harriet Fraser strich sich eine Haarsträhne aus der Stirn. »Ich bin zwar an die Unbeherrschtheit mancher Patienten gewöhnt, aber so etwas hatte ich doch noch nicht erlebt.«

»Und was kam dann?«, fragte Grant. »Ließ diese Miss Willis noch mal von sich hören?«

»Nein. Aber zwei Wochen später las ich in der Zeitung von dem rätselhaften Verschwinden einer gewissen Barbara Willis. Neben der Meldung war ein Foto der Vermissten mit ihrem Verlobten Robert Brown. Ich wollte meinen Augen nicht trauen...«

»Wieso?«

Die Ärztin schaute den Inspektor mit einem erwartungsvollen Blick an. »Das Mädchen auf dem Foto war nicht das Mädchen aus der Praxis!«

»Nun ja, die Ähnlichkeit auf Zeitungsfotos ist oft nicht groß.«

»Gewiss. Aber ich besorgte mir viele Zeitungen. Sie zeigten alle das gleiche Mädchen. Kein Zweifel: Mir gegenüber hat sich jemand anders als Barbara Willis ausgegeben!«

»Welchen Sinn hätte das denn haben sollen?«, fragte Grant kopfschüttelnd.

»Keine Ahnung. Das war aber noch nicht alles: Vor zehn Tagen wurde ich telefonisch um einen Besuch in einer Londoner Mietvilla gebeten. Ich fand dort ein Mädchen, das offensichtlich vor einem Nervenzusammenbruch stand. Sie nannte sich Peggy Gillow...«

Grant sah Harriet Fraser überrascht an.

»Und was geschah?«, fragte er gespannt.

»Ich schrieb auch dieser Peggy Gillow ein Rezept. Am nächsten Tag kam ich wieder. Aber da war die Villa leer. Das Mädchen habe ich seither nicht mehr gesehen. Erst heute früh entdeckte ich in der Zeitung ein Foto: Peggy Gillow, eine Scotland-Yard-Polizistin, wurde gestern Abend von Mister Grant, einem Ex-Scotland-Yard-Inspektor, ermordet in der Garage seiner Farm in Kent gefunden.«

Harriet Fraser hatte einen Augenblick wie erschöpft die Augen geschlossen. Ihre langen Wimpern schimmerten seidig.

»Und wieder hatte das Foto der richtigen Peggy Gillow keine Ähnlichkeit mit dem Mädchen, das sich mir gegenüber so bezeichnet hatte.«

Grant musste einen Schluck Whisky nehmen. Er fragte: »Haben Sie in dieser Villa außer dem Mädchen noch jemanden gesehen?«

»Nein. Nur die angebliche Peggy Gillow. Sie öffnete selbst die Tür.«

»Kam Ihnen das nicht sonderbar vor?«

»Ich habe mir keine Gedanken darüber gemacht.«

Grant sah die Ärztin einen Augenblick forschend an. Sie hielt seinem Blick stand.

Er drückte seine Zigarette im Aschenbecher aus und sagte: »Offenbar sind Sie da in eine Kette miteinander zusammenhängender Ereignisse geraten, Doktor Fraser. Leider weiß ich noch nicht, wie ich Ihnen helfen kann.«

»Oh – Sie wissen noch gar nicht alles!«, fuhr die

Ärztin fort.

»Gestern kam in aller Frühe wieder ein Mädchen zu mir. Sie nannte sich Lauren Beaumont und beklagte sich wegen eines geringen Übergewichts. Ich war skeptisch. Irgendetwas warnte mich. Ich fragte, wieso sie gerade zu mir gekommen sei. Da hörte ich, ein gewisser Doktor Clayburn hätte sie an mich verwiesen.«

»Gibt es diesen Doktor Clayburn überhaupt?«

»Ja, er ist sogar ein Bekannter von mir. Noch am Vormittag traf ich ihn zufällig in einer Privatklinik. Ich bedankte mich für die Überweisung. Ich hatte es fast erwartet. Er wusste überhaupt nichts von einer Miss Beaumont.«

»Hm – konnten Sie ihm das Mädchen beschreiben?«

»Natürlich... Aber er blieb dabei, es nicht zu kennen.«

»Merkwürdig«, murmelte Grant.

»Ich habe keine Ahnung, wer die richtige Miss Beaumont ist. Aber möglicherweise wird auch ihr etwas Schreckliches zustoßen.«

»Bitte beschreiben Sie mir das Mädchen.«

»Eine gutgewachsene, ziemlich große, nicht übertrieben schlanke Blondine. Hübsches ovales Gesicht, helle Augen, nett zurechtgemacht und sehr gut gekleidet.«

»Haben Sie bereits die Polizei verständigt, Doktor Fraser?«

»Nein. Ich war zwar schon wegen Barbara Willis sehr beunruhigt. Aber von der schauerlichen Entdeckung in Ihrer Garage habe ich ja erst heute früh erfahren. Und da las ich auch, dass Sie vorübergehend wieder für Scotland Yard arbeiten. Ich rief bei Ihnen an. Ein Fred Porter sagte mir, Sie seien nach Shorecombe gefahren. Ich wollte Sie unbedingt sprechen. Deshalb bin ich Ihnen im Auto nachgekommen. Ich erfuhr, Sie seien in diesem

Gasthof abgestiegen. Gut. Ich hörte, sie seien nach Teignmouth hinüber und wollte Ihnen, weil ich nichts Besseres vorhatte, entgegenfahren. Nun ja – und dann traf ich Sie und Ihre Frau neben der Unglücksbrücke.«

»So ist das also«, sagte Grant. Es war ihm nicht anzumerken, ob er die Geschichte ernst nahm. »Was Barbara Willis betrifft – hatten Sie je von ihr gehört? Ich meine, bevor das Mädchen, das sich so nannte, bei Ihnen anrief?«

Harriet Fraser schüttelte den Kopf. »Und Barbaras Verlobten Robert Brown – kannten Sie ihn oder hatten Sie von ihm gehört?«

»Nein. Ich hörte von diesem Robert Brown zum ersten Mal durch Barbara Willis. Dasselbe gilt für Peggy Gillow. Von einer Person dieses Namens wusste ich zuvor nichts.«

Grant schaute gedankenvoll vor sich hin. Plötzlich trank er seinen Whisky aus, gähnte herzhaft und entschuldigte sich mit den Worten: »Verzeihung, ich bin ziemlich müde. Sie verstehen als Ärztin sicher: die Ereignisse der vergangenen Nacht, die anstrengende Fahrt von Kent nach Devonshire – immerhin fast dreihundert Meilen –, das unfreiwillige Bad im Fluss...«

»Mister Grant«, unterbrach die Ärztin. Sie wirkte beleidigt. »Wollen Sie etwa zum Ausdruck bringen, Sie halten meine Geschichte für nebensächlich?«

Grant hatte die Worte anscheinend nicht gehört. »Möchten Sie noch einen Drink, Doktor Fraser?«, fragte er.

»Nein, danke. Ich möchte mich von dieser Angelegenheit nicht ablenken lassen. Ich glaube, Sie wissen in meiner Angelegenheit mehr als ich. Wenn es so ist, dann schonen Sie mich nicht! Ich kann schlechte Nachrichten ertragen. Bitte: Ich möchte die Wahrheit erfahren!«

Grant bot ihr eine neue Zigarette an. Sie lehnte ab.

Er sagte achselzuckend: Ich weiß zwar nicht, ob Scotland Yard damit einverstanden ist. Aber ich will es darauf ankommen lassen. Also hören Sie, Doktor Fraser: Sie fragten nach dem Unfall, ob ich Ihren Namen schon gehört hätte. Ja, Ihr Name war mir bekannt. Und zwar durch Rezepte bei den Ermordeten.«

»Wie ist so etwas möglich?«, rief die Ärztin. In ihrem Gesicht malte sich Bestürzung. »Ich habe doch die echten Personen niemals zu Gesicht bekommen.«

Abermals zuckte Grant die Achseln. »Ich berichtete Ihnen über die Ermittlungen der Polizei, Selbstverständlich sind die ganzen Zusammenhänge undurchsichtig.« Er lächelte ihr zu. »Trotzdem glaube ich nicht an eine Gefahr für Sie. Ich an Ihrer Stelle würde morgen nach London zurückkehren und in gewohnter Weise weiter praktizieren. In kürzester Zeit komme ich selbst mit meiner Frau dorthin. Falls notwendig, werde ich mich sogleich mit Ihnen in Verbindung setzen.«

Eine Weile schaute die Ärztin gedankenverloren in den Kamin. In ihrem blonden Haar spiegelten sich matte Lichtreflexe. Langsam erhob sie sich und nahm ihre Handtasche auf. »Gut. Ich halte mich an Ihren Rat, Mister Grant. Aber was wird, wenn die Polizei...«

»Keine Sorge«, entgegnete Grant. »Gegebenenfalls werde ich die Polizei über Ihre Geschichte unterrichten.«

»Das ist sehr freundlich«, sagte die Ärztin erleichtert. »Kann ich nun noch etwas für Sie oder Ihre Frau tun?«

»Danke, ich glaube nicht. Ich fühle mich wieder ganz in Ordnung. Und meine Frau ist morgen früh bestimmt auch wieder wohlauf. Sie ist allerlei gewohnt, müssen Sie wissen. Sie war ja lange Zeit im Polizeidienst.«

Die Ärztin lächelte. Dann reichte sie Richard Grant ein Kärtchen. »Hier ist meine Londoner Adresse. Es wäre mir auf jeden Fall lieb, wieder von Ihnen zu hören.«

Grant öffnete ihr die Tür. Dabei fragte er: »Übrigens – kennen Sie zufällig einen Hugo Linder?«

Sie zögerte, als versuche sie sich an diesen Namen zu erinnern. »Nein«, sagte sie dann, »ich glaube nicht. Ich betreue viele Patienten und merke mir natürlich nicht alle Namen.«

»Natürlich«, sagte Grant und nickte. »Als Patient könnte er Ihnen zwar irgendwann mal begegnet sein. Jedenfalls hat er auf mich einen etwas nervösen Eindruck gemacht.«

Er gab eine kurze Beschreibung von Linder. Die Ärztin schüttelte den Kopf und fragte:

»Hat sich der Mann verdächtig gemacht?«

Die Frage klang ganz beiläufig. »Wenn ich ihr doch bloß die verdammte Sicherheit rauben könnte«, dachte Richard und schwieg. Er schwieg, bis Hochspannung im Raum knisterte. Undurchsichtig lächelnd, sagte er schließlich: »Nicht mehr als mancher andere.« Dann begleitete er die Ärztin zu ihrem Auto hinaus. Am Wagenschlag gab sie ihm die Hand. Mit festem Druck. Die Handfläche war trocken und kühl. Richard ließ nicht gleich los.

»Sie wollen doch nicht sofort nach London zurück?«, sagte er. »Bleiben Sie doch einfach hier. Ich frage den Wirt, ob noch ein Zimmer frei ist.«

Da hatte sie es plötzlich sehr eilig. Ihre Finger spannten sich. Sie entzog ihm die Hand.

»Vielen Dank für Ihre Fürsorge, Mister Grant. Leider geht es nicht. Ich habe während der Herfahrt vorsichtshalber ein Hotelzimmer in Exeter reservieren lassen.«

»Schade.« Richard sah sie treuherzig an. »Ich hätte Ihnen sonst noch einen kleinen Bummel zum Fischerhafen vorgeschlagen.« Und dann: »Hoffentlich sehen wir uns bald in London.«

»Davon bin ich überzeugt«, antwortete sie.

Gleich darauf gab sie Gas.

Richard tat so, als ginge er gleich ins Gasthaus. Im Dunkel des Eingangs blieb er stehen und sah ihr nach. Er wusste nicht, weshalb. Er erwartete eigentlich nichts Besonderes. Und dennoch trat das Besondere ein. Zuerst sah er die Stopplichter. Dann gar nichts mehr. Dr. Fraser musste noch einmal angehalten haben. Warum? Das interessierte ihn brennend.

So rasch sein Bein es zuließ, rannte er die Straße entlang. Schon war er auf dreißig Schritte herangekommen. Da entdeckte er die Gestalt. Sie stand hinter Fischernetzen, die vor einem Haus aufgehängt waren. Vorsichtig näherte sie sich dem leise surrenden Auto, dessen Lichter erloschen waren. Richard erkannte: Die Person trug einen langen, weiten Wettermantel und einen Südwester. Ölzeug wie die Fischer. Man erkannte es an den matten Reflexen im Mondlicht.

Sie hatte jetzt den Wagen erreicht und beugte sich zum Fenster. Sie sprach mit der Ärztin.

Um lauschen zu können, musste Richard noch näher heran. An der Straßenseite war die Gefahr der Entdeckung zu groß. Er musste ums Haus herum. Von der anderen Seite her konnte er sich dann, durch die Netze getarnt, bis auf fünf Meter an das Auto vorarbeiten.

Bis zur Rückfront des im Dunkeln liegenden Hauses kam Richard ohne Schwierigkeit. Dann war ihm der Weg blockiert. Ein ans Haus gebauter Schuppen versperrte ihm den Weg. Die Hinterseite war nur mit Latten verschlagen. Richard fand eine schadhafte Stelle und schlüpfte hindurch. Er musste über Berge von Gerümpel, Kisten und Brennstoffkanister steigen, bis er die Vordertür erreichte. Glücklicherweise war sie nicht verriegelt.

Er drückte sie auf. Ganz vorsichtig. Bis er den Widerstand verspürte. Dann legte er sich heftiger ins Zeug und wunderte sich, dass die Tür plötzlich nachgab. Sie öffnete sich fast von selber. Umschau haltend, setzte Richard den ersten Fuß ins Freie. Da federte die Tür überraschend zurück. Richard konnte gerade noch den Arm hochreißen, um den Schlag abzufangen. Die Wucht war dennoch groß genug, um ihn umzuwerfen.

Am Boden liegend, fühlte er sich von derben Fäusten gepackt.

»Habe ich dich endlich, erbärmlicher Schnüffler«, wurde er angebrüllt. »Seit zwei Stunden schleichst du hier umher. Heraus mit der Sprache! Was suchst du hier, du dreckiges Schwein!«

Richard hörte eine Autotür zuschlagen. Dann heulte der Motor auf. Dr. Harriet Fraser fuhr schnell davon. Ohne Licht. Von der Gestalt im Ölzeug war nichts mehr zu sehen.

»Jetzt hole ich die Polizei!«, hörte Richard die grobe Stimme in rauem Fischerjargon sagen – und das beruhigte ihn einigermaßen.

Es stellte sich heraus: Er war dem Hausbesitzer in die Arme gelaufen. Auch ihm war die ums Haus geisternde Person verdächtig vorgekommen. Er hatte im Dunkeln neben dem Schuppen auf der Lauer gelegen und nun den Falschen erwischt.

»Tut mir leid«, sagte der erboste Mann jetzt. »Kann ich irgendetwas für Sie tun?«

Richard wollte eine genaue Beschreibung der Person. Aber der Fischer konnte ihm nur sagen:

»Der Größe nach müsste es ein Mann gewesen sein.«

Verärgert ging Richard zum Gasthof zurück. Er verfluchte den Polizeidienst und schalt sich heimlich einen Esel. Seine Laune wurde nicht gerade besser, als sich

Margret im Bett aufrichtete und ihn mit einer spitzen Bemerkung empfing.

»War es nett?«, fragte sie.

»Ja«, gab er zur Antwort.

Margret schnupperte. Sie fächelte mit der Hand Luft unter ihre Nase.

»Man riecht es.«

Dann drehte sie sich um und tat, als ob sie schliefe.

Am nächsten Morgen war Margret wieder frisch und munter. Sie frühstückte mit gutem Appetit. Aufmerksam lauschte sie Richards Erzählung. Als er durchblicken ließ, dass er dem Bericht der Dr. Harriet Fraser keinen rechten Glauben schenken könnte, schüttelte sie nachdenklich den Kopf. »Wenn ich ehrlich bin, muss ich sagen, dass sie keinen schlechten Eindruck macht. Du wirst ihre Angaben doch sicher nachprüfen?«

»Gewiss. Sobald wir in London sind.«

Nach dem Frühstück bestand Margret darauf, zum Friseur zu gehen. Sie wollte unbedingt eine neue Wasserwelle haben.

»Ob du damit dem alten Bill Tyson, den wir uns heute vornehmen wollen, besonders imponieren kannst, weiß ich nicht.«

Margret lachte. Und ging trotzdem.

Richard Grant nutzte die Zeit. Er veranlasste eine Autoreparaturfirma in Teignmouth, sich um seinen im Fluss liegenden Wagen zu kümmern. Dann rief er Sir James Perival an und sprach mit ihm über die Eindrücke, die er bisher gewonnen hatte.

»Übrigens«, sagte Sir James, »auf Ihrer Farm ist alles in Ordnung. Der gute alte Fred Porter macht sich prima, obwohl der Chefinspektor ihn zuerst arg in Verlegenheit brachte. Clark glaubte ihm nicht, dass er überhaupt nichts von dem unheimlichen Besuch in Ihrer Garage gemerkt haben wollte. Übrigens: Die »schönen Grüße«, die telefonisch ausgerichtet wurden, kamen natürlich nicht von Mister Copper. Der Mann ist einwandfrei. Sie kamen sicher von Mister Brix, der sich einen makabren Scherz erlaubte.«

Nachdem Richard seine nächsten Pläne mitgeteilt hatte, legte er auf. Er erzählte dem Wirt, der offensichtlich schon lange darauf gewartet hatte, was mit seinem Wagen geschehen war. »Hätten Sie das nur früher gesagt!«, war die Reaktion. »Jetzt ist meine Frau mit unserem Kombi zum Markt nach Teignmouth gefahren. Sonst hätte ich Ihnen den Wagen gern zur Fahrt zu Tysons Hütte überlassen.«

Gegen zehn Uhr kam Margret zurück. Frisch onduliert. Ihre Prellungen verursachten ihr kaum noch Beschwerden. Sie machte den Vorschlag, zu Fuß zum alten Tyson zu gehen.

»Es können doch kaum drei Meilen sein«, sagte sie. »Das wirst du mit deinem Bein schon schaffen.«

Sie wollten gerade das Zimmer verlassen. Da klopfte es.

»Herein!«, rief Richard. Ein gut gekleideter, sehr gepflegter junger Mann trat ins Zimmer.

»Ich bitte, die Störung zu entschuldigen«, begann er. »Aber ich wäre Ihnen unendlich verbunden, wenn Sie mir einige Minuten Ihrer kostbaren Zeit widmen würden.«

Bei so viel Höflichkeit blieb Richard nichts anderes übrig, als dem wohlerzogenen jungen Mann einen Stuhl anzubieten. Einer war noch für Margret da. Richard setzte sich auf die Bettkante.

»Bitte sehr, um was handelt es sich?«

»Mein Name ist Robert Brown. Ich bin der...«

»Doch nicht etwa der Verlobte der bedauernswerten Barbara Willis?«

»Ganz recht, Mister Grant. Der bin ich.«

Richard und Margret sprachen ihr Beileid aus. Der junge Mann wirkte sehr niedergeschlagen. Auch ein bisschen nervös. Er schien etwas zu suchen. Schließlich zog er ein Päckchen Zigaretten aus der Jackettasche. »Bitte um Vergebung, Mrs. Grant. Würde es Sie belästigen, wenn ich eine Zigarette rauche?«

»Aber nein, nicht im geringsten. Rauchen Sie nur«, antwortete Margret. Sie schien voll Mitleid mit dem Ärmsten.

Er zündete sich eine Zigarette an. Dann begann er: »Sicher kennen Sie den traurigen Anlass, der mich in diese Gegend führte. Man forderte mich auf, die Leiche meiner Verlobten zu identifizieren. Ich bin noch einige Tage länger geblieben. Sie werden ja wohl verstehen, dass ich herausfinden möchte, auf welche Weise Barbara ums Leben gekommen ist.«

Er senkte den Kopf und machte eine Pause. Als er das Gesicht wieder hob, sah er viel entschlossener aus. Er fuhr fort: »Ich gestehe ehrlich, Mister Grant: Ich möchte auch das Ungeheuer erwischen, das dieses niederträchtige Verbrechen verübt hat.«

Richard blickte ihn ruhig an.

»Und, Mister Brown? Haben Sie einen Verdacht?«

»Leider nein. Ich bin Laie. Wie sollte ich? Aber ich bin dennoch auf einen interessanten Punkt gestoßen.«

»Tatsächlich? Erzählen Sie, Mister Brown.«

Robert Brown strich über das kleine Schnurrbärtchen auf der Oberlippe. Es wirkte noch dunkler als seine glattgekämmten Haare.

»Als ich vorhin von Ihrem Unfall hörte, der sich schon herumgesprochen hat, da kombinierte ich. Ich zog meine Schlüsse, verstehen Sie? Ich nehme an, Sie waren auf dem Weg zu Bill Tyson, dem Fischer, der die Leiche fand?«

»Gewiss. Wie kommen Sie darauf?«

»Ganz einfach, Mister Grant. Sie können sich wohl denken, dass auch ich mit Bill Tyson sprechen wollte. Auch ich fuhr mit dem Wagen hin. Und was glauben Sie? – Als ich kurz vor der kleinen Brücke war, bei der Sie gestern den Unfall hatten, hörte ich von hinten einen Wagen kommen. Er nahte sehr schnell, gab Hupsignale. Beim Überholen versuchte er ausgerechnet vor der Brückeneinfahrt, mir den Weg abzuschneiden!«

»Richard«, rief Margret, »genau wie bei uns!«

»Sehen Sie, Mister Grant, ich habe es mir gedacht. Ein Yard-Inspektor kann doch Autofahren. Er rast doch nicht ohne Grund durch die Hecke in den Fluss. Sie haben enormes Glück gehabt, Mister Grant.«

»Allerdings. Ich bin Ihnen sehr dankbar für die Mitteilung, Mister Brown. Jetzt ist ja wohl klar, dass es auch bei uns kein Zufall war. Meinen Sie nicht?«

»Aber sicher. Hören Sie weiter«, sagte Robert Brown. »Ich hatte mehr Glück als Sie. Ich streifte nur die Hecke und konnte den Wagen zum Stehen bringen. Der andere fuhr wie der Teufel davon. An Verfolgung dachte ich vor Aufregung nicht. Aber die Nummer habe ich mir gemerkt.« Er zog ein Notizbuch und schlug es auf.

»Die Nummer lautete GKC 973.«

»Eigenartig«, murmelte Margret. »Es sieht so aus, als wollte jemand verhindern, dass man mit Bill Tyson spricht.«

»Das ist es, Mrs. Grant«, rief Brown. Ein bisschen zu pathetisch, fand Richard, zumal der junge Mann noch hinzufügte: »Und Sie hätten den Versuch, zu dem alten Fischer zu kommen, fast mit dem Leben bezahlen müssen.«

Einen Augenblick blieb es still im Zimmer. Jeder dachte nach. Schließlich sagte Richard: »Ich glaube, wir sollten keine voreiligen Schlüsse ziehen. Was besagt es denn, dass Bill Tyson zusammen mit Linder die Leiche fand? Ich sehe keine Ursache, den alten Mann eines Zusammenhanges mit dem Verbrechen zu verdächtigen. Oder?«

Robert Brown hob die Hand. Warnend.

»Vorsicht, Mister Grant. Ich habe den Kerl ja betrachtet. Ich habe mit ihm gesprochen und den Eindruck gewonnen, er hielte mit irgendetwas hinterm Berg. Ich glaube, er verschweigt etwas, das ihm schwer auf der Seele liegt.«

»Aber, aber! Woraus schließen Sie das nun wieder?«

»Aus seinem Benehmen.«

Margret fand, dass Robert Brown sich zu sehr ereiferte. Wahrscheinlich war der hübsche Junge ganz schön romantisch veranlagt. Aber trotzdem. Sie sah ihn skeptisch an. Und sofort schien Brown es zu merken. Er schaute betroffen nieder: »Entschuldigung. Ich kann mich irren. Alte Leute sind ja oft mürrisch, vielleicht hat er auch die Fragerei der Polizei und der Reporter satt. Möglich. – Trotzdem, ich weiß nicht. Ich nehme an, Sie gehen noch zu ihm, Mister Grant. Dann rate ich Ihnen, fassen Sie den alten Herrn ruhig etwas scharf an. Ein wenig dritter Grad könnte nicht schaden.«

»Dritter Grad? Aber Mister Brown. Das gibt es nicht bei uns. Ich glaube, Sie lesen schlechte Kriminalromane. Hüten Sie sich, dass die Phantasie nicht mit Ihnen durchgeht.«

Robert Brown war ehrlich betroffen, schon wieder ins Fettnäpfchen getreten zu sein. Er hielt es für angebracht, sich zu verabschieden.

»Ich wünsche Ihnen von Herzen, dass Sie bei Tyson mehr erfahren als ich.«

Kaum war er gegangen, da trat Richard ans Fenster.

Er rief zu Margret: »Sieh dir das an, Darling! Was dieser hübsche Junge für einen dicken Wagen fährt!«

Margret begriff nicht.

»Richard, du denkst doch nicht etwa...«

»Aber nein! Ich denke nur: Der hat Geld wie Heu. Und dann so ein Unglück! Kein Wunder, dass der Knabe fast ein bisschen wirr im Kopf ist.«

Zehn Minuten später machten die Grants sich auf den Weg. Der Wirt hatte ihnen die Lage der Hütte Tysons genau beschrieben. Sie musste südlich von Shorecombe unmittelbar hinter dem ins Meer vorspringenden Kap liegen. Der Fußweg führte über den Höhenrücken, der dort schroff zur Küste abfiel. Als die beiden knapp zwei Meilen hinter sich hatten, war die höchste Erhebung erreicht. Von nun an ging es in Windungen abwärts. Nach vier oder fünf Minuten kamen sie an eine Weggabel. Links führte der Weg zu einigen kleinen Einbuchtungen inmitten der Klippen, an denen drei oder vier bunte Sommerhäuschen wie Schwalbennester klebten.

»Dort muss auch Tysons Hütte sein.«

»Ich glaube nicht. Ich bin mehr für den Pfad hier rechts.«

Während sie noch berieten, kam von rechts ein pfeifender Mann des Weges. Margret wollte ihren Augen nicht trauen: Hugo Linder!

Der Skandinavier hatte sie bereits entdeckt. Er schwenkte die Leinenjacke, die er ausgezogen und über die Schulter geschwungen hatte.

»Sie wollen zu meinem alten Freund Tyson? Heute haben Sie Glück. Er ist zu Hause. Aber er ist nicht besonders gut gelaunt. Weiß nicht, was dem alten Seebär wieder in den Knochen steckt.«

Er wollte schon weitergehen, da rief Richard: »Übrigens, Mister Linder. Ich soll Sie schön grüßen. Raten Sie mal, von wem?«

»Keinen Schimmer, Mister Grant. Sagen Sie's mir. Die Sommersonne macht so denkfaul.«

»Von Dr. Fraser! Wir begegneten ihr eben«, log Richard.

»Wie? Harriet ist noch in Shorecombe?«, fragte er verdutzt.

»Ja, sie hatte etwas im Gasthaus vergessen, als wir uns gestern Abend unterhielten. So war's, glaube ich.«

»Seltsam«, murmelte Linder betroffen. Dann zeigte er in die Richtung, aus der er gekommen war. »Dort geht's lang. Viel Glück!« Er benutzte den Weg, der zu den Strandhäusern führte, und verschwand zwischen den Büschen. Nachdenklicher, als er gekommen war. Trotz der Sommersonne...

Kaum hundert Schritte, dann konnten die Grants die Umgebung überblicken. Sie sahen auch den kleinen Einschnitt zwischen den Klippen. Dort war es gewesen. Dort hatten Tyson und Linder die tote Barbara Willis aufgefischt. Warum ausgerechnet hier?

Richard erinnerte sich an die Geländeskizze in Chefinspektor Clarks Aufzeichnungen. Er fand die Eintragungen über die Strömungsverhältnisse bestätigt. Ja, an der Fundstelle war das Wasser weniger bewegt.

Richard schien unwahrscheinlich, dass etwas von weit her Getriebenes ausgerechnet an diese Stelle gelangen sollte. Was sich hier anfand, musste ganz in der Nähe ins Wasser geworfen worden sein. Bill Tyson hatte das vermutlich gewusst.

Richard war plötzlich sehr begierig, mit dem Fischer zu sprechen. Er zog Margret so schnell hinter sich her, dass sie kaum folgen konnte.

Tyson sei zu Hause, hatte Linder gesagt. Trotzdem öffnete niemand, als Richard an die Tür des festen

Blockhauses klopfte.

»Vielleicht ist der alte Knabe ein bisschen schwer-
hörig«, meinte Margret.

Richard wurde ungeduldig. Er bollerte mit der Faust
gegen die Holztür. Dann ging er ans Fenster. Die Vor-
hänge waren zugezogen. Er lauschte und glaubte, im
Haus ein Geräusch zu hören.

»Ich werde mal ums Haus gehen. Bleib du hier stehen, Darling.«

Richard ging. Wie still es hier war. Margret hörte
nur das Geschrei der Möwen und die Brandung am Fuß
der Klippe.

Margret stellte fest, dass sie nicht mehr die Kaltblü-
tigkeit besaß, die sie früher als Detektivin bewiesen hatte. Ihr war nicht wohl auf ihrem Posten.

»Hallo!«

Sie erschrak, obwohl es Richards Stimme war. Sie
wollte ihm gerade folgen. Da fiel ein Schuss. Er musste
in der Hütte abgefeuert worden sein.

»Richard!«, schrie Margret. Und noch einmal: »Richard!« Aber er hörte sie nicht.

Richard Grant hatte zunächst angenommen, die Kugel sei für ihn bestimmt gewesen. Obwohl er keine Waffe bei sich hatte, war er durch eine geöffnete Hintertür
ins Haus eingedrungen. Er kam zuerst in die primitive
Küche. Er schaute unter den Tisch und hinter den Vorhang, der eine stattliche Zahl Reisigbesen verbarg. Bill
Tyson war anscheinend ein ordnungsliebender Mann.
Nein, hier verbarg sich niemand.

Richard öffnete die Verbindungstur zum nächsten
Raum. Da sah er ihn. Der alte Mann im blauen Fischer-
hemd saß auf einem Holzschemel. Er lag mit ausgestreckten Armen auf dem Tisch. Der Schuss war mitten
durch die Stirn gegangen. Richard griff nach dem Handgelenk und fühlte den Puls.

Nichts. Kein Zweifel. Der Fischer Tyson war tot.

Richard lief aus dem Haus. Er holte Margret, beruhigte sie und bat sie, in der Küche zu warten.

»Du kannst dir den Anblick ersparen«, sagte er. »Wir können ihm nicht mehr helfen. Offenbar hatte der Wirrkopf Robert Brown doch den richtigen Instinkt. Bill Tyson wusste wohl zu viel. Er hat Selbstmord begangen.«

Für diese Vermutung sprach ein Revolver, der neben dem Schemel lag. Richard untersuchte ihn. Eine Patrone fehlte.

»Meinst du bestimmt, es könnte nur Selbstmord gewesen sein?«, fragte Margret angstvoll aus der Küche: »Natürlich, Darling. Was sonst? Hier ist kein Mensch außer Bill gewesen, als der Schuss fiel: Falls noch jemand als Täter in Frage käme, wären es nur wir beide. Nein, hier gibt es keinen Zweifel.«

Und dann entdeckte Richard etwas. Unter dem Hemdsärmel des Toten lugte ein Zettel hervor. Richard zog ihn heraus. Er erkannte die rote Tinte. Er erkannte die Handschrift, obwohl sie verwischt war. Auf dem Zettel stand: »SCHÖNE GRÜßE VON MISTER BRIX.«

Eiskalter Schreck durchfuhr Richard Grant. Er ließ den Zettel los. Mit einem Ruck riss er den Revolver an sich. »Achtung, Margret!«, rief er, »Vorsicht! Es war Mord. Und der Mörder muss noch in der Hütte sein!«

3

Ein Poltern in der Küche. Dann ein Aufschrei. Richard Grant fuhr herum. Er sah, dass Margret einen Hocker umgeworfen hatte. In panischer Angst floh sie zur Hintertür.

»Halt!«, rief Richard.

Mit einem Sprung war er bei ihr. Er hielt sie fest. »Nicht hinaus«, flüsterte er ihr zu. »Vermutlich sitzt der Kerl auf dem Dachboden. Die Mordwaffe hat er zwar hiergelassen, aber er hat sicher noch eine zweite Kanone. Wenn du ins Freie trittst, knallt er dich von oben ab wie einen Hund...« Er gab ihr den Revolver, der neben dem toten Bill Tyson gelegen hatte. »Nimm das Ding. Trete in den Winkel zwischen Küchenschrank und Fensterwand und muckse dich nicht, bevor ich dich rufe.«

Vorsichtig machte er sich an die Durchsuchung. Im Erdgeschoss und dem darunterliegenden kleinen Vorratskeller fand er nichts. Die Stiege zum Dachboden knarrte, obwohl er leise auftrat. Die Luke war geschlossen. Wenn er hindurch schießt, bin ich geliefert«, dachte Richard und horchte angestrengt. Als sich immer noch nichts rührte, öffnete er die Luke mit einem energischen Ruck und zog sich sofort in Deckung zurück. Nichts geschah.

Richard wartete eine Minute. Dann zog er seinen Taschenspiegel hervor, schob ihn hoch und betrachtete, ihn als Teleskop benutzend, den Bodenraum. Er war sauber aufgeräumt. Ein paar Geräte standen in Reih und Glied, Riemen, Stangen, Holzschaufeln und Fischkästen. Auf der anderen Seite lagen ein paar Netzhaufen und sorgsam aufgerolltes Tauwerk. Von einem Menschen war hier keine Spur.

Es fiel Richard schwer, zu glauben, was er mit eigenen Augen sah. Mister Brix, jenes geheimnisvolle Ungeheuer, das seine »schönen Grüße« bei seinem Opfer hinterlassen hatte, war verschwunden.

Es war nicht zu fassen! Während Margret vor der Haustür und Richard an der Hinterfront der Hütte gestanden hatte, war der Schuss gefallen. Wie konnte der Täter ungesehen entkommen sein?

Richard stieg ins Erdgeschoß zurück. »Ich bin's. Darling«, rief er unterwegs leise. Als er in die Küche kam, fiel Margret ihm schluchzend um den Hals. Sie schien der Ohnmacht nahe.

Sie war auch nicht geneigt, allein bei der Hütte zu bleiben. So gingen die beiden Grants wenig später gemeinsam zu den benachbarten Sommerhäuschen hinüber. Bei Linder pochten sie vergeblich. Er sei vor zwanzig Minuten abgereist. Nach London, erfuhren sie beim Besitzer des nächsten Häuschens.

Dort gab es auch Telefon. Sie alarmierten die Polizei in Teignmouth, die nach einer Stunde zur Stelle war.

Der örtliche Chef zeigte sich wenig bereit, sich von Scotland Yard ins Handwerk pfuschen zu lassen. Er behandelte die Grants wie irgendwelche Zeugen und bestand darauf, dass sie ihm auch am nächsten Tag in Teignmouth zur Vernehmung verfügbar zu sein hätten. So kam es, dass Richard und Margret die Umgebung von Shorecornbe erst am Dienstagabend verlassen konnten. Da ihr Wagen noch nicht repariert war, benutzten sie den D-Zug.

Kurz nach Mitternacht trafen die Grants auf dem Londoner Paddington-Bahnhof ein. Sie mieteten ein Hotelzimmer und gönnten sich einen redlich verdienten siebenstündigen Schlaf.

Am nächsten Morgen spürte Margret wenig Lust, ihren Mann zu Scotland Yard zu begleiten. Ein Schaufensterbummel schien ihr verlockender, denn sie war schon lange nicht mehr in London gewesen.

Punkt zehn Uhr traf Richard Grant im Yard ein. Er begab sich direkt ins Zimmer von Sir James Perival. Dort traf er auch bereits Chefinspektor Clark an.

Die beiden studierten gerade die als Fernschreiben aus Shorecombe eingetroffenen Berichte. Sämtliche Polizeifotos aus Tysons Hütte waren durch Bildfunk übermittelt worden. Sogar die entdeckten Fingerabdrücke.

Zur Ergänzung dieses Materials ließ sich Sir James von Grant dessen persönliche Erlebnisse und Eindrücke mitteilen.

Als Grant seine Schilderung beendet hatte, sprang Sir James auf. Er ging ein paar Schritte auf und ab und rief: »Für mich wird der Fall immer komplizierter!«

»Nach allem, was wir gelesen und gehört haben«, meldete sich der Chefinspektor, »gibt es nur eine Erklärung: Tyson hat Selbstmord begangen! So bleibt eigentlich nur die Frage, von wem die Notiz auf dem Zettel stammt, den Kollege Grant auf Tysons Tisch fand. Ich möchte nun eine recht kühne Behauptung aufstellen: Tyson hat diese Notiz unmittelbar vor seinem Selbstmord mit eigener Hand geschrieben. Wie unsere Schriftsachverständigen ermittelt haben, stammen von der gleichen Hand auch die Notizen, die mit Barbara Willis' Diamantbrosche an Robert Brown und mit Peggy Gillows Armband an deren Vater übersandt wurden. Also war Bill Tyson mit dem geheimnisvollen Mister Brix einwandfrei identisch.« Clark sah seinen Vorgesetzten, Sir James Perival erwartungsvoll an.

In diesem Moment klopfte es laut gegen die Tür. Sir James wurde abgelenkt und rief »Herein!« Ein Polizeisergeant trat ins Zimmer. Er bat um Entschuldigung wegen der Störung und wandte sich mit der Mitteilung an Clark, draußen sei ein Besucher für ihn.

»Wie können Sie mich jetzt damit behelligen!«, fuhr Clark den Sergeanten an. »Sie wissen doch, dass ich gerade bei einer wichtigen Besprechung mit Sir James bin. Warum haben Sie den Besuch nicht zu Inspektor Miller geführt?«

»Das wäre zwecklos gewesen, Sir«, entgegnete der Sergeant unerschüttert. »Der Gentleman will mit Ihnen sprechen, weil Sie den Fall Barbara Willis bearbeiten. Er behauptet, es sei äußerst dringend. Sein Name ist Sir Donald Angus.«

»Sir Donald Angus?«, rief Perival überrascht. »Wissen Sie, wer das ist, meine Herren? Der steinreiche Reeder aus Glasgow! Er hat erst vor wenigen Wochen zu seinen übrigen Unternehmungen auch die bekannte Ostafrika-Schifffahrtsgesellschaft dazu erworben. Wenn dieser Multimillionär behauptet, es sei dringend, dann wollen wir sofort hören, was er auf dem Herzen hat. Führen Sie Sir Donald Angus herein, Sergeant!«

Der Sergeant ging hinaus und kam sofort mit Sir Donald Angus zurück. Er war ein mit provinzieller Eleganz gekleideter, rundlicher und kugelköpfiger Fünfziger mit stark gerötetem Gesicht, vorstehenden wasserblauen Augen und typisch schottischem Akzent.

Sir James stellte ihm nach der Begrüßung seine beiden Mitarbeiter vor. Dann bot er ihm einen bequemen Sessel an. Der Sergeant zog sich wieder zurück.

»Ah, Sir James«, begann der Besucher, »ich möchte von vornherein darauf hinweisen, dass meine Angelegenheit äußerst heikel ist. Sie muss deshalb streng vertraulich behandelt werden. Es wäre eine Katastrophe für einen Mann in meiner Position, wenn etwas davon in die Öffentlichkeit käme.«

»Verlassen Sie sich darauf, Sir Donald«, erwiderte Perival nicht ohne leise Ironie. »Wir sind gewohnt, größtmögliche Diskretion walten zu lassen. Insbesondere, wenn wir so dringend darum ersucht werden.«

»Das hoffe ich sehr! Und um keine Zeit zu verlieren – hier ist meine Geschichte: Am vergangenen Sonntag kam ich von Glasgow nach London. Im *Astoria*-Hotel mietete ich ein Drei-Zimmer-Appartement. Ich hatte nämlich Begleitung bei mir. Genauer gesagt, eine junge Dame. Um irrigen Auslegungen vorzubeugen, Gentlemen – sie ist eine gute Bekannte meiner Familie. Sie sollte mir bei einigen Verhandlungen als Sekretärin dienen. Unser Aufenthalt in London war auf acht bis zehn Tage vorgesehen. Drücke ich mich klar genug aus, Gentlemen?«

»Noch klarer ginge es kaum!«, versicherte Sir James. »Bitte fahren Sie fort, Sir Donald.«

»Gut. Gestern nach dem Frühstück wollte meine Begleiterin einige Einkäufe machen. Wir verabredeten, uns um Viertel nach zwölf zum Lunch im *Ritz* zu treffen. Als ich mich dort einfand – pünktlich auf die Minute, wie es meine Art ist –, war meine Bekannte nicht da. Ich wartete und wartete und wurde immer ungeduldiger. Sie können sich denken, ich bin ein vielbeschäftigter Mann. Für alle meine Vorhaben muss ich einen genauen Zeitplan einhalten. Bis Viertel vor drei wartete ich. Aber die Dame kam nicht.

»Zweieinhalb Stunden also«, sagte Sir James. »Und dann?«

»Ich musste fort zu wichtigen Besprechungen. Beim Geschäftsführer und beim Chefkellner hinterließ ich Nachrichten, wo überall ich im Lauf der nächsten Stunden zu erreichen wäre. Unterwegs ging ich zu einem Modesalon in der Bond Street. Den hatte die junge Lady aufsuchen wollen. zu meiner Bestürzung war niemand dort gewesen, auf den meine Beschreibung passte. Ich rief sofort das *Astoria*-Hotel an. Auch dort hatte man nichts von ihr gesehen, seit sie nach dem Frühstück fortgegangen war. Mehr konnte ich vorläufig nicht tun «

Der Besucher machte eine resignierende Handbewegung. »Meine Besprechungen drängten. Ich brachte Konferenz um Konferenz hinter mich, so schnell es nur möglich war. Zwischendurch rief ich immer wieder im *Astoria*-Hotel und im *Ritz* an. Aber nirgends war sie aufgetaucht. Gegen neun Uhr abends kam ich verzweifelt in das Hotel zurück. Dort sagte man mir, die junge Dame sei noch nicht da. Aber vor einer Viertelstunde hätte ein Bote ein Päckchen für mich abgegeben...«

»Und was enthielt dieses Päckchen?«, fragte Sir James gespannt.

»Dies hier!«, sagte der Besucher und zog ein ledernes Schmucketui hervor. Aufgeklappt reichte er es Perival hinüber. »Der Perlohrring, den sie hier sehen, ist Eigentum der jungen Dame. Er gehört zu einem Paar, das ich ihr schenkte. Sie trug diese Perlohrringe, als wir uns heute nach dem Frühstück trennten.«

»Sind Sie dessen sicher, Sir Donald?«, fragte Perival.

»Ganz sicher! Ich selbst habe der jungen Dame die Ohrringe zum Geburtstag geschenkt. Sie ist ja eine gute Bekannte meiner Familie – verstehen Sie?«

»Ich verstehe«, nickte Perival. »Enthielt das Etui sonst noch etwas?«

»Ja, dieses Kärtchen.« Sir Donald entnahm seiner Brieftasche einen Streifen steifes Papier. Er hielt es Perival hin. Mit roter Tinte stand darauf geschrieben: »WARTEN SIE AB! MISTER BRIX.«

Schweigend starrten Perival, Clark und Grant auf die bekannten Schriftzeichen. Man hätte eine Stecknadel fallen hören können.

Schließlich griff Perival nach dem Kärtchen. Er legte es auf seinen Schreibtisch und sagte: »Das möchten wir einstweilen hierbehalten, Sir Donald. Darf ich Sie nun um eine Beschreibung der Dame bitten?«

»Ja, natürlich! Also: Sie ist etwas kleiner als ich. Knapp einen Meter sechzig, würde ich sagen. Ihre Haare sind rötlich, ihre Augen dunkelbraun. Hm, und dann hat sie einen hübschen Mund und hübsche Zähne. Überhaupt ist sie außerordentlich hübsch. Und schlank, sehr schlank – verstehen Sie?«

»Wie alt ist sie?« fragte der Chefinspektor sachlich dazwischen.

»Das – das kann ich Ihnen nicht genau sagen.«

»Nanu«, wunderte sich Clark. »Behaupteten Sie nicht, die Dame sei eine gute Bekannte Ihrer Familie?«

»Oh ja, doch. Aber – äh – mehr von der Seite meiner Frau. Hm, ich würde ihr Alter auf Ende zwanzig schätzen. Bitte, Gentlemen, begreifen Sie: Diese Angelegenheit muss mit allergrößter Diskretion behandelt werden!«

»Keine Sorge, Sir Donald! Wir werden unser Möglichstes tun«, versprach Sir James. Er konnte ein leises Lächeln nicht unterdrücken. »Berichten Sie uns nun bitte, wie die Lady gekleidet war.«

Sir Donald rutschte unruhig auf seinem Sessel hin und her. »Ich glaube – ich glaube, sie trug eine leichte Rehlederjacke und einen gelb-roten Schottenrock. Ja, und flache braune Wildlederschuhe und einen ulkigen kleinen Hut mit einer Feder an der Seite.« Er fuhr sich über die feuchte Stirn. »Aber Gentlemen, ich muss Sie nochmals daran erinnern: Ein Mann in meiner Position kann es sich nicht leisten, in irgendeinen Skandal hineinzugeraten! Also bitte äußerste Diskretion!«

»Diskretion, Sir Donald, wurde Ihnen bereits zugesichert«, entgegnete der Chefinspektor. »Deshalb können wir von Ihnen verlangen, dass Sie uns die volle Wahrheit sagen. Wie lange kennen Sie diese junge Dame tatsächlich?«

»Ich erwähnte doch, dass sie eine gute Bekannte meiner Familie ist...«

»Ich sprach von der vollen Wahrheit, Sir Donald!«, erinnerte Clark mit überraschendem Nachdruck.

Merklich in sich zusammensinkend murmelte Sir Donald verlegen: »Nun ja, genau genommen kenne ich sie seit vorigem Sonntag. Sie ist – äh – eine Reisebekanntschaft.«

»Aha, jetzt nähern wir uns den Tatsachen«, sagte Clark. »Und als nächste Tatsache, Sir Donald, möchten wir von Ihnen den Namen der jungen Dame erfahren.«

»Sie heißt«, ächzte Sir Donald und fuhr sich mit der Zungenspitze über die trockenen Lippen, »sie heißt Lauren Beaumont.«

Ehe der Chefinspektor die nächste Frage stellen konnte, warf Richard Grant ein: »Ein ziemlich seltener Name. Nicht wahr, Sir Donald?«

»Ein seltener Name, ja. Haben Sie etwa schon mal von der jungen Dame gehört, Mister Grant?«

»Ihre Frage, Sir Donald, klingt so besorgt! Fürchten Sie etwa, dieser Name könnte in den Polizeiakten enthalten sein? Sie sagten, Miss Beaumont sei klein und sehr schlank, mit rötlichem Haar und dunkelbraunen Augen. Spricht sie reines Englisch oder hat sie irgendeinen Akzent?«

»Vielleicht eine Art amerikanischen Akzent«, erklärte der Besucher, »wie man ihn neuerdings oft im Film hört.«

Grant nickte nachdenklich. Eines stand fest: Diese Beschreibung der echten Lauren Beaumont traf nicht auf das Mädchen zu, das unter dem gleichen Namen bei

Doktor Harriet Fraser gewesen war. Genauso hatte es sich bei Barbara Willis und Peggy Gillow verhalten. Und das war beunruhigend.

»Sir Donald«, sagte Grant versonnen, »darf ich erfahren, ob sie in den ersten Tagen ihres Londoner Aufenthalts mit Miss Beaumont ausgegangen sind? Ins Theater, in Nachtklubs oder ähnliches?«

»Hm... ja.«

»Wo waren Sie beispielsweise vorgestern Abend?«

»Im Haymarket-Theater und anschließend in einem Nachtklub«, lautete die zögernde Antwort.

»Wie hieß dieser Nachtklub?«, wollte Grant wissen.

»Lassen Sie mich nachdenken – *Madrid-Club* oder so ähnlich.«

»Ach, das *Madrid*!«, rief Grant überrascht.

»Kennen Sie – äh – kennt die Polizei diesen Klub, Inspektor?«, fragte Sir Donald nervös. »Ich habe nichts Unrechtes dort bemerkt. Übrigens war es Laurens Idee, hinzugehen. Ich hatte von diesem Lokal nie zuvor gehört. Lauren allerdings schien es von früher zu kennen.«

»Von wann bis wann waren Sie dort?«, fragte Grant weiter.

»Oh – etwa von halb elf bis kurz nach Mitternacht.«

»Sahen Sie Bekannte?«

»Ich nicht, aber Lauren schien ein paar Leute zu kennen. Zum Beispiel den Inhaber des Lokals...«

»Charles Luigi«, warf Clark ein. »Richtig, so hieß er. Zwei- oder dreimal kam er an unseren Tisch, um uns zu unterhalten. Das übliche Geschwätz. Ich ärgerte mich über ihn, denn insgeheim schien er sich über mich zu amüsieren.« Der Besucher machte plötzlich ein unbehagliches Gesicht. »Aber warum wollen Sie das alles wissen? Was hat das mit der ganzen Angelegenheit zu tun? Ich bin gekommen, um von Ihnen Hilfe zu erhalten.«

Unvermittelt packte ihn die Wut. »Fragen Sie mich

nicht mehr!«, schrie er. »Handeln Sie endlich! Was soll ich denn tun, wenn Sie nichts unternehmen?«

Sir James Perival gebot mit einer Handbewegung Ruhe. »Sie können in dieser Angelegenheit nur eines tun, Sir Donald«, sagte er. »Der sogenannte Mister Brix hat es von Ihnen verlangt: abwarten! Gehen Sie Ihren Geschäften nach und warten Sie, bis Mister Brix Verbindung mit Ihnen aufnimmt. Dann verständigen Sie uns sofort.«

»Das ist alles, was Sie mir empfehlen können?«, fragte Sir Donald hitzig. »Das ist der einzige Rat, den der Chef von Scotland Yard mir anzubieten hat.«

»Ich bin nicht der Chef vom Scotland Yard, Sir Donald«, erklärte Sir James ruhig. »Aber ich bin sicher, dass der Chef Ihnen den gleichen Rat geben würde. Wenn Sie sich nicht danach richten, tragen Sie selbst die Verantwortung. Noch einmal: Sobald Sie wieder von diesem Mister Brix hören, benachrichtigen Sie uns. Wir geben inzwischen eine Beschreibung der jungen Dame an alle Polizeidienststellen durch. Vielleicht können Sie diese Beschreibung noch ein wenig vervollkommnen. Ich darf Sie bitten, jetzt mit Chefinspektor Clark in dessen Zimmer zu gehen und sich dort noch einmal in aller Ruhe zu unterhalten.«

Mit diesen Worten nickte Perival dem Inspektor zu. Der stand auf und öffnete die Tür für den durchaus nicht besänftigten Sir Donald.

Als die beiden gegangen waren, wandte, sich Sir James an Grant: »Nun, mein Lieber, was machen Sie daraus?«

»Unser Mister Brix scheint nicht nur Mordgelüste zu haben«, antwortete Grant. »Er beweist auch eine ausgesprochene Gier nach Geld.«

»Ah – Sie meinen, er will Angus erpressen? Das hat

natürlich viel für sich. Er kennt ihn als reichen Mann mit einer Schwäche für das schöne Geschlecht. Daraus will er Kapital schlagen. Dies gilt möglicherweise für den Fall Beaumont. Für die Fälle Willis und Gillow hat es aber offenbar nicht gegolten.«

»Allerdings«, stimmte Grant zu, »Der sogenannte Mister Brix ist eben ein Mann mit verschiedenerlei Interessen.«

»Ich stelle ihn mir vor als den Chef einer gutorganisierten Bande«, sagte Sir James nachdenklich. »Ein Mann, der sich Druckmittel gegen eine Reihe wohlsituierter Personen beschafft hat. Wenn es ihm nützlich scheint, wird er sie bedenkenlos anwenden. Genauso, wie er bei anderen Gelegenheiten bedenkenlos Blut vergießt. Zugleich aber...«

Er unterbrach sich. Das Telefon hatte geläutet. Mit einer raschen Bewegung nahm er den Hörer ab. Bei dem nun folgenden Gespräch hörte er fast die ganze Zeit zu und sprach selbst nur wenige Worte. Nachdem er den Hörer, wieder aufgelegt hatte, murmelte er: »Wieder so ein merkwürdiger Zufall. Eben wird mir mitgeteilt, wem das Auto gehört, mit dem der Anschlag auf diesen Robert Brown versucht wurde: Keinem anderen als Charles Luigi, dem Inhaber des *Madrid-Clubs*!«

»Interessant«, sagte Grant ohne besondere Anteilnahme. »Ich habe schon vor Jahren vermutet, dass mit diesem Luigi nicht alles in Ordnung ist.«

»Sie kennen ihn näher?«

»Nein. Ich hatte nie direkt mit ihm oder seinem Klub zu tun, doch war ich einige Male dort. Ein ziemlich teures Lokal, aber weit weniger zweifelhaft als manches andere. Es werden recht geschmackvolle Revuen gezeigt. Die Berufstänzerinnen scheinen weniger entgegenkommend als die meisten ihrer Art. Luigi selbst ist meines Wissens rumänischer Abkunft. Er ist bestimmt ein schräger Vogel, aber persönlich durchaus nicht unsympathisch.«

»Könnte er ernstlich mit der Angelegenheit zu tun haben?«

»Das würde mich nicht überraschen«, meinte Grant lächelnd. »Ob er Mister Brix persönlich ist, weiß ich natürlich nicht. Aber ich will mir vormerken, ihn bei nächster Gelegenheit danach zu fragen.«

Auch Sir James lächelte. Dann knurrte er irgendetwas Unverständliches, öffnete eine Schublade seines Schreibtisches und brachte ein kleines Schlüsselbund zum Vorschein. Er reichte es Grant mit den Worten: »Sie können sich denken, dass wir Sie für diesen Job gern jederzeit verfügbar hätten.«

Richard Grant wusste, welche Bewandtnis es mit diesen Schlüsseln hatte. Sie gehörten zu einer der drei für Scotland Yard reservierten nahegelegenen Wohnungen. Je nach Bedarf brachte man dort die verschiedenartigsten Bewohner unter: Angefangen von ausländischen Polizeichefs, die nicht gern in einem der großen Hotels abstiegen, bis hin zu Leuten, die man aus irgendwelchen Gründen in Blicknähe behalten wollte.

»Zugesagt habe ich ja, und zurück kann ich jetzt nicht mehr«, meinte Grant, als er die Schlüssel in Empfang nahm. »Aber Sie werden sich denken können, dass ich einige Sorgen wegen meiner Farm habe.«

»Für Hilfskräfte habe ich gesorgt«, entgegnete Sir James. »Wir werden nachher gleich anrufen und Fred Porter fragen, ob die Leute schon eingetroffen sind. Also deshalb keine Sorgen, Grant! Je schneller wir den schwierigen Fall des Mister Brix über die Bühne bringen, desto eher sind Sie und Ihre Gattin wieder bei Ihren geliebten Obstbäumen.«

Als Richard Grant den Yard verließ, schlug er sofort

die Richtung zu einem in der Nähe gelegenen Gasthof ein. Er hatte sich dorthin – wie so oft in früheren Jahren – mit Margret zum Lunch verabredet. Seine Frau war bereits da. Sie saß an einem kleinen Ecktisch und empfing Richard mit strahlendem Lächeln.

Der so lange ersehnte Schaufensterbummel hatte sie nach den Ereignissen der vergangenen Tage auf andere Gedanken gebracht. Richard benutzte die Gelegenheit zu einem Kompliment ob ihres guten Aussehens. Sie nahm es mit jenem Charme entgegen, den er immer so an ihr geliebt hatte.

Das Essen in ihrem alten Stammlokal schmeckte ihnen vortrefflich. Margret plauderte unaufhörlich. Sie hatte sich ein paar Kleinigkeiten gekauft und war besonders stolz auf ein hübsches Halstuch.

Richard ließ ihren Redestrom geduldig über sich ergehen. Es dauerte eine gute halbe Stunde, bis er selbst über seine Unterredungen mit Sir James Perival und dem seltsamen Besucher Sir Donald Angus berichten konnte.

Danach gingen sie fort, um die vom Yard zur Verfügung gestellte Wohnung zu besichtigen, Sie befand sich in einem etwa zehn Minuten entfernten modernen Wohnblock. Es handelte sich um ein recht behaglich eingerichtetes Dreizimmer-Appartement. Margret war begeistert. Sie blieb gleich da, um ein paar Veränderungen vorzunehmen. Richard kehrte währenddessen noch einmal zum Yard zurück. Er traf sich mit Chefinspektor Clark. Eingehend unterhielten sie sich unter vier Augen über die Angelegenheit Tyson und insbesondere über die einzigen, nicht von dem Fischer selbst herrührenden Fingerabdrücke.

Diese Abdrücke waren in Tysons Küche auf einem Schnapsglas entdeckt worden. In der Fingerabdruckkartei des Yard fand man sie nicht.

»Wahrscheinlich handelt es sich um die Abdrücke

von Hugo Linder«, meinte Chefinspektor Clark.

Richard Grant enthielt sich dazu eines Kommentars. Er gab lediglich zu bedenken, dass Linder ein – wenigstens einstweilen noch – unbeschriebenes Blatt sei.

Die Zusammenarbeit mit seinem Nachfolger fand Richard Grant nicht gerade angenehm. Clark schien ihm eine zuweilen fast spöttische Überlegenheit zur Schau zu tragen. In seinen Kombinationen entwickelte er nach wie vor viel Phantasie. Trotzdem vermied es Richard Grant peinlich, in das Gespräch irgendwelche Spitzen einzuflechten.

Gegen halb sieben fiel ihm ein, dass er Margret wegen des Dinners Bescheid sagen müsse. Er rief sie aus Clarks Büro in der Wohnung an. Ziemlich atemlos hörte er seine Frau am anderen Ende der Leitung. Offenbar hatte sie sich mit der vorübergehenden Unterkunft mehr Arbeit gemacht als notwendig.

Mit nachsichtigem Lächeln schlug er ihr für sieben Uhr ein Treffen beim *Madrid-Club* vor. Dort könne man das Angenehme mit dem Nützlichen verbinden: Eine Unterhaltung mit Charles Luigi sei für ihre Ermittlungen bestimmt nützlich.

»Gut. Also pünktlich um sieben vor dem Klub«, sagte Margret.

Leichter gesagt als getan! Sie musste sich noch umziehen. Auch das Makeup nahm einige Zeit in Anspruch. Es blieben noch zehn Minuten. Zu Fuß hätte sie es nun nicht mehr rechtzeitig geschafft. Direkt vor dem Haus sah sie ein Taxi stehen. Sie stieg sofort ein und nannte dem Fahrer das Ziel. An der nächsten Kreuzung machte sie eine alarmierende Feststellung: Der Taxifahrer schlug eine verkehrte Richtung ein!

Sie schob sofort die Trennscheibe zur Seite und rief: »Wohin fahren Sie? Das ist doch nicht der Weg zum

Madrid-Club!«

»Ich weiß schon, wohin ich Sie fahre«, gab der Mann barsch zurück und schloss die Trennscheibe mit einem ärgerlichen Ruck.

Margret machte sie augenblicklich wieder auf und schrie: »Ich verbiete mir Ihren rüden Ton! Halten Sie sofort an! Ich will aussteigen!«

»Sitzen bleiben und Schnauze halten!«, knurrte der Fahrer. »Lassen Sie jetzt die Scheibe gefälligst zu, oder es passiert etwas!« Damit knallte er die Trennscheibe wieder zu.

Margret öffnete hastig ihre Handtasche. Sie holte einen kleinen automatischen Revolver heraus, schob die Scheibe wieder auf und zischte: »Gut – wenn Sie durchaus Unannehmlichkeiten haben wollen, Mister!«

Sie drückte dem bulligen Fahrer die Revolvermündung ins Genick und sagte in möglichst ruhigem Ton: »Hören Sie jetzt auf, den Kidnapper zu spielen! Fahren Sie mich auf dem kürzesten Weg zum *Madrid-Club*! Wenn Sie nicht parieren, schieße ich sofort! Ich bin Polizistin!«

4

Das Gesicht des Taxifahrers spiegelte Entsetzen. Offenbar nahm ihm der kalte Stahl im Nacken jeden Mut. Er tat gehorsam, was Margret verlangte. Schon nach wenigen Minuten hielten sie vor dem *Madrid-Club*. Am Eingang sah Margret ihren Mann mit Chefinspektor Clark stehen. Sie kurbelte hastig die Scheibe herunter und rief die beiden herbei. In kurzen Worten schilderte sie ihr Erlebnis.

»Das Weitere überlassen Sie bitte mir, Madam«, sagte Clark sofort und saß auch schon mit gezogenem Revolver neben dem Fahrer, während Margret ausstieg. Dem Fahrer befahl Clark, seinen Wagen zum Scotland Yard zu lenken.

Margret zitterte noch vor Aufregung. Sie hängte sich bei ihrem Mann ein.

»Warum hat dieser verrückte Kerl mich wohl entführen wollen?«, fragte sie.

»Es braucht nicht dir persönlich gegolten zu haben, Darling«, beruhigte Richard. »Vielleicht hätte er bei jeder anderen hübschen Frau dasselbe versucht. Wir werden ja hören, was Clark aus dem Kerl herausbringt. Wahrscheinlich behält man ihn vorläufig in Haft. Dann kann ich mich morgen auch noch ein wenig mit ihm unterhalten. Ich bin nur froh, dass du deinen kleinen Revolver bei dir hattest.«

»Es war reiner Zufall«, erklärte Margret. »Ich hatte ihn vorsichtshalber in die Handtasche gesteckt, als wir nach Shorecombe aufbrachen.«

»Eine gute Idee«, lachte Richard. »Doch nun lass uns hineingehen. Du wirst einen guten Drink nötig haben.«

Sie stiegen die Treppen hoch und gingen zur Garderobe. Vor einem Wandspiegel ordnete Margret anschließend noch ihre Haare.

Dann durchquerten sie das Foyer. Sie kamen in eine um diese Zeit noch nicht voll besetzte kreisrunde Bar. Graziös geformte rosalackierte Eisenstühlchen mit mattgelben Polstern standen an kleinen Tischen. Die Wandtäfelung bestand aus poliertem Ebenholz.

Margret und Richard wählten einen Tisch. Dann ließen sie sich zwei Martinis bringen.

Plötzlich raunte Margret: »Schau mal, Richard, wer dort kommt!«

Ein sorgfältig gekleideter junger Mann kam direkt auf sie zu: Robert Brown. Lächelnd blieb er am Tisch stehen und sagte höflich nach der Begrüßung: »Nie hätte ich gedacht, Sie in diesem Lokal zu treffen. Oder sollten Sie etwa aus dem gleichen Grund hier sein wie ich?«

»Kaum«, erwiderte Grant ebenfalls lächelnd. »Denn ich hatte meiner Frau für unseren ersten Londoner Abend lediglich ein nobles Dinner versprochen. Und Ihr Grund, Mister Brown?«

Robert Brown hielt vorsichtig Umschau, ob kein unerwünschter Zuhörer in der Nähe sei. Er sah Charles Luigi, den Besitzer des Clubs, vorbeigehen und neugierig herüberblicken. Da beugte er sich etwas vor und sprach so leise, dass nur die Grants ihn verstehen konnten: »Ich habe den Wagen ermittelt, der mich neulich von der Straße in den Fluss drängen wollte. Er gehört Mister Luigi! Was sagen Sie jetzt?«

»Interessant«, murmelte Grant. »Haben Sie sich schon mit Mister Luigi unterhalten?«

»Ja. Er wollte mir einreden, sein Wagen stünde schon zwei Wochen in der Garage. Eine glatte Lüge! Denn ich habe mir nicht nur die Nummer gemerkt, sondern auch den Wagen eindeutig als einen Bentley erkannt. Und Luigis Wagen ist ein Bentley! Natürlich – ich an Luigis Stelle würde es auch nicht ohne Weiteres zugeben, in solch eine abscheuliche Angelegenheit verwickelt zu sein. Aber ich werde nicht ruhen, bis...«

»Wirklich, Mister Brown«, unterbrach Margret, »mindestens eine Eigenschaft jedes guten Detektivs besitzen Sie: Misstrauen! Zuerst bestanden Sie darauf, dass der Fischer Tyson in die ganze Angelegenheit verwickelt wäre, und jetzt...«

»Tyson ist auch darin verwickelt!«, fiel ihr Brown ins Wort. »Wenn Sie meine Ansicht wissen wollen: Tyson wird hoch bezahlt, damit er...«

»Tyson ist tot«, warf Richard Grant lakonisch ein.

Die Nachricht schien den jungen Mann wie ein Schlag zu treffen.

»Was – Tyson ist tot?«, sagte er. Sein ohnehin blasses Gesicht war aschfahl geworden. Grant beobachtete ihn interessiert und erklärte: »Ja. Er starb durch einen Revolverschuss. Wir waren gerade vor seiner Hütte angelangt, als es passierte.«

»Dann haben Sie womöglich gesehen, wer ihn erschoss?«

»Nein. Außerdem war es nach den polizeilichen Ermittlungen Selbstmord. Aber – auch bei Tyson hat Mister Brix seine Grüße hinterlassen...«

»Was Sie nicht sagen! Eine Karte, wie ich sie damals bekam?«

»Die übliche Karte, mit roter Tinte beschrieben.«

»Unglaublich! Ist es denn sicher, dass niemand in der Hütte war?«

»Ich habe selbst nachgesehen.«

»Mein Gott – diese Angelegenheit wird immer undurchsichtiger«, sagte Brown und schüttelte den Kopf. Dann fügte er hinzu: »Nun will ich Sie aber nicht länger stören. Ich bin recht hungrig und werde mich in den Speisesalon begeben.« Er verabschiedete sich und ging, offenbar in tiefe Gedanken versunken, in den anschließenden Raum hinüber.

Die Grants kamen nicht dazu, ihre Eindrücke auszutauschen. Denn kaum war Brown entschwunden, da kam wieder jemand auf ihren Tisch zu. Es war ein behänder, südländisch aussehender Vierziger in schwarzem Abendanzug.

»Ah – Mr. und Mrs. Grant!«, rief er. »Welche Freude, Sie wieder einmal begrüßen zu dürfen! Sie waren lange nicht hier.«

»Über zwei Jahre, Mister Luigi«, bestätigte Grant, der, ebenso wie seine Frau, ihn zuvor nicht bemerkt hatte. »Wir haben damals den Dienst beim Scotland Yard quittiert und uns auf unsere Farm in Kent zurückgezogen.«

»Eine umso größere Ehre für mich, dass Sie heute meinen Klub besuchen.«

»Wir sind nicht nur als Gäste hier, Mister Luigi«, sagte Grant. »Wir hätten auch gerne etwas von Ihnen erfahren.«

»Ja bitte. Womit kann ich dienen? Sie wissen, Mister Grant, dass ich Ihnen nie eine mögliche Auskunft schuldig geblieben bin.« Der Besitzer des Lokals lächelte verbindlich.

Auch Grant lächelte, schaute Luigi prüfend an und fragte: »Vorhin hatten Sie wohl ebenfalls eine kleine Unterhaltung mit Robert Brown.«

»Robert Brown? Ah – Sie meinen diesen jungen Mann, der mir einige seltsame Fragen über mein Auto gestellt hat«, entgegnete Luigi unbefangen.

»Ein sehr wissbegieriger Mensch. Ist er etwa bei Scotland Yard, Mister Grant?«

»Meines Wissens nicht«, lachte Grant. »Ich glaubte nur, Sie kennen ihn. Er ist der Typ, den man oft in Bars und Klubs trifft. Übrigens war er mit Barbara Willis verlobt.«

Das verschwundene Mädchen, das man kürzlich aus dem Meer gefischt hat? Darüber habe ich in der Zeitung gelesen. Die Angelegenheit hat mit dem geheimnisvollen Mister Brix zu tun – nicht wahr, Mister Grant?«

»Sie sind gut informiert, Mister Luigi. Dies lässt mich hoffen, dass Sie mir auch eine kleine Auskunft über Lauren Beaumont geben können.«

»Lauren Beaumont?«, wiederholte Luigi nachdenklich. »Tut mir leid, Mister Grant. Ich kenne niemanden dieses Namens.«

»Nein? Wie merkwürdig! Miss Beaumont war vorgestern zum Supper hier, und Sie haben mit ihr gesprochen.«

Charles Luigi ließ sich nicht aus der Fassung bringen.

»Das will nichts besagen, Mister Grant«, erklärte er. »Ich spreche mit fast allen Gästen, aber ich kann mir nicht alle Namen merken.«

Grant stieß nach: »Lauren Beaumont ist eine etwa zwanzigjährige, sehr schlanke Person mit rötlichem Haar und dunklen Augen. Hübsch genug um einem verheirateten Mann den Kopf zu verdrehen. Sie war in Begleitung des schottischen Schiffsreeders Sir Donald Angus. Erinnern Sie sich denn, Mister Luigi?«

Der Klubbesitzer zögerte einen Moment. Dann schüttelte er den Kopf. »Bedaure, Mister Grant, ich erinnere mich auch jetzt nicht.«

»Schade«, entgegnete Grant leichthin. »Hoffentlich kommen Sie mit dieser Angabe durch, wenn Chefinspektor Clark Sie vernimmt...«

Luigis stereotypes Lächeln erlosch.

»Was hat denn der damit zu tun?«, fragte er.

»Scotland Yard sucht nach dem Mädchen Lauren Beaumont.«

»Ah – das bedeutet, dieses Mädchen ist verschwunden?«

»Freilich. Sonst würde man sie kaum suchen.«

»Gewiss. Aber wieso gerade Chefinspektor Clark?«, sagte Luigi stirnrunzelnd. »Ich dachte, er bearbeitet den Fall Brix. So steht es wenigstens in den Zeitungen.«

»Diese Angelegenheit gehört zum Fall Brix.«

Jetzt schien Luigi verblüfft. Er wurde für ein paar Sekunden sehr nachdenklich. Dann beugte er sich ein wenig über das Tischchen und flüsterte: »Sie arbeiten im Fall Brix wieder für den Yard – nicht wahr, Mister Grant?«

»Warum fragen Sie?«

»Weil ich Ihnen als altem Freund einen Rat geben möchte: Halten Sie sich da etwas zurück, Mister Grant. Es könnte lebensgefährlich werden.«

Scharf in Luigis Augen blickend, fragte Grant: »Soll das eine Warnung sein, Mister Luigi?«

»Ich sagte es doch schon: ein gutgemeinter Rat für einen alten Freund.«

»Ach so«, murmelte Grant. Plötzlich fügte er lächelnd hinzu: »Verraten Sie es mir als altem Freund, Luigi – spielen Sie zufällig den geheimnisvollen Mister Brix?«

Einen Moment schien es Luigi die Sprache zu verschlagen. Dann zeigte er sich sehr belustigt über diese offenherzige Frage.

»Einen tollen Humor haben Sie, Mister Grant!«, rief er lachend. »Wenn Sie öfter solche Dinge zum Besten geben, dürfte Ihre Gattin ein vergnügliches Leben haben. Jedenfalls war das der ausgefallenste Witz, den ich in meiner langjährigen Praxis als...«

Er vollendete den Satz nicht. Einer seiner Angestellten war herbeigeeilt und bat ihn ans Telefon. Anscheinend kam Luigi diese Störung nicht ungelegen. Er entschuldigte sich bei den Grants und machte sich rasch davon.

Margret war dem ganzen Gespräch aufmerksam gefolgt. Jetzt schaute sie Luigi kritisch nach und sagte: »Diesem Mann traue ich nicht über den Weg.«

»Er ist das, was man einen schrägen Vogel nennt«, antwortete Richard. »Aber merkwürdigerweise gibt es im Yard über ihn persönlich noch keine belastenden Unterlagen. Wahrscheinlich hat er sich immer sehr geschickt verhalten. Doch was meinst du, Margret, wollen wir jetzt nicht unsere Martinis austrinken und in den Speisesalon hinübergehen? Du wirst genau wie ich Appetit auf ein gutes Supper haben.«

Margret stimmte ihm lächelnd zu. Sie tranken ihre Gläser leer, erhoben sich und verließen die inzwischen reichlich besetzte Bar.

Der intim beleuchtete und sehr elegante Speisesalon lag unmittelbar neben einem großen Tanzsaal, in dem auch die Revuedarbietungen stattfanden. Die Grants nahmen an einem freien Tisch nahe dem breiten Durchgang Platz. So konnten sie beim Essen dem ersten Teil der Revue zusehen. Gleichzeitig hielt Margret verstohlen nach Robert Brown Ausschau. Sie konnte ihn jedoch an den zahlreichen besetzten Tischen nirgends entdecken.

Die Grants hatten eben mit dem Essen begonnen, da gab es bei den Darbietungen eine Pause. Die Revuegirls, jetzt mit kleinen Abendroben bekleidet, kamen von der Bühne in den Saal hinab. Sie mussten den männlichen Gästen als Tanzpartnerinnen zur Verfügung stehen.

Plötzlich stand eines dieser Mädchen, eine sympathische Blondine, am Tisch der Grants. Sie ergriff Margrets Hand und raunte hastig: »Sie sind die Grants, nicht wahr? Wir müssen tun, als wären wir gute Bekannte! Fordern Sie mich bitte zum Platznehmen auf! Ich habe Ihnen etwas Wichtiges mitzuteilen!«

Margret schaltete sofort. »Ah, meine Liebe – wie reizend, Sie wiederzusehen!«, rief sie halblaut und schüttelte dem Mädchen die Hand. Richard stand auf und rückte einen dritten Stuhl zurecht. Für jeden Beobachter musste die Szene wie eine echte Begrüßung aussehen.

Das Mädchen setzte sich und fragte rasch: »Sie sind hier, um nach Lauren Beaumont zu forschen, nicht wahr?«

Grant nickte.

»Ja. Was wissen Sie von ihr?«

»Vorgestern Abend war sie hier. Mit einem ziemlich dicken älteren Herrn«, antwortete das Mädchen wie gehetzt. »Und jetzt ist sie verschwunden. Darüber will ich mit Ihnen sprechen. Aber nicht hier – wir werden bestimmt beobachtet. Ich darf also nicht lange an Ihrem Tisch bleiben. Es ist jetzt kurz nach acht. Wollen Sie gegen neun in meine Wohnung kommen? Um diese Zeit läuft eine längere Kabaretteinlage. Dabei werde ich nicht benötigt. Ich heiße Carol Salter und, wohne – ach, um Gottes willen, dort kommt Luigi!« Das Mädchen versuchte ihr Erschrecken zu verbergen.

Auch Richard und Margret sahen den Besitzer des Clubs herannahen, lächelnd und nach allen Seiten grüßend. Aber den Tisch der Grants ließ er nicht aus den Augen;

»Schnell – Ihre Adresse!«, flüsterte Richard hinter der vorgehaltenen Hand.

»Fragen Sie nachher bei der Wärterin in der Damentoilette«, raunte das Mädchen zu Margret. Laut fügte sie hinzu: »Schade, dass Sie nicht länger in London bleiben...«

Diese Worte waren für Luigis Ohren bestimmt. Der hatte in diesem Moment den Tisch der Grants erreicht. Jovial sagte er zu dem Mädchen: »Ah – gute alte Bekannte wiedergetroffen? Ich wusste gar nicht, Carol, dass Sie Mr. und Mrs. Grant kennen.«

»Sie können eben nicht alles wissen, Mister Luigi«, erwiderte Margret spitz. »In der Tat kennen wir Miss Salter schon eine ganze Weile. Und Sie werden gewiss nichts dagegen haben, wenn Sie noch ein paar Minuten an unserem Tisch bleibt.«

»Oh doch – leider, leider«, wehklagte Luigi. »Ich bin eigens gekommen, weil man mich schon nach Carol gefragt hat. Sie werden nämlich erwartet, Carol, sehnsüchtig erwartet! Nicht böse sein, Mr. und Mrs. Grant, dass ich Ihnen unsere hübsche Carol jetzt entführen muss. Aber die Pflicht ruft. Ich werde dafür sorgen, dass sie sich morgen telefonisch bei Ihnen meldet. Kommen Sie, Carol. Bis nachher, Mr. und Mrs. Grant!«

Das Mädchen war aufgestanden. Hastig verabschiedete sie sich von den Grants und wurde von Luigi in den Tanzsaal geleitet. Dort trat tatsächlich ein distinguiert wirkender Herr auf sie zu. Mit einer kleinen Verbeugung forderte er das Mädchen zum Tanz auf.

Margret beobachtete die Szene aufmerksam. »Das mit dem Baronet könnte stimmen«, meinte sie dann. »Dennoch halte ich Luigis Einmischung für verdächtig. Bestimmt hat uns dieses Mädchen allerlei Interessantes mitzuteilen. Was wollen wir tun?«

»Zunächst mal in aller Ruhe unser Supper beenden«, entgegnete Richard. »Und dann dürfte es ohnehin an der Zeit sein, zur Wohnung dieser Miss Salter aufzubrechen.«

Von der Wärterin in der Damentoilette erhielt Margret einen leicht zerknitterten Briefumschlag, als sie den

Namen Carol Salter nannte. Die alte Frau verzog dabei keine Miene. Erst draußen im Taxi öffnete Margret den Umschlag. Sie fand einen kleinen Schlüssel darin und ein Kärtchen mit der Aufschrift: *14 Sutton Mansions, Ap. 2D, Milton Road, Saint John's Wood.*

Richard gab das Fahrtziel an. Sie benötigten eine knappe Viertelstunde.

Die Sutton Mansions erwiesen sich als ein moderner und recht eleganter Wohnblock. Die bezeichnete Wohnung lag im zweiten Stock.

»Ziemlich vertrauensselig, dass sie uns sogar den Schlüssel hinterlassen hat«, murmelte Richard, als er die Wohnungstür aufschloss . »Na ja, vielleicht fürchtete sie, nicht rechtzeitig wegzukommen. Vermutlich wollte sie uns nicht draußen warten lassen.«

»Oh, ist das hübsch eingerichtet!«, rief Margret überrascht beim Betreten der geräumigen Vorhalle. Moderne Clubmöbel, eine große Hausbar, mehrere Bücherregale, ein Fernsehgerät in Luxusausführung. Auf dem Boden Orientteppiche und -brücken über einem mattgrünen Veloursbelag, und an den Wänden geschmackvolle Lithos und Stiche: Das Ganze machte den Eindruck eines kultivierten Wohnzimmers.

»Alles sieht sehr teuer aus«, fügte Margret leise hinzu. »Eine nette kleine Tänzerin wie Carol Salter verdient doch nicht viel. Wie kann sie sich diesen gediegenen Luxus leisten?«

»Von ihrem Gehalt als Tänzerin bestimmt nicht«, erwiderte Richard gutgelaunt. »Aber es soll ja vorkommen, dass hübsche junge Mädchen manchmal noch andere Einkünfte haben. Doch das braucht uns im Moment nicht zu kümmern. Er ließ seinen Blick durch den Raum schweifen. Plötzlich sagte er: »Schau mal, Margret, dort drüben liegt ein Notizbuch für Telefonanschlüsse. Solche Dinge sind meist sehr aufschlussreich. Ich werde mir

90

erlauben, mich ein wenig über Miss Salters Bekanntenkreis zu informieren.«

Mit diesen Worten ging er zum Telefontischchen. Er nahm das Notizbuch auf und blätterte darin. Schon nach wenigen Sekunden pfiff er leise vor sich hin. »Interessant!«, rief er. »Da finde ich eine Bekannte von uns notiert: Doktor Harriet Fraser – Welbeck fünf-fünf-fünf-sechs-acht. Was können wir daraus schließen?«

»Dass Carol Salter möglicherweise mit unserem Fall zu tun hat«, antwortete Margret.

»Ich habe sogar den Eindruck, dass sie stark darin verwickelt ist. Es sieht so aus, als ob sie Charles Luigi sehr nahesteht oder bis vor kurzem sehr nahegestanden hat. Jedenfalls war ich schon immer der Meinung: Im *Madrid-Club* geht allerlei vor, wovon die Polizei keine Ahnung hat.«

Margret schaute ihren Mann gespannt an. »Glaubst du womöglich, Carol Salter sei in Doktor Frasers Sprechstunde als Lauren Beaumont aufgetreten?«

»Ich weiß noch nicht, was ich denken soll«, erwiderte Richard und schaute angestrengt in das aufgeschlagene Notizbuch. »Einstweilen wundere ich mich. Denn hier steht doch wahrhaftig auch Barbara Willis verzeichnet! Unter diesen Umständen werden wir noch schnell die ganze Wohnung anschauen. Vielleicht spielt sie eine wichtige Rolle in der Brix-Affäre.« Er legte das Notizbuch auf das Tischchen zurück. »Komm, Margret, beginnen wir mit dem Raum hinter jener Tür dort.«

Es war das Schlafzimmer, ein sehr luxuriös ausgestattetes Schlafzimmer. Aber der schönen Einrichtung schenkten die Grants zunächst keine Aufmerksamkeit. Denn sobald Richard das Licht eingeschaltet hatte, wurden ihre Blicke von etwas anderem gefesselt. Am Boden lag eine reglose Gestalt. Sie lag neben dem breiten Bett – ein schönes blondes Mädchen, den Mund wie zu einem

Schrei geöffnet, die Augen starr zur Zimmerdecke gerichtet, den weißen Hals von hässlichen roten Würgemalen verunziert.

»Carol Salter!«, stammelte Margret. Richard kniete schon neben der reglosen Gestalt, betastete ihre Handgelenke. Dann schloss er mit behutsamen Fingern ihre Augen und murmelte: »Tot!«

Er erhob sich und schaute seine Frau an. »Es könnte vor fünfzehn bis zwanzig Minuten passiert sein.«

»Meinst du«, flüsterte Margret, »man hat sie im *Madrid-Club* umgebracht und dann hierher transportiert?«

»Ausgeschlossen wäre das nicht. Aber ich halte es nicht für wahrscheinlich. Es hätte zu viel unnötiges Risiko bedeutet, die Tote unbemerkt in die Wohnung zu bringen. Ich glaube eher, dass der Mörder ihr hierher gefolgt und nachher entwischt ist – vielleicht über die Feuerleiter.«

»Wie ist das alles grässlich!«, stöhnte Margret. »Was wollen wir tun?«

»Im Yard anrufen! Clark muss sofort informiert werden, damit er alles Nötige veranlasst. Vielleicht ist er noch dort. Auf alle Fälle weiß man, wo wir ihn erreichen können.«

Sie waren eben im Begriff, wieder in die Vorhalle hinaus und zum Telefon zu gehen, da erklangen an der Wohnungstür Schlüsselgeräusche.

Geistesgegenwärtig zog Richard seine Frau ins Schlafzimmer zurück. Er schaltete das Licht aus und schloss die Tür bis auf einen schmalen Spalt – alles im Bruchteil einer Sekunde.

Draußen in der Halle war eine angenehme Männerstimme zu vernehmen. Halb verwundert und halb belustigt sagte sie: »Nanu – da hätte ich ja mal wieder das Licht brennen lassen!«

Den Grants kam diese Stimme bekannt vor.

Gleich darauf ertönte ein Klicken, gefolgt von einem charakteristischen Summen – das Fernsehgerät war eingeschaltet worden. Dann ploppte ein Flaschenkorken. Glucksende Geräusche verkündeten, dass ein Glas vollgegossen wurde. Ein Sodasyphon zischte. Es folgte ein genießerischer Seufzer, »aaah«, begleitet vom leisen Quietschen der Federn eines Sessels: Der Mann hatte sich gesetzt.

Grant konnte den Raum durch den schmalen Türspalt nicht überblicken. Blitzschnell vergegenwärtigte er sich den Standort des Fernsehgerätes, aus dem jetzt Musik und heiteres Stimmengewirr erklangen. Wenn der Mann in dem Raum den Blick zum Bildschirm gerichtet hatte, was als sicher gelten durfte, dann saß er mit dem Rücken zur Schlafzimmertür.

»Gib mir deinen Revolver, Margret!«, raunte Richard. Sie tat es und wisperte: »Was willst du tun?«

»Ihn überrumpeln! Das wird gelingen, denn er ist völlig sorglos. Mit dem Revolver halte ich ihn auf jeden Fall in Schach. Du gehst dann zum Telefon und alarmierst den Yard. Sollte es wider Erwarten Schwierigkeiten geben, huschst du hinter mir aus der Wohnung und holst von draußen Hilfe.«

»Ja, Richard. Aber sei vorsichtig!«, flüsterte Margret.

Behutsam öffnete Grant die Schlafzimmertür, Stückchen um Stückchen, und schob sich in den Raum.

Da – verdammt! – knarrte unter seinen Füßen eine Diele. Der Mann im Sessel fuhr herum und rief im gleichen Augenblick: »Aber Mister Grant – was treiben Sie denn hier?«

»Dasselbe frage ich Sie, Mister Linder«, gab Grant zurück. »Und ich frage mit besserem Recht.«

»Sie sind gut!«, erwiderte Linder fassungslos. »Das

hier ist doch meine Wohnung!«

Nun kam auch Margret zum Vorschein. Als Linder sie sah, erstarrte er beinahe vor Verwunderung und rief: »Das wird ja immer besser! Was fällt Ihnen ein, so ohne Weiteres in meiner Wohnung herumzuschnüffeln? Denn dass Sie einen Hausdurchsuchungsbefehl haben, glaube ich einfach nicht und...«

»Ehe wir weiterreden, Mister Linder«, unterbrach Grant, »kommen Sie bitte mal mit in Ihr Schlafzimmer. Ich möchte Ihnen dort etwas zeigen.«

»Im Schlafzimmer? Was soll denn dort sein?«

»Kommen Sie und sehen Sie selbst, Mister Linder. Aber bitte schnell, denn wir haben keine Zeit zu verlieren!«

Grant beobachtete genau, wie Linder nun zögernd herankam und unsicheren Fußes das Schlafzimmer betrat. Margret hatte wieder das Licht eingeschaltet.

Falls Linder gewusst haben sollte, welcher Anblick ihn hier erwartete, hätte sein Erschrecken jedem Schauspieler Ehre gemacht. Kreideweiß im Gesicht und atemlos stammelte er: »Wer – wer ist dieses Mädchen?«

»Kennen Sie die Tote nicht, Mister Linder?«, fragte Margret, indem sie ihn unverwandt anschaute.

»...Natürlich nicht!«, fuhr Linder verzweifelt auf. »Eine Tote in meinem Schlafzimmer! Und ich habe sie nie zuvor gesehen!«

»Dieses Mädchen hieß Carol Salter«, sagte Richard ruhig. »Sie war Tänzerin im *Madrid-Club*. Genau dort, wo sie jetzt liegt, haben wir sie vor knapp fünf Minuten erdrosselt aufgefunden.«

»Aber was – zum Teufel – hat sie in meiner Wohnung zu tun gehabt?«, rief Linder. »Wie ist sie überhaupt hierher gelangt? Mister Grant, ich flehe Sie an – sagen Sie mir, was das zu bedeuten hat!«

»Ich kann Ihnen lediglich sagen, was ich weiß, Mister Linder. Wir haben Miss Salter vor ungefähr einer Stunde im *Madrid-Club* kennengelernt. Sie wünschte eine vertrauliche Unterhaltung mit uns und schlug vor, wir sollten in ihre Wohnung gehen.«

»Aber das ist doch meine Wohnung!«, begehrte Linder auf. »Hat sie Ihnen denn diese Adresse genannt?«

»Nein. Unsere Unterhaltung wurde gestört. Miss Salter gab deshalb für meine Frau bei der Toilettenwärterin einen Briefumschlag ab. Darin waren ein Schlüssel und ein Zettel mit der Adresse dieser Wohnung.«

»Jetzt lichtet sich das Geheimnis ein wenig«, knurrte Linder. »Irgendjemand wusste, dass das Mädchen sich mit Ihnen treffen wollte und hat...«

»... eine andere Adresse untergeschoben?«, ergänzte Grant. »Das wollten Sie doch sagen – nicht wahr, Mister Linder? Aber woher kann der Betreffende den Schlüssel gehabt haben? Schlüssel dieser Art sind nicht so leicht zu beschaffen...«

»Und wenn es nur einen solchen Schlüssel gäbe!«, brauste Linder auf. »Ich werde den Hausmeister herbeirufen. Der kann Ihnen bestätigen, dass dies hier meine Wohnung ist.«

»Ich zweifle nicht daran, Mister Linder«, versetzte Grant. »Aber die Polizei wird wissen wollen, wie das tote Mädchen in Ihre Wohnung gelangt ist. Und die Polizei wird Sie als ersten danach fragen.«

Linder rang die Hände. »Mein Gott, Mister Grant! Sie glauben doch wohl nicht, dass ich dieses Mädchen ermordet habe?«

»Dazu möchte ich mich nicht äußern. Ich weiß nur, dass Sie der Polizei allerhand zu erklären haben werden, Mister Linder.«

»Wirklich, ich habe dieses Mädchen eben zum ersten Mal gesehen«, beteuerte Linder erneut. Er lehnte sich wie erschöpft gegen den Türrahmen und stand ein paar Sekunden lang nachdenklich da. Plötzlich fragte er: »Mister Grant, haben Sie eine Ahnung, wie lange das Mädchen tot sein könnte?«

»Als wir sie fanden«, erklärte Grant mit einem Blick auf seine Uhr, »war sie höchstens zwanzig Minuten tot. Das ist jetzt etwa zehn Minuten her. Die Tat dürfte also zwanzig Minuten vor neun verübt worden sein.«

Linder stieß einen Seufzer der Erleichterung aus. »Gott sei Dank!«, sagte er. »Für diese Zeit habe ich ein Alibi!«

»Ein wirklich stichhaltiges Alibi, Mister Linder?«, fragte Margret.

»Das beste, das ich mir wünschen kann!«, rief Linder. »Kurz nach halb acht kam heute Abend ein unerwarteter Besucher hier in meine Wohnung. Er unterhielt sich fünf oder zehn Minuten mit mir. Dann schlug er vor, gemeinsam zum *Hanover*-Restaurant in der Baker Street zu gehen. Dort saßen wir bis vor einer Viertelstunde beim Dinner zusammen. Dann begleitete mich der Bekannte bis vor dieses Haus und...«

»Wer ist dieser Bekannte, Mister Linder?«, wollte Grant wissen.

»Ein Mann, dessen Zeugnis als unantastbar gelten dürfte: Chefinspektor Clark von Scotland Yard!«

Grant sah ihn überrascht an. Dann sagte er: »Sie werden verstehen, Mister Linder, dass ich diese Angabe unverzüglich nachprüfen muss. Wissen Sie, wohin Clark sich begeben hat?«

»Zum Yard zurück. Er wollte an der nächsten Ecke ein Taxi nehmen.«

Wenige Minuten später hatte Grant den Chefinspektor am Telefon. Linder hatte sich in einen Sessel der Vorhalle gesetzt. Er stützte den Kopf in die Hand. Von Margret wurde er unaufhörlich beobachtet.

Tatsächlich bekam Grant alles bestätigt, was Linder erzählt hatte. Anschließend berichtete er selbst vom neuesten Ereignis im Fall Brix. Clark versprach, binnen kürzester Frist zum zweiten Mal an diesem Abend in Linders Wohnung zu sein.

Als Grant aufgelegt hatte, nahmen er und Margret ebenfalls Platz. Eine Unterhaltung kam nicht mehr zustande. Linder hielt die Augen geschlossen und tat, als ob er eingenickt sei.

Nach knapp zehn Minuten läutete es. Linder fuhr hoch und öffnete. Chefinspektor Clark und seine Mitarbeiter standen vor der Tür. Sie machten sich sofort an die Arbeit.

Es wurde beinahe Mitternacht. Als letzte verließen nach kurzer Verabschiedung von Linder die Grants zusammen mit Clark die Wohnung. Vor dem Chefinspektor lagen noch mindestens drei Stunden angestrengter Nachtarbeit im Yard. Dennoch bat er Grant beim Abschied, sich am nächsten Morgen um neun Uhr zu einer gemeinsamen Beratung bei Sir James Perival einzufinden.

»Am liebsten schliefe ich überhaupt nicht mehr«, knurrte Clark, »bis wir diesen teuflischen Verbrecher dingfest gemacht haben. Seit heute ist Mister Brix ein persönlicher Feind für mich und sein Treiben eine persönliche Herausforderung.« Grimmig schwenkte er das Kärtchen, das er im Kleidausschnitt der Ermordeten gefunden hatte: »SCHÖNE GRÜSSE VON MISTER BRIX«.

»Ein wahrer Hohn für uns alle! Dieser Schurke lacht sich ins Fäustchen.« Clark konnte sich nicht beruhigen. Richard Grant schaute ihm mit unbewegter Miene ins Gesicht. »Wer zuletzt lacht, lacht am besten!«, sagte er. »Und im allgemeinen pflegt Scotland Yard zuletzt zu lachen.«

5

Sir James Perival sah Richard Grant fragend an. »Glauben Sie, dass Luigi Mister Brix ist?«

Der hob die Schultern .

»Glauben – ich weiß nicht. Ist es nicht noch ein bisschen früh für solche Vermutungen?«

Chefinspektor Clark nickte heftig.

»Beweise brauchen wir, Chef. Irgendwas Handfestes. Mit Theorien kommen wir nicht weiter.« Er wandte sich Grant zu. »Bevor Sie vorhin kamen, Grant, habe ich Sir James erklärt, weshalb Hugo Linder die Tänzerin Carol Salter nicht umgebracht haben kann.«

»Weil er während der Zeit mit Ihnen zusammen war?«

»Genau. Und dabei war er so schön verdächtig. Seine geheim gehaltene Beziehung zu Doktor Fraser, deren Rezepte wir unter den Sachen der ermordeten Mädchen fanden. Seine Anwesenheit, als der alte Fischer Bill Tyson die Leime von Barbara Willis fand. Seine Anwesenheit, als Tyson gewaltsam starb. Seine ziemlich wahrscheinliche Anwesenheit bei dem Attentat auf Ihre Frau und Sie, Grant. – Er musste doch einfach Brix sein! Und dann liegt gestern Abend noch diese Tänzerin tot in seiner Wohnung. Jedes Gericht hätte ihn verurteilt.«

»Aber er«, Clark schlug mit der Faust auf Sir James' massiven Schreibtisch, »er hat den besten Alibizeugen der Welt: Chefinspektor Clark von Scotland Yard persönlich. Der Teufel soll alle Theorien holen!«

Sir James Perival sah ihn interessiert an. So aufgeregt hatte er Clark noch selten gesehen. Die Sache schien ihm näher zu gehen, als er es dem abgebrühten Kriminalbeamten zugetraut hätte.

»Sie haben schon recht, Clark«, besänftigte er ihn. »Aber Sie werden mir zugeben, dass wir deshalb nicht auf das Nachdenken verzichten können. Also, Grant, was halten Sie von Luigis Rolle in diesem Fall?«

»Ein schräger Fürst ist er, das steht fest. Wer so lange wie er mitten im sogenannten Nachtleben steckt, der hört und sieht viel – und Luigi scheint mir nicht der Mann zu sein, der da nicht gelegentlich ein kleines Nebengeschäft machen würde. Ein verbotenes, versteht sich. Wir haben ihn zu meiner Zeit mehr als einmal in Verdacht gehabt und beobachten lassen. Aber wir haben ihm nichts nachweisen können. Sie glauben also nicht, dass er Brix ist?«

Grant zögerte. »Mit Bestimmtheit ausschließen kann ich das natürlich nicht. Aber – er hat nie etwas mit einem Mord zu tun gehabt. Ich würde sagen: Wenn er Brix ist, dann muss er sich in den beiden letzten Jahren sehr verändert haben.«

»Aber dieser Brown hat Luigis Autonummer an dem Wagen gesehen, der ihn von der Straße drängen wollte. Deshalb war er doch gestern im *Madrid-Club*?«

»Ja. Er spielt offenbar ein bisschen Detektiv. Der Junge hat keine Ahnung, auf was er sich da einlässt. Haben Sie übrigens Luigis Auto suchen lassen?«

Sir James nickte. »Steht seit Wochen unbenutzt in der Garage. Der Garagenbesitzer und seine Leute sagen das übereinstimmend. Mir kommt es so vor, als ob jemand mit der gefälschten Autonummer absichtlich den Verdacht auf Luigi lenken wollte.«

»Oder die Leute in der Garage haben gelogen«, gab Grant zu bedenken. »Luigi hat seine Finger in vielen Geschäften, Vielleicht hat er – über einen Strohmann, schon wegen des Finanzamts – auch Anteile an der Garage? Dann wäre es nicht schwer, die Aussagen zu beeinflussen...«

Chefinspektor Clark richtete sich in seinem Sessel auf. »Da sehen Sie selbst, dass ich recht habe, Chef. So kommen wir nicht weiter.«

Sir James sah unwillig auf. Aber bevor er etwas sagen konnte, lenkte Grant ab.

»Weshalb haben Sie eigentlich gestern Hugo Linder besucht, Clark?«

»Aus purer Neugier. Sein Name war in Ihrem Bericht immer wieder aufgetaucht. Da wollte ich mir den Mann einmal ansehen. Ein Glück, muss ich sagen. Sonst hätten wir ihn heute wohl verhaftet – und uns ganz schön blamiert.«

»Vielleicht.« Grant lächelte. »Oder durchschauen Sie seine Rolle in der Brix-Affäre? Na also. Aber was ist eigentlich aus unserem Freund von gestern Abend geworden?«

Clark zuckte mit den Achseln. »Aus dem Taxifahrer? Vic Taylor heißt er. Ich habe auf der Fahrt zum Yard versucht, mich mit ihm zu unterhalten. Er war stumm wie ein Fisch. Na, vielleicht hat ihn die Nacht in der Zelle etwas gesprächiger gemacht.« Er sah auf die Uhr. »Im Augenblick verhört ihn Superintendent Bradley, soviel ich weiß.«

Grant stand auf. »Sie entschuldigen mich, Sir James? Ich möchte mir den Mann einmal näher ansehen.«

Vic Taylor war ein ziemlich schmuddeliger Bursche. Er saß mit mürrischem Gesicht auf seinem Stuhl und sah sich nicht einmal um, als Grant eintrat. Richard Grant wechselte mit Bradley ein paar geflüsterte Worte. Dann lächelte er den Taxifahrer freundlich an und hielt ihm eine Packung Zigaretten hin.

»Sparen Sie sich Ihre lumpige Zigarette«, fauchte Taylor ihn an, »Ich habe nichts zu sagen, und ich sage nichts. Meinetwegen könnt ihr mich einsperren, solange ihr Lust habt.«

»Ich denke, das werden wir auch tun«, antwortete Grant milde. »In der Zelle sind Sie wenigstens sicher.«

»Sicher? Was meinen Sie damit?«

»Ich meine, dass Sie bei uns sicher sind vor dem Mann, der Ihnen gestern den Auftrag gab. Sie wissen doch, Taylor, den Auftrag, meine Frau nicht zum *Madrid-Club* zu fahren, sondern woanders hin. Sie muss Ihnen übrigens einen schönen Schreck eingejagt haben mit ihrer kleinen Pistole. Sie sind ja jetzt noch ganz blass... Oder sehen Sie immer so aus – wie ein gehetztes Kaninchen, meine ich?«

Taylor sah unsicher zu ihm auf. »Ein Idiot bin ich ja«, gab er dann überraschend zu. »Ausgerechnet ich muss den Job annehmen. Tut mir leid, Mister, dass Ihre Frau Ärger gehabt hat mit mir. Aber die wehrt sich ihrer Haut, das muss ich schon sagen.«

»Kunststück«, lachte Grant, »nach manchem Jahr Polizeidienst! Aber wie wär's, wollen Sie mir nicht erzählen, was Sie für die Fahrt bekommen sollten?«

Sofort verzog Taylor missmutig das Gesicht. »Das hat mich der mit dem bleichen Gesicht auch schon gefragt. Der mich gestern Abend herbrachte. Fragen Sie doch mal den, was ich ihm geantwortet habe.«

Grant steckte sich eine Zigarette an. Dann sagte er ernst: »Chefinspektor Clark, meinen Sie? Der ist übrigens überzeugt, dass Sie mit der Brix-Geschichte zu tun haben, Taylor.«

Der Taxifahrer sprang erschrocken auf. »Ich? Aber was soll ich... « Er hob hilflos die Hände. »Mein Gott, das werden Sie doch nicht glauben, Sir! Brix! Ich – ich habe doch nichts mit einem Mörder zu tun!«

»Das würde ich Ihnen gern glauben«, sagte Grant freundlich. »Aber dazu müssten Sie mir erst einmal erklären, weshalb Sie gestern meine Frau entführen wollten. Also: Wer hat Ihnen den Auftrag gegeben?«

Taylor schluckte. Dann sagte er heiser: »Das weiß ich nicht.«

»Und das soll ich Ihnen glauben?«

»Bestimmt, Sir«, beteuerte der Mann. »Ich kann mich – wirklich – nicht – erinnern.« Er sprach die Worte einzeln aus. Wie einen Satz in einer fremden Sprache, den er extra für diesen Zweck auswendig gelernt hatte, ohne seinen Sinn zu verstehen.

Grant wusste, dass der Mann log. Aber er blieb geduldig. »Tja, Taylor, wenn das so ist – dann werde ich den Chefinspektor kaum davon überzeugen können, dass Sie kein führendes Mitglied der Brix-Bande sind.« Er übersah absichtlich, dass Taylor ihn entsetzt anstarrte. »Dann hat es wohl keinen Zweck, wenn ich länger bleibe, Vielen Dank auch, Bradley.« Er nickte dem Superintendenten zu und zwinkerte dabei mit dem Auge.

Bradley verstand ihn sofort. »Tut mir leid, dass Sie keinen Erfolg hatten«, bedauerte er scheinheilig. »Der Bursche hier – ja, hören Sie ruhig zu, Taylor – muss mindestens einen Mord auf dem Kerbholz haben. Er geht lieber zwanzig Jahre ins Zuchthaus wegen versuchtem Kidnappings, als dass er den Mund auftut und die Wahrheit sagt. Also ist das, was er verschweigt, noch schlimmer.« Er sah Taylor durchdringend an.

Unter seinem Blick schien der Mann zusammenzusinken. Verzweifelt sah er zur Tür, zum Fenster, als ob er irgendwo einen Ausweg suchte. Dann ließ er sich auf seinen Stuhl sinken.

»Kann ich – kann ich jetzt vielleicht doch eine Zigarette haben?«, bat er kleinlaut.

Grant hielt ihm die Packung hin und gab ihm Feuer. Taylor zog den Rauch tief ein, hustete anhaltend und putzte sich mit einem schmutzigen Taschentuch umständlich die Nase.

»Es war ein Mann«, sagte er dann unvermittelt. Die Worte sprudelten nur so heraus. Grant und Bradley hatten Mühe, alles zu verstehen.

»Er kam gestern an meinen Wagen. Ich stand auf dem Halteplatz an der Vauxhall-Bridge. Er sagte, er hätte Zeit. Müsste da auf jemanden warten oder so. Wir sprachen über Fußball und dann über Pferderennen. Und über die schlechten Zeiten. Nichts zu verdienen, heutzutage. Haben alle eigene Wagen, die Leute. Dann hat er gefragt, ob ich mir zwanzig Pfund extra verdienen will. Ich habe gesagt: Ja, wenn es nichts Verbotenes ist. Da hat er laut gelacht und gesagt, es geht bloß um eine Wette. Ich soll vor dem Haus Nummer siebzehn in den Cumnor Mansions warten, bis eine bestimmte Dame kommt. Er hat mir ein Bild von ihr gezeigt, einen alten Zeitungsausschnitt. Diese Dame hätte ich dann nach der Coster Row Nummer achtundzwanzig fahren sollen, zu so einer Art Tierarzt. Ganz gleich, ob sie wollte oder nicht. Die Sache kam mir vor wie ein Ulk...«

»Coster Row? Das ist in der Nähe vom Shadwell-Hafen?«, fragte Grant. »Kommen Sie da öfter hin?«

»Nein.«

»Kannten Sie den Mann, der Ihnen den Auftrag gab?«

»Nein, nie gesehen.«

»Wie sah er aus?«

»Wie ein Italiener oder sonst ein Südländer. Knapp mittelgroß, würde ich sagen. Vielleicht vierzig, fünfundvierzig Jahre alt. Gut angezogen.«

»Würden Sie ihn wiedererkennen?«

»Darauf können Sie Gift nehmen, Sir!« Grant drückte seine Zigarette im Aschenbecher aus. Er war ziemlich sicher, dass Taylor jetzt die Wahrheit gesagt hatte: Der Mann war kein Schauspieler.

»Hören Sie, Taylor«, sagte er freundlich, »ich werde dem Chefinspektor raten, Sie freizulassen. Und meine Frau wird auf eine Anzeige gegen Sie verzichten. Allerdings – Sie müssten mir einen kleinen Gefallen tun.«

»Gern, Sir!«, beteuerte der Mann eifrig. »Schön. Holen Sie mich heute Abend in den Cumnor Mansions ab. Sie kennen das Haus ja schon. Wir fahren dann zum *Madrid-Club*.«

»Ist das alles, Sir?«

»Ziemlich. Ich möchte nur, dass Sie einen Blick auf den Besitzer des Clubs werfen. Es interessiert mich, ob Sie ihm schon einmal begegnet sind.«

Grant war gerade dabei, die Weste seines Abendanzugs zuzuknöpfen, als Margret hereinkam.

»Der junge Brown ist draußen. Ziemlich durcheinander anscheinend. Soviel ich verstanden habe, hat ihn Clark kräftig in die Zange genommen.« Grant zog das Jackett an, griff nach seinem Stock und ging in den Vorraum, wo Robert Brown unruhig auf und ab lief.

»Hallo, Mister Brown! Was gibt's Neues? Ich habe leider nicht viel Zeit für Sie. Um acht werde ich abgeholt.«

»Ach, Mister Grant!« Brown ergriff seine Hand und machte eine höfliche Verbeugung. »Ich freue mich, dass ich Sie antreffe.«

Der junge Mann sah ungewohnt unordentlich aus. Offenbar hatte er aufregende Dinge hinter sich.

»Können Sie mir sagen, weshalb man mich hinbestellt hat?«

»Wohin?«, fragte Grant.

»Zu Scotland Yard. Heute Nachmittag. Ich komme gerade von da. Chefinspektor Clark hat mich zwei Stunden lang mit Fragen bombardiert, als ob ich verdächtig wäre.«

»Aber Sie sind doch ein Verdächtiger, Mister Brown«, unterbrach ihn Grant. »Möchten Sie einen Drink?«

»Danke, nein. Ich möchte, dass Sie mit offenen Karten spielen, Mister Grant. Weshalb bin ich gezwungen worden, zu Scotland Yard zu kommen, und weshalb halten Sie mich für einen Verdächtigen?«

»Moment! Erstens sind Sie nicht gezwungen, sondern gebeten worden, zum Yard zu kommen. Zweitens sagte ich nicht, dass ich Sie für einen Verdächtigen halte, sondern dass Sie ein Verdächtiger sind. Leuchtet Ihnen der Unterschied ein?«

»Er scheint mir nicht sehr groß zu sein«, antwortete Brown steif. »Ich wäre Ihnen sehr verbunden, wenn Sie mir die Gründe für einen derartigen Verdacht etwas näher erläutern wollten.«

»Dann hören Sie zu: Das erste Mädchen, das Mister Brix ermordet hat, war Ihre Verlobte Barbara Willis. An dem Tag, als Bill Tyson erschossen aufgefunden wurde, waren Sie in Teignmouth, also ganz in der Nähe. Dann wurde gestern Abend Carol Salter ermordet, eine Tänzerin aus dem *Madrid-Club*. Inspektor Clark ist überzeugt, dass der Mord im Klub selbst geschehen ist. Sehen Sie den Zusammenhang?«

»Natürlich. Ich war gestern in diesem Klub. Aber Sie wissen selbst, dass ich einen Grund dafür hatte.«

»Das sagen Sie, Mister Brown. Aber kann das nicht auch ein geschickt gewählter Vorwand sein, dass Sie mit Luigi wegen seines Wagens sprechen wollten? Jedenfalls waren Sie im Club. Ich habe Sie selbst dort gesehen – kurz bevor das Mädchen ermordet wurde.«

»Ebenso wie ich Sie gesehen habe, Mister Grant!«, fuhr Brown auf.

»Aber verzeihen Sie meine Ungezogenheit. Ich habe natürlich nichts Persönliches gemeint. Ich wollte nur andeuten, dass meine bloße Anwesenheit mich nicht mehr und nicht weniger verdächtig macht, als jeden anderen Anwesenden.«

Er zündete sich eine Zigarette an und fuhr dann fort: »Sie müssen wissen, dass ich mir nach Barbaras Ermordung meine eigenen Gedanken über den Fall gemacht habe. Nicht, dass ich mir einbilde, besondere Fähigkeiten detektivischer Art zu haben, aber Barbaras Tod verpflichtet mich förmlich dazu, auf eigene Faust den Mann zu suchen, der dieses scheußliche Verbrechen begangen hat. Ich sagte mir: Wenn Scotland Yard diesem Mister Brix mit den üblichen Methoden nicht beikommt, dann will ich, Robert Brown, es eben einmal auf unübliche Weise versuchen. Und das werde ich auch weiter tun – ganz egal, ob Sie und Chefinspektor Clark damit einverstanden sind oder nicht...«

»Das ist begreiflich«, lächelte Grant. »Aber haben Sie schon daran gedacht, welche Gefahren Ihr kühnes Unternehmen mit sich bringen kann?«

Margret steckte den Kopf zur Tür herein, bevor Brown eine Antwort fand. »Das Taxi ist vorgefahren. Ich habe es eben unten stehen sehen.«

»Danke, Liebling«, sagte Grant.

»Mister Brown – Sie hören ja selbst. Ich fahre übrigens zum *Madrid-Club*. Kann ich Sie irgendwo unterwegs absetzen?«

»Danke, gern. Ich habe eine Verabredung in der Bond Street. Was machen Sie denn schon wieder im *Madrid-Club*?«

Grant überhörte die Frage.

»Bis nachher, Margret! Kommen Sie, Mister Brown.«

Sie gingen zum Aufzug. Der unterste Knopf leuchtete.

»Er ist unten im Erdgeschoß«, sagte Brown. »Wollen wir nicht einfach die Treppe hinunterlaufen? Bis der Aufzug oben ist...«

Aber Grant hatte schon den Knopf gedrückt. »Es geht schnell – und Fahren ist bequemer.«

Das sanfte Surren und Klicken des Fahrstuhls war zu hören. Gleich darauf hielt die erleuchtete Kabine vor ihnen. Grant zog die Tür auf.

Im selben Augenblick kippte der Oberkörper eines Mannes aus dem Fahrstuhl und lag verkrampft auf dem Boden. Ungläubig starrte Grant auf die Gestalt. Dann kniete er nieder und beugte sich über den Regungslosen.

»Ist er – ist er tot?«, fragte Brown erregt.

Grant nickte stumm. Es war nichts zu sagen.

»Mein Gott«, stöhnte Brown. »Wer kann es denn sein?«

»Vic Taylor«, knurrte Grant. »Der Taxifahrer, der mich zum *Madrid-Club* bringen sollte. Warten Sie hier, Brown. Ich werde unten nachsehen.«

So schnell es sein Bein zuließ, lief er die zwei Treppen ins Erdgeschoß hinunter. Die Eingangshalle war leer, die Haustür ordnungsgemäß geschlossen. Grant klopfte an das Fenster der Portierloge. Der alte Mann kam sofort. »Nein, ich habe niemanden gesehen. Vor einer halben Stunde kam Miss Miller, die ältere Dame aus dem vierten Stock. Danach hat nur noch ein ziemlich aufgeregter junger Mann geklingelt, der zu Ihnen wollte. Ist etwas mit ihm?«

»Nein, er ist heil angekommen«, beruhigte ihn Grant.

»Schönen Dank, Jones – äh, da werden gleich noch ein paar Herren kommen. Sie sollen die Treppe raufgehen, nicht den Aufzug nehmen. Richten Sie das bitte aus.«

Er ging in seine Wohnung und telefonierte. Zehn Minuten später waren Sir James Perival und Chefinspektor Clark mit der Mordkommission da. Robert Brown musste ein paar Routinefragen beantworten und durfte dann gehen, was er ziemlich widerstrebend tat.

Als die üblichen Blitzlichtaufnahmen gemacht waren und die langwierige Arbeit der Spurensicherung begann, zog sich Sir James mit Grant in dessen Wohnung zurück. Margret Grant brachte den Männern Tee.

»Sie wissen, was geschehen ist, Mrs. Grant?«

Margret nickte stumm.

»Haben Sie gesehen, wie das Taxi unten ankam?«

»Nicht direkt. Ich hatte kurz vorher schon einmal aus dem Fenster gesehen, da stand es noch nicht da. Als ich dann wieder hinausschaute, sah ich den Wagen stehen.«

»Dann konnten Sie auch nicht sehen, wer ausstieg?« Sir James überlegte. »Schade. Aber das ist nicht so schlimm. Wer soll schon den Mord begangen haben – es kommt doch nur Charles Luigi in Frage. Er ist der einzige, der ein Interesse daran haben konnte, den Taxifahrer zu beseitigen.«

»Tut mir leid, Grant, aber Ihre Meinung über Luigi stimmt nicht. Wir...«

Das Klingeln des Telefons unterbrach ihn. Grant ging an den Apparat und meldete sich. Er hörte Doktor Frasers Stimme. Sie klang erregt.

»Mister Grant, ich mache mir Sorgen«, sagte sie hastig. »Deshalb habe ich eben schon bei Scotland Yard angerufen. Dort haben sie mir Ihre Privatnummer gegeben. Vielleicht bin ich zu nervös nach allem, was in der letzten Zeit geschehen ist. Aber ich habe das Gefühl, ich soll schon wieder in einen dieser geheimnisvollen Fälle hineingezogen werden. Darf ich es Ihnen rasch erzählen?«

»Aber bitte. Selbstverständlich.«

»Vor ein paar Minuten rief mich ein Mann an. Er nannte sich Professor Reed. Seine Tochter sei sehr krank und Doktor Stenman, sein Hausarzt, habe ihn an mich verwiesen. Den Namen Stenman kannte ich aber nicht. Deshalb habe ich, während ich mit dem angeblichen Professor sprach, im Telefonbuch geblättert, und den Namen gesucht. Ich hatte recht: Einen Doktor Stenman gibt es nicht. Aber der angebliche Professor Reed drängte mich, ich sollte unbedingt sofort kommen. Als Adresse gab er die Coster Row Nummer achtundzwanzig an beim Shadwell-Hafen.«

»Eine Adresse im East-End«, sagte Grant und vergewisserte sich mit einem Blick in sein Notizbuch, dass es das gleiche Haus war, in dem der ermordete Taxifahrer seine Frau abliefern sollte. »Was haben Sie dem angeblichen Professor geantwortet, Doktor Fraser?«

»Dass ich noch mehrere Krankenbesuche zu erledigen hätte und dann auf dem schnellsten Weg zu ihm kommen würde. Was soll ich jetzt tun, Mister Grant?«

»Gar nichts. Ich rufe Sie morgen früh an. Wahrscheinlich kann ich Ihnen dann schon mehr sagen.«

»Gut. Ich tue, was Sie sagen. Vielen Dank auch.«

Grant legte den Hörer auf. Bevor er Sir James und Margret über den Inhalt des Gesprächs berichten konnte, kam Chefinspektor Clark ins Zimmer. »Sir Donald Angus ist draußen. Er will unbedingt mit Ihnen sprechen, Sir.«

»Woher weiß er denn, dass ich hier bin?«, fragte Sir James erstaunt.

Clark grinste. »Er war beim Yard und hat nicht eher Ruhe gegeben, bis ihn Sergeant Matthews hergebracht hat.«

»Ich wäre dafür, dass wir ihn uns mal anhören«, meinte Grant. »Sind Sie einverstanden, Sir James? Dann lassen Sie ihn bitte herein, Clark.«

Der dicke Schotte war diesmal weniger rot im Gesicht als tags zuvor. Er wirkte abgespannt und nervös.

»Sehr liebenswürdig von Ihnen«, bedankte er sich bei Margret Grant für das Glas Whisky, das sie ihm zum Empfang brachte.

»...Darf ich gleich zur Sache kommen, meine Herren? Es hat sich nämlich alles geklärt. Sie sehen einen zufriedenen Mann vor sich.«

Sir James Perival sah ihn zweifelnd an.

»Wie meinen Sie das? Hat Mister Brix sich wieder bei Ihnen gemeldet?«

»Nein, Brix hat sich nicht wieder gemeldet. Er wird sich auch nicht wieder melden. Er hat nämlich mit meiner Geschichte gar nichts zu tun. Lauren Beaumont ist wieder da. Sie hat sich nur einen kleinen Scherz erlaubt.«

»Einen Scherz?«, fuhr Sir James auf. »Vielleicht haben Sie die Güte, uns das zu erklären.«

»Natürlich, natürlich«, meckerte Sir Donald. »Bin ja schon da bei. Sie müssen übrigens entschuldigen, dass ich Ihnen mit der Sache unnütze Mühe gemacht habe. Will ich ja gern wiedergutmachen. Einen kleinen Scheck für die Waisenkasse der Polizei vielleicht.«

»Sie wollten uns...«, unterbrach ihn Grant.

»Ja, ich erzähle ja schon. Also Lauren hat sich einen Scherz erlaubt. Sie war gar nicht richtig verschwunden. Sie hat nur so getan, um mir einen Schrecken einzujagen. In Wirklichkeit hat sie sich bei guten alten Bekannten aufgehalten. Komisch, nicht wahr?« Sein Lachen war so unecht wie die Zähne, die er dabei sehen ließ.

»In der Tat – sehr komisch!«, knurrte Sir James Perival. »Und wie erklären Sie die Nachricht von Mister Brix, die Sie zusammen mit dem Ohrring bekamen?«

»Da – davon wollte ich ja eben sprechen. Also – die gute Lauren besitzt einen sehr ausgeprägten Sinn für Humor, müssen Sie wissen. Nun hat sie doch in den Zeitungen so viel von diesem Mister Brix gelesen, und da hat sie gedacht, ihr Scherz wird noch viel besser wirken, wenn sie...«

»Moment, Sir Donald!« Sir James hob die Hand. »Bevor Sie mit Ihrer leichtherzigen Schilderung fortfahren, möchte ich Sie daran erinnern, dass dieser Fall Brix, den Sie so komisch zu finden scheinen, bisher fünf Menschen das Leben gekostet hat! Ich kann weder derartige Scherze dulden noch eine Irreführung der Polizei, über die ich übrigens mit Fräulein Beaumont noch zu sprechen habe. Ich nehme an, sie wartet unten im Wagen?«

»Aber ich bitte Sie!« Der Reeder wand sich in höchster Verlegenheit. »Sie werden doch nicht gleich...«

»Was ich tun werde, das lassen Sie bitte meine Sorge sein«, unterbrach Sir James ihn eisig. »Bitte, Inspektor, holen Sie Miss Beaumont herauf.«

Clark ging hinaus. Sir Donald Angus saß mit puterrotem Gesicht da und atmete schwer. Es sah aus, als wollte er sich Mut machen, bevor er in neues Protestgeschrei ausbrach.

»Wissen Sie eigentlich«, fragte Grant ihn ruhig, »weshalb Mister Brix Barbara Willis umgebracht hat?«

»Das – das weiß ich natürlich nicht«, stammelte der Reeder unsicher.

»Dann werde ich es Ihnen sagen«, entgegnete Grant scharf. »Brix hat Barbara Willis und Peggy Gillow ermordet, damit sein Name in die Schlagzeilen der Zeitungen kommt. Damit alle Opfer, die er sich in Zukunft aussucht, vor Angst zittern und freiwillig zahlen.«

»Aber was hat das mit mir zu tun?«, protestierte Sir Donald schwach.

»Ganz einfach: Ich bin überzeugt, dass Sie heute eine zweite Nachricht von Brix bekommen haben. Er hat Geld gefordert. Sie haben es mit der Angst bekommen und stillschweigend bezahlt, was er verlangte. Daraufhin wurde Miss Beaumont freigelassen.«

»Das ist nicht wahr!«, schrie der Schotte. »Das ist...«

»Sir Donald!«, unterbrach ihn Sir James Perival. »Wissen Sie, was wir tun müssen, wenn Sie an Ihrer Version festhalten? Dann müssen wir der Presse eine Warnung übergeben. Wir müssen schildern, wie Miss Beaumont Sie und uns irregeführt und dadurch die Fahndung nach dem Mörder aufgehalten hat. Wir müssen die Öffentlichkeit darauf aufmerksam machen, dass auf Vortäuschung einer Straftat Gefängnis steht und dass niemand mit Milde rechnen kann, der diesen Mordfall noch mehr durcheinanderbringt, als er sowieso schon ist.«

»Sie wollen meinen Namen der Presse...«

Der Reeder stützte stöhnend den Kopf in die Hände. »Ich will nicht, ich muss!«

Der Reeder hob das Gesicht. »Sie wollen mich ruinieren!«, erklärte er pathetisch.

»Sie sind verrückt«, sagte Sir James kühl. »Wir wollen einen gemeinen Mörder fangen, und Sie hindern uns daran. Das ist alles.«

»Was wollen Sie denn wissen?«, stöhnte der Schotte.

»Wem Sie das Geld gegeben haben und wo.«

»Das kann ich nicht sagen! Ich habe es versprochen, dass ich nichts sage. Und sie haben mir gedroht...« Er schauderte.

»Keine Aufregung, Sir Donald.« Grant stand auf und stellte sich vor ihn hin. »Wenn Sie es nicht sagen können, dann werde ich es sagen. Sie brauchen mich nur zu unterbrechen, wenn ich mich irre. Sie haben das Geld einem Mann gegeben, der sich Professor Reed nannte und im East-End wohnt – in der Coster Row achtundzwanzig!«

Clark klopfte an der Tür.

»Bleiben Sie mit dem Mädchen noch einen Augenblick draußen!«, rief Sir James. Dann wandte er sich an den Reeder. »Na, hat Grant recht?«

Angus nickte verstört. ... Ja, das ist die Adresse.«

»Sie Narr!«, explodierte Sir James.

»Haben wir Ihnen nicht ausdrücklich aufgetragen, uns zu verständigen, wenn Brix sich wieder meldet?«

»Ja, natürlich. Aber verstehen Sie doch: Er hätte Lauren ebenso umgebracht wie die anderen Mädchen, und ich...«

»Wie viel haben Sie bezahlt?«, unterbrach ihn Sir James.

»Fünfzehntausend Pfund.«

»Eine nette Summe«, knurrte Sir James. »Und wie sollen wir diese verdammte Sache aufklären, wenn sogar ein Mann wie Sie dem Verbrecher direkt in die Hände spielt? Wollen Sie mir das gefälligst sagen?«

»Ich hatte doch keine andere Wahl«, wehrte Sir Donald sich.

Sir James wandte sich schroff ab. »Grant, wie sind Sie eigentlich an die Adresse gekommen?«

Richard berichtete von der Aussage des Taxifahrers und dem Anruf der Ärztin.

»Gut«, sagte der Chef. Dann schicke ich jetzt Inspektor Meadows mit einem Einsatzkommando hin.«

»Nein, Sir«, wehrte Grant ab. »Bitte kein Aufsehen. Dieser angebliche Professor ist doch nur ein Mittelsmann. Wenn wir ihn jetzt mit großem Lärm abholen, verjagen wir Brix – und auf den allein kommt es an. Denken Sie an die Zeit, als er noch unter dem Namen Ariman gearbeitet hat. Damals haben wir seine Helfer gefasst, aber er selbst konnte fliehen. Jetzt ist er als Brix wieder aufgetaucht, wenn nicht alle Anzeichen täuschen. Wollen wir ihn nun wieder verjagen, nur damit er in zwei Jahren unter einem dritten Namen wieder kommt?«

»Grant, Ihr Gedanke ist unbedingt richtig. Aber es ist recht ungewöhnlich, was Sie da vorschlagen. Sie wollen seine Helfer so lange frei herumlaufen lassen, bis sie uns zu Brix selbst geführt haben. Auf die Gefahr hin, dass sie uns entwischen.«

»Ja. Er ist der Kopf. Die anderen dürften ohne ihn nur kleine Gauner sein. Sie laufen uns schon wieder einmal in die Hände.«

»Sie wollen sich also um den sogenannten Professor Reed selbst kümmern?«

»Ja. Sobald wir hier fertig sind. Erst möchte ich noch von Sir Donald wissen – und zwar bevor Miss Beaumont hereinkommt –, was alles geschehen ist, seit er gestern in Ihrem Büro war.«

»Sehr richtig«, stimmte Sir James zu. »Also, Sir Donald, sind Sie gestern direkt in Ihr Hotel zurückgegangen?«

»Auf dem kürzesten Weg«, versicherte Angus eifrig. »Ich habe mein Appartement auch nicht eine Sekunde verlassen. Ich wollte beim ersten Klingelzeichen sofort am Telefon sein. Und ich war fest entschlossen, Ihre Anweisungen auszuführen.«

»Wann kam der Anruf?«

»Erst gegen Abend. Es war...« Er stockte.

»Wer?«, fragte Sir James scharf. »Charles Luigi, der Besitzer des *Madrid-Clubs*.«

Grant pfiff durch die Zähne.

»Hübsch«, sagte er. »Was hat er gesagt?«

»Darüber habe ich mich sehr gewundert. Er fragte, ob mein Besuch bei Scotland Yard zu meiner Zufriedenheit ausgefallen wäre. Dann fing er auf einmal an, von Lauren Beaumont zu reden. Wie schrecklich es wäre, wenn ihr dasselbe zustoßen würde wie Barbara Willis.«

»Haben Sie da schon gewusst, dass er der Erpresser

114

oder dessen Beauftragter ist?«

»Nein, zuerst kam mir sein Gerede dumm vor. Aber dann wurde er deutlicher. Er machte Andeutungen, wie leicht Lauren – ich meine Miss Beaumont – wirklich etwas passieren könnte. Da begriff ich allmählich, was er wollte. Aber ich stellte mich dumm. Da rückte er schließlich mit der Wahrheit heraus. Es würde sogar bestimmt einen neuen »Unglücksfall« – wie er es nannte – geben, wenn ich nicht am nächsten Nachmittag pünktlich um vier Uhr persönlich einen kleinen Koffer in der Coster Row abliefern würde. In dem Koffer hätten fünfzehntausend Pfund Sterling in kleinen Scheinen zu sein. Dafür würde ich dann erfahren, wo ich Miss Beaumont abholen könnte.«

»Wie hat Luigi seine Forderung begründet? Hat er sich selbst als der Erpresser zu erkennen gegeben oder hat er versucht, seine Rolle zu vertuschen?«

Der Reeder nickte. »Sie kennen ihn, nicht wahr, Mister Grant? Ja, er hat versucht, es so hinzustellen, als ob er mir mit dem Hinweis nur einen Gefallen tun wollte. Als ob er es von jemand anderem gehört hatte und mir aus reiner Menschenfreundlichkeit weitersagte. Der Lump!«

Grant schüttelte den Kopf. Da fehlt doch noch etwas. Er muss Ihnen doch noch gedroht haben für den Fall, dass Sie noch einmal zur Polizei gehen.«

»Stimmt«, bestätigte der Reeder. »Das heißt: Richtig gedroht hat er nicht. Er hat mir nur erklärt, was für ein gefährlicher Mensch dieser Brix ist und dass er Lauren bestimmt umbringen wird, wenn ich nicht den Mund halte. Mir selbst würde es wahrscheinlich auch an den Kragen gehen, meinte Luigi.«

Sir James sah ihn prüfend in die Augen. »Daraufhin haben Sie dann vermutlich eine schlaflose Nacht zugebracht, nicht wahr? Man sieht es Ihnen an. Heute Nachmittag waren Sie dann pünktlich mit dem Geld in der Coster Row. Was geschah dort?«

»Die Nummer achtundzwanzig ist ein ziemlich baufälliges, einstöckiges Häuschen. Unten ist ein kleiner, schmutziger Laden. An der Tür steht: Professor Reed, Tierarzt und Tierhandel. Im Schaufenster waren ein paar Drahtkäfige mit jungen Hunden. Im Laden standen noch mehr. Als ich hereinkam, bellte es von allen Seiten. Hinter einem Vorhang kam ein großer, dicker Mann in Hemdsärmeln hervor. Er brüllte die Hunde an, bis sie ruhig waren. Dann starrte er mich ausglasigen Augen an. – Er war betrunken. »Sollten Sie um vier Uhr hier sein?«, fragte er. Ich nannte meinen Namen. Da sagte er: »Na, denn man her mit dem Koffer. Wird schon drin sein, was drin sein sollte. Übrigens – wenn Sie Ihre Puppe wiederhaben wollen, dann gehen Sie in den Hyde-Park. Sie sitzt auf einer Bank beim großen Springbrunnen.«

»Haben Sie versucht, den Mann auszufragen?«, warf Grant ein.

»Natürlich. Aber er hat nicht geantwortet. Er hat die Ladentür aufgemacht und gesagt: »Machen Sie, dass Sie hinkommen. Die Kleine wartet nicht ewig.« Das reichte mir. Ich bin um die Ecke zu meinem Taxi gelaufen – ich hatte es warten lassen – und bin zum Hyde-Park gefahren. Ich konnte kaum glauben, dass ich Lauren dort wiederfinden würde. Aber sie saß tatsächlich auf einer Bank beim großen Springbrunnen. Merkwürdig steif und blass. Ich hatte sofort den Eindruck, dass sie unter dem Einfluss eines Betäubungsmittels...«

»Moment, Sir Donald«, unterbrach ihn Grant. »Vorhin haben Sie doch gesagt, dass mit Miss Beaumont alles in Ordnung ist.«

»Da wollte ich Sie ja auch – äh, da wollte ich Ihnen ja auch die Wahrheit verschweigen, Mister Grant. In

Wirklichkeit war Miss Beaumont in einer furchtbaren Verfassung. Zuerst hat sie mich nicht einmal erkannt. Sie war ganz stumpf. Ich wusste nicht, was ich tun sollte. Da habe ich sie erst einmal zum Hotel gebracht. Ich dachte, ihre Schwäche würde schon vorbeigehen. Aber unterwegs wurde es immer schlimmer mit ihr, und als wir in die Hotelhalle kamen, fiel Lauren – ich meine Miss Beaumont – mir glatt um. Ich war ganz verzweifelt. Jetzt musste ich einen Arzt rufen, und der würde natürlich Verdacht schöpfen und die Polizei verständigen. Sie können sich meine Lage vorstellen!«

»Das hatten Sie sich selbst vorzuwerfen«, sagte Sir James.

»Gewiss, Sir James. Das dachte ich in dem Augenblick auch. Ich habe Miss Beaumont in einen Sessel gesetzt und wollte gerade zum Telefon gehen, um Sie anzurufen und Sie zu bitten, auch gleich einen Arzt mitzubringen. Wenn schon alles herauskommen musste, dann lieber durch mich selbst.«

»Das war ein sehr vernünftiger Gedanke, an den Sie sich aber leider nicht gehalten haben. Warum?«

»Weil eine Dame auf mich zukam und sagte, sie sei Ärztin. Sie hatte zufällig in der Hotelhalle auf jemanden gewartet, und als sie Miss Beaumont sah, hat sie ihr gleich angesehen, dass sie krank ist. Was sehen Sie sich denn so bedeutungsvoll an, meine Herren?«

»Sprechen Sie nur weiter«, bat Sir James.

»Ich war natürlich sehr erleichtert. Die Ärztin begleitete uns nach oben und untersuchte Miss Beaumont. Dann sagte sie, es sei nicht schlimm und ich brauchte niemanden anderen mehr zu rufen. Sie schrieb mir ein Mittel auf und sagte, ich sollte es gleich holen lassen. Danach würde Miss Beaumont wieder in Ordnung sein – was übrigens auch stimmte.«

»Eine Frage, bevor Sie weitersprechen«, unterbrach

ihn Grant. »Sie wissen doch sicher den Namen der Ärztin, die ein glücklicher Zufall gerade in die Hotelhalle geführt hat, als Sie kamen?«

»Ja, das war eigenartig. Sie wollte ihn mir gar nicht sagen. Damit ich ihr kein Honorar schicken könnte, sagte sie. Es sei doch selbstverständlich gewesen, dass sie einem kranken Menschen half. Ich habe nicht weiter gedrängt. Sie hat nämlich gar nicht daran gedacht, dass ihr Name doch auf dem Rezept stand. Ihr Stempel, meine ich.«

Grant nickte. »Und wie heißt die freundliche Dame?«

»Doktor Harriet Fraser«, sagte Sir Donald.

6

Noch einmal fragte Richard Grant: »Also Doktor Fraser war zufällig gerade in der Hotelhalle, als Sie mit der betäubten Lauren Beaumont ankamen?«

Sir Donald Angus nickte nachdrücklich. »Jawohl. Sie ist übrigens eine ganz reizende Dame. Ich bin noch mit ihr hinuntergegangen, um das Medikament selbst zu besorgen, das sie Lauren – ich meine Miss Beaumont – verschrieben hat. Dabei trafen wir in der Halle den jungen Mann, auf den sie gewartet hatte. Ebenfalls ein sehr angenehmer Mensch. Sieht aus wie ein Schwede.«

»Hat die Ärztin etwas über das Mittel gesagt, mit dem Miss Beaumont betäubt worden ist?«, mischte sich Sir James Perival ein.

»Sie sprach von einem Betäubungsmittel. Eine alkalische Droge, sagte sie, die in leichter Dosierung Willenslosigkeit und Bewusstseinstrübungen hervorruft und bei starker Dosierung tödlich ist.«

»Hat sie gesagt, wie es Miss Beaumont beigebracht worden ist?«

»Durch eine Spritze – eine Injektion«, sagte sie.

»Davon war sie fest überzeugt?«

»Unbedingt.«

»Gut. Außerdem kann man das ja notfalls nachprüfen. Und das Gegenmittel hat geholfen, sagten Sie?«

»Recht schnell sogar. Miss Beaumont fühlte sich bald besser. Sie war weniger wirr im Kopf und konnte mit mir in Ruhe über ihre Entführung sprechen.«

»Und da haben Sie dann verabredet, uns nichts von der ganzen Sache zu sagen.«

»Ja. Angus senkte verlegen den Kopf. Wir hatten

Angst, dass wir dann noch einmal mit diesem Brix zu tun bekommen würden...«

»Na gut, das ist ja vorbei«, half ihm Sir James aus der Verlegenheit. »Aber jetzt wollen wir hören, was uns Miss Beaumont zu erzählen hat.«

Sir Donald sprang eilfertig auf, ging zur Tür und kam gleich darauf mit Lauren Beaumont am Arm zurück. Hinter den beiden tauchte Chefinspektor Clark auf.

Das Mädchen war tizianrot und apart. Durchaus nicht so ordinär, wie Sir James und Grant heimlich befürchtet hatten. Sir Donald machte sie mit den Herren bekannt, dann wurde sie in einen bequemen Sessel gesetzt und bekam einen Drink.

»Miss Beaumont«, begann Sir James väterlich, »bitte haben Sie keine Sorge. Sie brauchen sich nicht zu verstellen. Sir Donald hat uns schon die Wahrheit gesagt.«

»Oh – du wolltest doch aber...«, rief sie erschrocken.

Der Reeder schüttelte den Kopf. »Es hat nichts genutzt. Jetzt bleibt uns nur noch übrig, alles zu sagen, wie es wirklich gewesen ist. Bitte vertraue den Herren alles an, woran du dich erinnerst.«

Lauren Beaumont war einen Augenblick verwirrt durch die neue Lage.

Dann nahm sie einen Schluck aus ihrem Glas und erklärte: »Na schön. Aber erwarten Sie bitte nicht zu viel. Bei mir geht nämlich das meiste durcheinander. Das Zeug war ziemlich stark, glaube ich. Nur an den Anfang kann ich mich gut erinnern. Ich ging in einen Modesalon in der Bond Street. Sie hatten ein sehr hübsches hellgraues Kostüm dort, von dem ich begeistert war. Es mussten nur ein paar ganz kleine Änderungen gemacht werden. Die Chefin bediente mich selbst...«

»Wissen Sie den Namen noch?«, unterbrach Grant sie. »Wie wurde die Chefin angeredet?«

»Die Mädchen sagten »Madame« zu ihr. Aber ich

würde sie wiedererkennen. Eine schlanke, elegante Frau, etwas knochig, ziemlich groß, mit graublonden Haaren und dickem Makeup. Mitte vierzig ungefähr. Sie bat mich in eine Kabine, um an dem Kostüm noch etwas abzustecken. Plötzlich fühlte ich einen scharfen Stich im linken Oberarm. Ich sagte »au« oder so was Ähnliches. »Madame« entschuldigte sich tausendmal – es würde nie wieder vorkommen und so weiter. Während sie redete, fühlte ich auf einmal, wie mein Arm taub wurde und dann die ganze linke Seite. Ich wollte etwas sagen, aber ich hatte keine Kraft mehr und musste mich hinsetzen. Von da an geht mir alles durcheinander. Ich glaube, dass »Madame« etwas von einem Auto sagte, und dass ich in eine Decke gewickelt und weggetragen wurde. Aber ob ich dann wirklich in einem Auto gefahren bin, weiß ich nicht. Ich erinnere mich erst wieder daran, dass Donald im Park mit mir sprach und mich ins Hotel brachte.«

»Vielen Dank, Miss Beaumont«, sagte Sir James zufrieden. »Das war mehr, als ich gehofft hatte. Sie haben uns einen großen Dienst erwiesen. Wenn Sie sich nun noch an den Namen des Salons erinnern könnten...«

»Ich – oh, dass ich daran nicht gedacht habe«, rief das Mädchen. »Ich habe doch eine Quittung für die Anzahlung bekommen, da muss alles draufstehen!«

Lauren Beaumont schüttete den erstaunlich reichhaltigen Inhalt ihrer Handtasche in ihren Schoß und wühlte aufgeregt darin. Sir James wandte sich an Chefinspektor Clark und sagte: »Veranlassen Sie, dass gegen Charles Luigi und den sogenannten Professor Reed Haftbefehle ausgestellt werden. Grant wird Ihnen sagen, wie er sich das Vorgehen gegen den Professor vorstellt. Er hat freie Hand. Um die Madame aus dem Modesalon kümmern wir uns morgen.«

Richard und Margret Grant fuhren durch die spätabendlich stillen Straßen der City. Ihr hell gespritzter Wagen hatte normale Kennzeichen, obwohl er Scotland Yard gehörte.

»Was mag dieser Reed nun wirklich von Doktor Fraser gewollt haben?«, fragte Margret. »Das mit der kranken Tochter dürfte doch wohl ein Vorwand gewesen sein.«

»Oh«, sagte ihr Mann gutgelaunt, »gnädige Frau haben eine eigene Theorie entwickelt?«

»Eine ganze Menge sogar«, gab Margret leise lachend zu.

»Ich habe schon zu wissen geglaubt, wer Mister Brix ist. Aber die Theorie ist leider schon geplatzt. Ich hatte nämlich auf Sir Donald Angus getippt.«

»Das ist allerdings eine Überraschung.« Grant überlegte. »Auf den ersten Blick wenigstens. Aber wenn man genauer hinsieht – so unmöglich ist das auch wieder nicht. Es haben schon andere Leute als er ein Doppelleben geführt. Die ganze Geschichte mit Lauren Beaumont kann ein Schwindel sein. Bis wir Mister Brix gefasst haben, ist jeder verdächtig.«

Sie waren im East-End angekommen. Grant fuhr langsamer. Vor einem leergeräumten Ruinengrundstück stoppte er den Wagen.

»Hier steigen wir aus. Das ist weniger auffällig. Komm.«

Er führte sie zu einem Ecklokal. In dem langen, rauchigen Raum, der zu dieser späten Stunde fast leer war, kam ihnen ein magerer kleiner Kerl in einem verwegen karierten Anzug entgegen. Er grinste über das ganze Gesicht, als er Grant die Hand schüttelte.

»'n Abend, Boss. Hab' Ihre Nachricht gekriegt. Waren schon lange nicht mehr in der Gegend, nicht? Sehen aber gut aus. Gesund.«

»Das Landleben, Lanny«, sagte Grant und grinste

zurück. Sie sehen übrigens auch gut aus. Ein neuer Anzug, der feine Schnurrbart – die Totoannahmestelle macht sich, was? Darf ich übrigens bekannt machen: Margret, das ist Lanny Kitson – und dies ist Margret, meine Frau. Was trinken Sie, Lanny? Immer noch Brandy?«

Der kleine Cockney nickte und rieb sich die Hände. Grant bestellte zwei große und einen kleinen Brandy. Dann steuerten sie einen Tisch an, der außer Hörweite des nächsten Gastes lag. Ein Mädchen brachte die Gläser.

Nach dem ersten Schluck fragte Grant: »Lanny, kennen Sie zufällig einen Professor Reed? Eine Art Tierarzt, der auch mit Hunden handelt. Wohnt in der Coster Row.«

»Den Prof? Kenn' ich. Der spinnt ein bisschen. Bis vor ein paar Jahren war er ganz normal. Dann ist er irgendwie in 'ne krumme Sache rein geschlittert. Sie haben bei ihm 'nen gestohlenen Rennwindhund gefunden. Verdammt kostbares Biest. Sechs Monate hat er dafür gekriegt. Seitdem ist es aus mit ihm. Immer wieder Ärger mit der Polente – Entschuldigung, mit der Polizei. Nichts Schlimmes, aber oft. Säuft auch zu viel. Aber wissen Sie, was komisch ist, Boss? Dass Sie heute schon der zweite sind, der mich nach dem Prof fragt.«

»So ein Zufall«, entgegnete Grant ruhig. »Jetzt bin ich aber mächtig gespannt, wer der andere war.«

»Ein Gentleman. Gut angezogen, groß, schlank. Vielleicht dreißig. Traf ihn vorhin in 'ner anderen Kneipe. Schien sich für Hunderennen zu interessieren. Da kam die Rede so ganz von ungefähr auf den Prof. Aber wissen Sie was, Boss: Diesen Gentleman muss ich schon mal gesehen haben. Kam mir bekannt vor...«

Grant zog seine Brieftasche heraus. »Sehen Sie mal dieses Bild an, Lanny. Ist er das?«

»Der mit dem Mädchen? Sie, Boss, das ist doch die Kleine, die neulich umgebracht worden ist. Will... Will... wie hieß sie bloß?«

»Willis. Barbara Willis.«

»Genau. Das ist sie. Und der Mann neben ihr – das ist der mit den Hunderennen. Wieso haben Sie das gewusst?«

»Ihre Beschreibung, Lanny! Außerdem habe ich schon beinahe erwartet, dass Robert Brown mir hier über den Weg laufen würde.«

»Schade – und ich dachte, ich hab’ ’ne Neuigkeit für Sie!«

»Sie haben mir sehr geholfen – wie immer. Danke schön, Lanny! Und jetzt sagen Sie mir nur noch, wie ich in die Coster Row komme.«

»Siehst du, Margret«, sagte Grant draußen, »es hat sich wieder mal gelohnt.«

»Was?«, fragte seine Frau. »Entschuldige, ich habe gerade an etwas anderes gedacht...«

»Eine neue Theorie? Aber ich will dich nicht drängen. Ich sprach von dem kleinen Lanny. Er ist in einer Umgebung aufgewachsen, in der die schiefe Bahn fast der normale Weg eines jungen Mannes ist. Als er seine ersten Dummheiten machte, habe ich ihm eine Standpauke gehalten und ihn laufen lassen. Seitdem ist er sauber geblieben, und weil er die Gegend hier wie seine Hosentasche kennt, hat er mir aus Dankbarkeit schon manchen nützlichen Tipp gegeben. Wenn wir ihn damals wegen der Kleinigkeit – er hatte nur Schmiere gestanden – angezeigt hätten, dann wäre er heute wahrscheinlich ein Berufsverbrecher...«

Die Coster Row war eine kurze, spärlich beleuchtete Sackgasse nahe am Themseufer. Niedrige, unverputzte Häuser, dazwischen schiefgetretenes Kopfsteinpflaster.

»Ein Glück, dass ich Schuhe mit flachen Absätzen anhabe.« Margret flüsterte unwillkürlich. Richard antwortete nicht. Er war wie ein alter Jagdhund, der Witterung aufgenommen hat. Aufmerksam musterte er die dunklen Fenster, in denen sich der Schein einer einsamen Laterne spiegelte.

»Die ganze Straße schläft«, sagte Margret leise.

»Das ist das Haus!« Richard hielt sie am Arm fest. »Nummer achtundzwanzig.«

»Dann müssen hier im Schaufenster die Hunde sein. Ich sehe aber nichts. Hast du die Lampe mit?«

Statt einer Antwort schaltete Grant seine Taschenlampe ein. Ihr Schein fiel auf einen jungen Foxterrier, der verschlafen ins Licht blinzelte. Er streifte über die anderen Käfige und wanderte dann ins Innere des Ladens.

»Verwahrlost und schmutzig«, dachte Margret. »Und leer. Als ob lange kein Mensch mehr hier gewesen wäre. Dabei wohnt der Prof hier.«

Grant knipste die Lampe aus und sah sich um. Die Straße war leer. Verlassen. Eine menschenleere Landschaft aus Stein. Vergeblich kämpfte das Licht der wenigen Laternen gegen die langen, schweren Schatten. Von der nahen Themse her zog feuchter Dunst herauf.

»Ich finde keine«, flüsterte Margret.

»Keine was?«

»Keine Klingel. Und die Ladentür ist auch abgeschlossen.«

Grant sah zu den Fenstern im ersten Stock auf. Dunkel und geschlossen. Das baufällige Haus schien sie abweisend und feindlich anzusehen.

»Wollen wir lieber umkehren, Margret?«

Er fühlte, wie sie den Kopf schüttelte. »Jetzt auf einmal? Warum denn?«

»Ich habe so ein dummes Gefühl.«

Sie sah ihn aufmerksam an. »Doch nicht etwa Angst?«

Er gab es auf. Sollte er ihr sagen, dass er Angst um sie hatte? »Das kann ich dir nicht hier auf der Straße erklären«, wehrte er ab.

Zwischen den Häusern Nr. 28 und 29 war ein schmaler Durchgang. Eine Brettertür schloss ihn nach der Straße hin ab. Grant stieß mit seinem Stock dagegen. Die Tür öffnete sich mit leisem Knarren. Der Strahl der Taschenlampe streifte über leere Obstkisten, Blecheimer, Gerümpel. Dann fiel er auf die Türen der beiden Häuser.

»Komm!«

Er ging voraus. Margret folgte dicht hinter ihm.

Die Tür von Nummer 28 stand eine Handbreit offen.

»Bleib hier draußen und beobachte den Durchgang«, flüsterte Grant. »Hast du deine Pistole?«

»Ja«, hauchte Margret.

»Nimm sie vorsichtshalber heraus. Ich gehe ins Haus. Okay?«

Er stieß die Tür auf und trat in den kleinen Flur. Es roch nach Hunden und nach billigem Essen. Der Lichtstrahl tastete über eine ungestrichene Brettertür. Das Schloss...

»Margret!«

Sofort stand sie neben ihm.

»Sieh dir das Schloss an. Aufgebrochen!«

Sie griff in ihre Handtasche und zog die Pistole heraus. Es klickte leise, als sie den Sicherungshebel nach unten schob.

»Ich glaube nicht, dass der Besuch noch drin ist«, flüsterte er. »Aber komm auf alle Fälle mit rein und behalte von da die Haustür im Auge.«

Vorsichtig schob er mit seinem Stock die Tür auf. Sie öffnete sich nur halb. Dann stieß sie gegen ein Hindernis. Etwas Weiches, das langsam nachgab. Entschlossen trat Grant zwei Schritte vor und leuchtete in den Raum hinein. »Okay«, sagte er erleichtert. »Es ist nur ein Hund. Er liegt hinter der Tür. Tot offenbar.«

Margret sah ihm über die Schulter. »Ein Neufundländer, nicht wahr? Vergiftet?«

Richard räusperte sich. »Wir können ruhig laut sprechen. Wenn jemand hier wäre, müsste er uns längst gesehen haben. Das Tier hat übrigens Schaum vor der Schnauze. Du wirst recht haben. Es ist vergiftet worden.«

Nebenan im Laden winselte ein Hund. Dann ein zweiter. Dann heulte, kläffte und wimmerte es vielstimmig. Die Hunde in den Drahtkäfigen waren aufgewacht. Sonst rührte sich nichts. Grant sah sich um. Links unter dem Fenster stand ein Tisch. Daneben ein einfacher Holzstuhl. Dann ein Vorhang, der wohl zu einer Kammer führte. Grant ging auf den Vorhang zu und schob ihn zur Seite. Dann warf er sich blitzschnell aus der Schussbahn.

»Vorsicht! Da ist jemand!« Margret riss die Pistole hoch. Aber dann sank ihr Arm wie gelähmt herab.

Vor ihr hing der beleibte Körper eines großen hemdsärmeligen Mannes. Schaudernd wandte sie sich ab.

»Achte auf die Tür, Darling.« Grant leuchtete dem Toten in das verquollene Gesicht. Dann lehnte er seinen Stock an die Wand und zog ein Taschenmesser heraus. Er hatte das Seil noch nicht halb durchgeschnitten, als es unter dem Gewicht des massigen Körpers riss. Grant hatte Mühe, den Erhängten einigermaßen sanft zur Erde gleiten zu lassen.

»Ist – ist es der Professor?«, fragte Margret von der Tür her, mit dem Rücken zu ihm.

»Bestimmt.« Er musste laut sprechen. Die Hunde heulten noch immer. »Die Beschreibung stimmt. Nur dass er nicht nach Bier riecht, sondern nach Parfüm.«

Margret sog die Luft ein. »Ich rieche es bis hier«, rief sie durch den Lärm. »Ist er schon lange tot?«

»Nein. Eine halbe Stunde vielleicht.« Er beugte sich über den Toten und untersuchte seine Taschen. Ein abgegriffenes Notizbuch war alles, was er fand. Er blätterte darin, fand ein paar kaum leserliche Eintragungen und steckte es ein. Dann ging er zu Margret.

»Wir müssen Clark rufen. Aber erst möchte ich mir alles genau ansehen. Traust du es dir noch zu?«

Sie schluckte. »Natürlich«, sagte sie heiser. »Hat Reed – hat er sich selbst...«

»Nein«, sagte Grant hart. »Er ist ermordet worden.«

Er zündete die Gaslampe an und begann, den Raum zu durchsuchen. Vergeblich. Eine Schublade voller unordentlich hineingestopfter Rechnungen und Quittungen war alles. Offenbar war das die »Buchführung« des Professors.

Er richtete sich auf und griff nach seinem Stock. »Nichts«, sagte er. »Komm, wir gehen in den Laden.«

Als auch hier die Gaslampe brannte, brach das Kläffen der Hunde schlagartig ab.

»Arme Tierchen«, sagte Margret leise. »Wer wird sich jetzt um sie kümmern?«

»Da vermutlich kein Erbe da ist, der den Laden übernimmt, wird es wohl der Tierschutzverein tun müssen. Siehst du übrigens etwas Auffälliges?«

Margret widerstand der Versuchung, einen kleinen Setter aus dem Käfig zu nehmen und zu streicheln. Sie sah sich um.

»Nein. Hier ist ja alles kahl. Wenn nicht da hinten in dem Regal etwas Interessantes steht...«

»Das ist nur Hunde- und Katzenfutter. Ich habe schon nachgesehen.«

Grant zog eine Schublade auf. »Ein paar Enden

Schnur, ein alter Lederriemen, ein Maulkorb – nein, hier drin ist auch nichts.«

»Guten Abend, die Herrschaften«, sagte eine Stimme von der Tür her. Richard und Margret fuhren herum. Vor ihnen stand Robert Brown, makellos gekleidet wie immer.

»Merkwürdig, dass wir uns immer wieder begegnen«, bemerkte er trocken. Grant nickte. »Es ist mir aber ganz angenehm, in dieser Situation noch jemanden in der Nähe zu haben«, sagte er ruhig.

»Ist das draußen Professor Reed?«, fragte Brown.

»Ja. Erkennen Sie ihn denn nicht?«

»Ich?« Brown schüttelte den Kopf. »Ich habe den Mann noch nie gesehen.«

»Darf ich fragen, was Sie dann hierher geführt hat?«

»Ich wollte zu ihm. Zu Reed, meine ich.« Brown sah Richard misstrauisch an. »Wie lange sind Sie eigentlich schon hier?«

»Etwa zehn Minuten.«

»Zehn Minuten«, wiederholte Brown nachdenklich. Er ging zu dem Toten hinaus, beugte sich über ihn und griff nach seinem Handgelenk. Nach einer Weile ließ er es los und zeigte auf eine bläulich unterlaufene Stelle am Kopf des Toten.

»Er ist niedergeschlagen worden. Also kein Selbstmord, sondern Mord!« Seine Worte klangen anklagend.

»Und Sie glauben jetzt, wir hätten das getan?«, fragte Grant spöttisch.

»Den Umständen nach wäre diese Meinung zumindest berechtigt«, antwortete Brown kühl.

Margret unterdrückte mit Mühe einen ärgerlichen Ausruf. Aber Richard lächelte nur. »Glauben Sie nicht, dass Sie nun die Detektivspielerei etwas übertreiben, Mister Brown?«

Der junge Mann sah ihn abwartend an.

»Ich habe hier immerhin dienstlich zu tun«, fuhr Grant mit gleichbleibender Freundlichkeit fort. »Zu meiner Arbeit gehört unter anderem, dass ich herausfinde, wie ein gewisser Robert Brown auf den Gedanken gekommen ist, dass Professor Reed mit der Affäre Brix in Verbindung stehen könnte.« Er ließ die Worte einen Augenblick in der Luft hängen. Dann fragte er schnell: »Deshalb sind Sie doch hier, nicht wahr?«

Ein verlegenes Lächeln zog über Browns Gesicht. »Ja, natürlich«, gab er zu. »Ich habe in Barbaras Sachen gekramt und fand Reeds Namen und Adresse.« Er warf einen scheuen Blick auf den Toten. »Barbaras Vater hat den Namen noch nie gehört, aber er erinnerte sich, dass sie ein paarmal von einer Tierhandlung in der Nähe des Shadwell-Hafens gesprochen hatte. Das fiel mir auf, denn zu mir hat sie nie etwas davon gesagt. Und jetzt, nachdem ich dieses furchtbare Milieu gesehen habe, kann ich mir erst recht nicht vorstellen, was sie ausgerechnet hier gewollt hat.«

»Das herauszufinden, wäre eine lohnende Aufgabe für Sie«, sagte Grant. »Wenn wir wüssten, weshalb Miss Willis hierher kam, wären wir ein gutes Stück weiter. Und Sie, Mister Brown, würden damit ein nützlicheres Werk tun, als nachts um fremde Häuser zu schleichen. Scotland Yard hat mit dieser leidigen Sache schon genug zu tun – auch ohne dass Sie sich auch noch umbringen lassen.«

Brown machte eine kleine höfliche Verbeugung. »Sie haben natürlich recht, Mister Grant. Ich muss Sie auch um Verzeihung bitten wegen meiner dummen Worte von vorhin. Sie wissen ja, ich bin nur ein Laie, und wenn es nicht Barbaras wegen wäre...« Er unterbrach sich. »Hat denn nun dieser Mister Brix auch den Professor hier auf dem Gewissen?«

»Auf dem Gewissen bestimmt. Ob er den Mord selbst ausgeführt hat, kann ich natürlich nicht sagen.«

»Richard«, fragte Margret dazwischen. »Du sagst das so bestimmt – aber hast du dir schon überlegt, dass Reed auch selbst Mister Brix gewesen sein kann? Immerhin hat Sir Donald Angus doch ihm den Koffer mit dem Geld abliefern müssen!«

»Einen Koffer mit Geld abliefern müssen?«, fragte Brown gespannt. »Davon weiß ich ja gar nichts. Schon wieder eine Erpressung? Und was hatte Reed damit zu tun?«

»Er hat das Geld in Empfang genommen«, antwortete Grant kurz. »Aber deine Theorie stimmt nicht, Margret. Dann müsste ja das Geld noch irgendwo sein. Außerdem: Soll Brix sich denn selbst ermordet haben? Das ist doch unlogisch.«

»Nicht unbedingt.« Sie überlegte. »Das hier kann doch ein gewöhnlicher Raubmord sein. Jemand hat gewusst, dass er das Geld hatte, und hat ihn überfallen.«

»Das wäre immerhin möglich, wenn auch nicht wahrscheinlich. Aber weshalb hat der Täter ihn dann nicht nur niedergeschlagen, sondern auch aufgehängt?«

»Vielleicht weil Reed ihn erkannt hatte? Oder weil er einen Selbstmord vortäuschen wollte?«

»Moment mal«, warf Brown ein. Es gibt auch noch eine andere Möglichkeit. Ihre Frau sagte doch, dass Sir Donald Angus hier Geld abgeliefert hat. Das ist doch der bekannte Millionär?«

»Ja, aber behalten Sie das für sich. Er geht niemanden etwas an.«

»Auf mich können Sie sich verlassen, Mister Grant. Aber was ich sagen wollte: Ich will natürlich Sir Donald nicht verdächtigen, aber ist es nicht schon vorgekommen, dass ein Erpresser nachher hingegangen ist und sich das Geld mit Gewalt wiedergeholt hat – oder dass er es vielleicht gar nicht erst mitgebracht hat?«

»Sie meinen, dass er Reed umgebracht haben könnte, statt ihm das Geld auszuliefern? Nein, das ist unmöglich. Dann müsste der Professor schon seit Stunden tot sein.«

»Und das ist er nicht, nein?« Brown betrachtete den Toten. »Ein erschreckender Anblick, nicht wahr? Entschuldigen Sie, aber ich bin das nicht so gewohnt wie Sie. Sagen Sie, fällt Ihnen auch auf, dass – dass der Tote nach Parfüm riecht?«

»Doch, der Duft kommt mir sogar bekannt vor«, sagte Grant. »Ich kann mich nur nicht erinnern, wo er mir schon begegnet ist.«

»Seltsam«, bemerkte Brown kopfschüttelnd. »Ob das vielleicht ein Hinweis auf den Mörder ist? Aber entschuldigen Sie, ich mische mich schon wieder in die Arbeit der Polizei ein. Haben Sie eigentlich Scotland Yard schon benachrichtigt?«

»Noch nicht. Aber das ist schnell geschehen. In der Nähe warten ein paar Beamte. Sind Sie mit dem Wagen hier, Mister Brown? Oder sollen wir Sie ein Stück mitnehmen?«

»Vielen Dank für das Angebot, aber ich habe meinen Wagen am Anfang dieser Straße stehen.«

Margret und Brown gingen hinaus. Grant drehte die Gaslampen aus und folgte ihnen. Die Tür schloss er sorgfältig hinter sich.

Bei seinem Wagen verabschiedete sich Brown und fuhr in Richtung Innenstadt davon. Eine Ecke weiter wartete ein dunkles Auto mit drei Kriminalbeamten. Grant sagte ihnen in Stichworten, was er ermittelt hatte. Sie gaben die Meldung per Sprechfunk durch und starteten dann zur Coster Row. Richard und Margret gingen zu ihrem Wagen und fuhren heim.

Sie hatten die City noch nicht erreicht, da rief Margret triumphierend: »Jetzt weiß ich es! Das Parfüm heißt *Chateau Numero acht* – und ahnst du, wer es benutzt?«

»Na?«

»Doktor Harriet Fraser!«

»Bist du ganz sicher?«

»Unbedingt!«

»Gut – dann werde ich an der nächsten Telefonzelle halten.«

Die Ärztin war selbst am Apparat. »Oh, Mister Grant, ich bin froh, dass Sie mich anrufen.« Ihre Stimme klang erleichtert.

»Was ist denn passiert?«, fragte Grant.

»Ich mache mir Vorwürfe. Der Anruf von diesem Professor Reed. Wenn ich nun meine Berufspflicht verletzt habe, indem ich nicht hinfuhr! Vielleicht war es doch dringend?«

»Sie waren also nicht dort?«, fragte Grant.

»Wie soll ich die Frage verstehen? Sie haben doch selbst gesagt, ich soll nicht hinfahren. Fragen Sie, weil dort etwas nicht in Ordnung ist? Mit der Tochter? Ist sie...«

»Diese Tochter existiert nicht«, sagte Grant. »Ich war in dem Haus.«

»Mein Gott«, rief die Ärztin erschrocken, »dann ist das wieder einer von diesen gemeinen Tricks? Wenn ich hingefahren wäre!«

»Dann hätten Sie wahrscheinlich einen Toten gefunden. Den Mann, der Sie angerufen hatte.«

»Professor Reed? Das ist ja schrecklich.«

Grant überhörte den Ausruf. »Waren Sie heute Abend außer Haus?«

»Nein. Seit dem Tee nicht mehr. Bis vor ein paar Minuten war ein Bekannter bei mir, und...«

»Vielleicht Mister Linder – Hugo Linder?« Als er

keine Antwort bekam, fügte er hinzu: »Doktor Fraser, ich glaube. Sie sollten mir lieber die ganze Wahrheit sagen!«

»Und wenn es tatsächlich Hugo Linder war?«, begehrte sie auf. »Er ist tatsächlich ein Bekannter von mir. Ich weiß, dass ich ihn neulich in Shorecombe verleugnet habe. Das tut mir leid, Mister Grant. Es war eine ganz überflüssige Torheit von mir.«

»Weshalb haben Sie diese Torheit begangen?«

»Das erkläre ich Ihnen, wenn wir uns das nächste Mal sehen. Aber es hat wirklich keinen zweifelhaften Grund.«

»Na schön. Ich bin gespannt auf Ihre Erklärung. Jetzt habe ich noch eine andere Frage: Was für ein Parfüm benutzen Sie?«

»Eine seltsame Frage, wenn sie von einem Kriminalisten kommt. Aber ich habe keinen Grund, es zu verschweigen: Ich benutze *Chateau Numero acht*, ein Pariser Parfüm. Wieso interessiert Sie das?«

»Das sage ich Ihnen bei unserer nächsten Begegnung – wenn Sie mir von Hugo Linder erzählen. Gute Nacht, Doktor!«

Nachdenklich ging er über die Straße zu seinem Wagen. Margret sah ihm erwartungsvoll entgegen. Plötzlich hob sie warnend die Hand. Im letzten Augenblick sah Grant das heranrasende Auto. Mit einem raschen Sprung brachte er sich in Sicherheit. Der Wagen hielt mit kreischenden Bremsen neben ihm. Die Tür wurde aufgerissen. Die Innenbeleuchtung schaltete sich ein. Grant sah in das schreckensbleiche Gesicht Hugo Linders.

7

»Um Gottes willen«, stöhnte Linder. »Beinahe hätte ich Sie angefahren.«

Er versuchte auszusteigen. Aber der Schreck saß ihm so in den Gliedern, dass es ihm fast nicht gelungen wäre. Richard Grant sah seinen Anstrengungen gelassen zu.

»Angefahren ist gut«, sagte er ruhig. »Bei dem Tempo, das Sie drauf hatten, wäre von mir nicht mehr viel übrig geblieben.«

Hugo Linder hob hilflos die Arme. »Ich bin zu schnell gefahren«, gestand er leise. »Es war schon so spät, und die Straße war ganz frei...«

»Es ist ja nichts passiert«, tröstete ihn Grant. »Ich habe auch nicht die Absicht, Sie anzuzeigen. Aber die Lehre wird Ihnen gut tun. Was meinen Sie, wozu Geschwindigkeitsbegrenzungen da sind?«

Linder zog ein zerknirschtes Gesicht. »Übrigens ein seltsamer Zufall, dass wir uns gerade in dieser verlassenen Gegend treffen«, bemerkte Grant beiläufig.

»Oh, nur eine kleine Gefälligkeit, die ich jemandem erwiesen habe«, antwortete Linder leichthin und begrüßte Margret, die über die Straße kam. Grant ließ sich nicht so leicht aus dem Konzept bringen.

»Eine Gefälligkeit – so spät am Abend und ausgerechnet ins East End? Was hat denn Fräulein Fraser gesagt, als Sie so plötzlich aufbrachen?«

Linder sah ihn verblüfft an. »Das wissen Sie auch schon wieder? Ja, ich war bei ihr. Bis vor einer Viertelstunde ungefähr. Als ich wegging, parkte unten hinter meinem Wagen ein guter Bekannter. Er bat mich, ihn schnell ins East End zu fahren. Mein Wagen ist viel schneller als seiner, müssen Sie wissen.«

»Das weiß ich – seit genau zwei Minuten«, sagte Grant trocken. »Aber finden Sie nicht, Mister Linder, dass Ihre Geschichte...«

»Unglaubwürdig klingt, meinen Sie?«

»Das ist ein hartes Wort. Ich möchte lieber sagen: ein wenig weit hergeholt.«

»Was im Grunde dasselbe bedeutet.« Linder lächelte überlegen. »Was werden Sie aber erst sagen, Mister Grant, wenn ich Ihnen den Namen meines guten Bekannten nenne?«

»Ich werde ›Danke‹ sagen. Darauf warte ich nämlich.«

Linder lächelte stärker. »Es war Chefinspektor Clark.«

Er ließ den Namen einen Augenblick lang wirken. Dann fuhr er fort: »Der Inspektor saß in einem Streifenwagen und hatte gerade über Funk die Nachricht von dem neuen Mord in der Coster Row bekommen. Deshalb hatte er es so eilig.«

»Und Sie haben ihn mit Vollgas hingefahren? Das erklärt allerdings, weshalb Sie sich die Raserei auf der Rückfahrt noch nicht wieder abgewöhnt hatten. Sie sind entschuldigt, Mister Linder. Übrigens: Ein glücklicher Zufall, dass der Inspektor gerade vor dem gleichen Haus parkte wie Sie, nicht wahr?«

Linder schüttelte den Kopf. »Kein Zufall.«

»Was sonst?«

»Absicht. Er hat mir ein wenig nachgespürt, glaube ich. Seien Sie doch offen, Mister Grant: Ich gehöre für Sie ebenso wie für Clark zum Kreis der Verdächtigen!«

»Sagen wir lieber: Sie haben uns bisher nicht die Möglichkeit gegeben, Sie aus diesem Kreis zu entlassen – weil Sie uns nämlich nicht die Wahrheit gesagt haben,

Mister Linder.«

Der Architekt zog den Kopf zwischen die Schultern. »Es tut mir leid, dass Sie diesen Eindruck hatten. Ich konnte Ihnen nicht mehr sagen, als ich gesagt habe. Darf ich mich jetzt verabschieden? Ich bitte nochmals um Entschuldigung wegen des Schrecks, den ich Ihnen eingejagt habe...«

Als er fort war, sagte Margret: »Eigenartig, findest du nicht?«

»Was?«

»Dass er immer gerade mit dem Chefinspektor zusammen ist, wenn etwas passiert.«

Sie waren erst ein paar Minuten in ihrer Wohnung, als das Telefon läutete. Richard hob ab.

»Ach, Clark«, begrüßte er den Anrufer. »Das habe ich mir fast gedacht, dass Sie noch anrufen würden. Wir haben auf der Rückfahrt Ihren Freund Linder getroffen. Er sagte, er hätte Sie gerade zur Coster Row gefahren.«

»Stimmt«, bestätigte Clark. »Das Vaterland erwartet, dass jedermann mehr tut, als sein Gehalt rechtfertigt. Nachdem ich jahrelang in meinem Büro gesessen und vergeblich auf Nachricht von Ihnen gewartet hatte, lieber Grant, habe ich mich in einen Funkstreifenwagen gesetzt und bin nur so zum Spaß die Adressen unserer verschiedenen Spielgefährten abgefahren. Stellen Sie sich meine Freude vor, als ich vor dem Haus von Doktor Fraser Linders Wagen parken sah – wo die beiden sich angeblich doch gar nicht kennen! Na, ich habe gewartet, um ihn sozusagen auf frischer Tat zu ertappen. Aber dann kam doch zuerst Ihre Nachricht. Ich wollte gerade losbrausen, da kam Linder aus dem Haus.«

»Und Sie haben ihn einfach gekapert?«

»Genau. Was blieb mir übrig? Ich wollte ihm ein paar Fragen stellen und musste zur gleichen Zeit so schnell wie möglich in die Coster Row.«

»Alle Achtung!« Grant musste lachen. »Deshalb haben Sie ihm den Bären aufgebunden, dass sein Wagen schneller als der Streifenwagen ist?«

»Genau. Wenn jemand schon einen Wagen besitzt, der schneller ist, als er auf unseren herrlichen Straßen überhaupt beweisen darf, dann ist er auch eitel. Jedenfalls in dem einen Punkt: seinem Wagen. Und wenn er auf den so stolz ist, dann glaubt er jedes Kompliment. Versuchen Sie es mal. So dick können Sie gar nicht auftragen, dass so ein Autofahrer Ihre Lügen nicht als reine Wahrheit nimmt.«

»Schönen Dank für den Tipp. Haben Sie über Professor Reed noch etwas herausgebracht?«

»Vor allen Dingen, dass er überhaupt kein Professor ist – Pardon, war. Den falschen Titel hat er schon jahrelang geführt – lange bevor er mit den Gesetzen noch auf andere Weise in Konflikt kam.«

»Merkwürdig«, unterbrach ihn Grant. »Ist das denn nie aufgefallen?«

»Doch, auf dem zuständigen Polizeirevier wussten es zum Beispiel alle. Aber Sie wissen doch, wie das ist. »Prof« nennen die Leute im East End jeden, der ein bisschen clever ist und ihnen imponiert. Das ist kein Titel, sondern eher ein Spitzname. Und Spitznamen sind nicht strafbar.«

»Fein. Dann kann ich Ihnen ja endlich erzählen, dass Sie in gewissen Gaunerkreisen unter dem Spitznamen »der Hundesohn« bekannt sind, lieber Clark.«

Am anderen Ende der Leitung entstand ein solcher Lärm, dass Grant den Arm mit dem Hörer ausstrecken musste, um ernstliche Beschädigungen seines Trommelfells zu vermeiden. Als Clarks komischer Zornesausbruch sich gelegt hatte, erkundigte er sich: »,Sagen Sie, Clark, was meint der Arzt? War es Mord? Und was halten Sie für das Motiv?«

»Immer der Reihe nach. Also: Erstens bestätigt der Arzt, dass es ein Mord war. Reed ist mit einem schweren Gegenstand niedergeschlagen und erst danach aufgehängt worden. Zweitens kommt als Täter doch wohl nur unser Freund Brix in Frage – und drittens nehme ich als Motiv an, dass Reed ihn um das Lösegeld prellen wollte, was ihm natürlich nicht recht war.«

»Sie glauben also, dass Brix den Mord allein ausgeführt hat?«

»Sie etwa nicht?«

»Nein. Reed war ein sehr schwerer Mann. Ich konnte ihn nicht halten, als ich ihn herunternahm. Brix müsste schon ein Riese sein, wenn er ihn allein aufgehängt haben soll.«

»Widerspricht das nicht der Erfahrung, dass Ariman/Brix immer allein arbeitet und seine Helfer nur in das Nötigste einweiht? Deshalb haben wir ihn doch damals auch nicht erwischt!«

»Schon, aber er kann seine Arbeitsweise geändert haben. Überlegen Sie mal, Clark: Kann ein einzelner das alles getan haben, was Brix in den letzten Tagen angerichtet hat? Ich glaube nicht. Aber darüber wollen wir uns morgen ausführlich unterhalten. Ich muss mich beeilen. Sir James will den Haftbefehl gegen Luigi heute Nacht um ein Uhr im *Madrid-Club* selbst vollstrecken. Das möchte ich mir nicht entgehen lassen. Ich rufe Sie dann morgen früh an. Gute Nacht, Clark!«

»Gute Nacht – und viel Spaß im *Madrid-Club*!«

Als Richard den Hörer aufgelegt hatte, fragte Margret: »Du meinst also, dass Brix jetzt eine Bande hat?«

Richard goss sich im Stehen Tee ein. »Keine richtige, fest organisierte Bande. Er hat genau wie seinerzeit als Ariman eine Reihe von Helfern. Irgendwelche Gauner, von denen er etwas weiß und die er dadurch unter Druck setzen kann. Neu ist nur, dass er diesmal einen Vertrauten hat, jemanden, mit dem er so eng zusammenarbeitet, dass er sogar gemeinsam mit ihm einen Mord begeht.«

Margret sah ihn aufmerksam an. »Dann könnte man also sagen, dass ›Mister Brix‹ in Wirklichkeit zwei Personen sind?«

»Das kann man sagen, wenn man will.« Grant trank den Tee aus und stellte die Tasse weg.

»Oder vielleicht auch drei?«

»Weshalb denn das?«

Sie hob die Schultern und bemühte sich, gleichgültig auszusehen. »Nun, es könnte doch sein, dass der eine Brix-Partner eine Frau ist. Vielleicht die Madame aus der Bond Street...«

»Von der wir erst noch feststellen müssen, ob sie überhaupt existiert«, unterbrach Richard.

»...oder sonst jemand. Wir haben doch noch mehr Frauen in diesem Fall.«

»Du meinst Miss Beaumont und Doktor Fraser?« Er sah auf die Uhr. »Du, wir müssen uns beeilen, sonst versäumen wir Luigis Verhaftung. Das wäre schade. Ich habe ihm nämlich auch noch ein paar Fragen zu stellen. Vielleicht verrät er sich in der ersten Aufregung leichter.«

Margret ging zur Tür. »Glaubst du, dass er Mister Brix ist? Oder sein Partner? Wenn das nur keine Überraschungen gibt im *Madrid-Club*.«

»Du meinst eine Schießerei?«

Grant schloss die Tür ab.

»Nein, das glaube ich nicht. Luigi ist ein alter Fuchs. Der ist nicht so dumm, dass er eine Schießerei anfängt...«

Im *Madrid-Club* herrschte großer Betrieb. Fast alle Tische waren von eleganten Paaren besetzt, zwei Tanzorchester spielten abwechselnd, und im Saal drängten sich die tanzenden Paare.

Grant winkte den Chefkellner heran und bekam einen günstigen Ecktisch zugewiesen. Während er die Getränkekarte durchsah, fragte er beiläufig: »Ist Mister Luigi heute anwesend?«

»Gewiss, Sir«, antwortete der Mann. »Mister Luigi wird in seinem Büro sein, wie immer um diese Zeit. Wissen Sie, wo die Tür ist? Gleich oben, wo die Treppe zur Galerie aufhört.« Er ging.

Margret stieß ihren Mann an. »Da drüben sitzt Sir James.«

Richard stand auf. »Ausgezeichnet, Margret. Entschuldige mich bitte eine Minute, ich muss kurz mit ihm sprechen. Das heißt – vielleicht gehe ich gleich zu Luigi hinauf. Dann dauert es natürlich etwas länger.«

Sie sah ihm lächelnd nach. Die beiden Männer sprachen nur wenige Sätze miteinander, dann stand Grant auf und ging zur Treppe. Oben klopfte er an die Tür mit der Aufschrift ›Privat‹.

»Herein«, sagte eine Stimme – unverkennbar Luigis Stimme. Grant drückte die Klinke herunter und stand in einem geschmackvoll und kostspielig eingerichteten Büro mit elegantem Schreibtisch, lederner Klubmöbelgarnitur, dickem Veloursteppich, grünsamtenen. Vorhängen und indirekter Beleuchtung. An den Wänden hingen große Fotos der Stars, die im *Madrid-Club* aufgetreten waren, meist mit persönlichen Widmungen. Gegenüber gab es noch eine Tür, die wahrscheinlich zu einem Notausgang führte.

»Ah, mein Freund, welch unerwarteter Besuch!«, rief Luigi und sprang auf, um den Gast zu begrüßen. »Wie geht es Ihnen?«

»Danke. Und Ihnen?«

»Ausgezeichnet! Wunderbar! Das Geschäft blüht. So gut war es noch nie. Darf ich Ihnen ein Glas ganz besonderen Whiskys anbieten? Und vielleicht eine ganz erlesene Havanna? Nur um Ihnen zu zeigen, wie willkommen Sie sind...«

»Vielen Dank, aber ich möchte meine Frau nicht so lange allein lassen. Sie sitzt unten. Ich wollte Sie nur rasch etwas fragen, Mister Luigi.«

»Nur zu, mein Freund, nur zu! Sie wissen doch, ich stehe Ihnen immer zur Verfügung. Womit kann ich Ihnen dienen?«

Grant setzte sich in den Sessel, den Luigi für ihn zurechtgerückt hatte. Er wartete geduldig, bis der andere auch saß. Dann fragte er im leichten Plauderton: »Wie lange haben Sie den *Madrid-Club* jetzt schon? Zehn Jahre ungefähr, nicht wahr?«

»Fast elf, Mister Grant«, erklärte Luigi stolz, »und von Jahr zu Jahr ist er besser geworden!«

»Fast elf Jahre? Eine beachtliche Zeit. Ich habe wenige Nachtklubs gekannt, die so lange bestanden.«

Luigi nickte. »Ich habe mich aber auch immer bemüht, ihn reell und seriös zu führen!«

»Sehen Sie, Luigi«, hakte Grant sofort ein, »gerade deshalb hoffe ich auch, dass Sie mir ein paar Fragen beantworten werden. Es ist wichtig für Sie!«

Luigi wurde ernst. »Die arme Carol Salter, ja? Schade – sie hätte es nicht nötig gehabt.«

»Was? Sich ermorden zu lassen?«

»Ich meine: Carol ist eine begabte Tänzerin gewesen. Die Gäste haben ihr gern zugesehen und sich auch gern mit ihr unterhalten, wenn das Programm vorbei war. Sie hätte bestimmt Karriere gemacht. Ich glaube, sie war nur nicht vorsichtig genug in der Wahl ihrer Verehrer. Genau kann ich es auch nicht sagen, aber ich

142

hatte manchmal den Eindruck, dass sie ein wenig leicht war...«

»Und weiter haben Sie mir nichts zu sagen, Luigi?«

»Nein, das ist alles, was ich über Carol Salter weiß.«

»Dann bin ich jetzt an der Reihe, ›schade‹ zu sagen. Die Polizei ist nämlich der Meinung, dass Sie nicht nur über Carol Salter, sondern über die ganze Brix-Affäre sehr viel mehr wissen, als Sie sagen.«

Luigi sah ihn abwartend an. Sein Gesicht war unbewegt.

»Was haben Sie zum Beispiel zu Ihrem Anruf bei Sir Donald Angus zu sagen?«

»Ich weiß nicht, was Sie meinen«, erklärte Luigi in anscheinend echter Bestürzung. »Wo soll ich den Herrn denn angerufen haben?«

»Im *Astoria*-Hotel.«

»Und wann?«

»Gestern.«

»Aber das ist doch unmöglich! Ich schwöre Ihnen, ich habe gestern – ach, was sage ich, ich habe seit Wochen nicht mit dem *Astoria*-Hotel telefoniert, und mit Sir Donald Angus überhaupt noch nie!«

»Hoffentlich können Sie das beweisen, Luigi. Scotland Yard ist nämlich überzeugt, dass Sie Sir Donald angerufen und ihm gesagt haben, er solle fünfzehntausend Pfund bei einem Mann namens Reed abliefern. Sonst würde Miss Beaumont, seiner Freundin, etwas zustoßen.«

»Aber der Mann ist doch wahnsinnig. Wie kommt er denn darauf, dass ich das gewesen sein soll?«

»Erstens haben Sie – beziehungsweise hat sich der Anrufer mit Ihrem Namen gemeldet, und zweitens hat Sir Donald Ihre Stimme wiedererkannt. Sie haben sich doch neulich mit ihm unterhalten, als er mit Miss Beaumont hier im Club war. Er schwört Stein und Bein, dass es Ihre Stimme war.«

Luigi griff sich verzweifelt an den Kopf. »Jetzt sitze ich seit elf Jahren hier und dachte immer, ich hätte alles erlebt, was man erleben kann. Aber das...«

»Brechen Sie mal die große Szene ab, Luigi!«, verlangte Grant. »Überlegen Sie lieber, ob Sie das Rätsel – wenn es ein Rätsel ist – nicht vernünftig lösen können. Sie haben keine Zeit zu verlieren. Unten im Saal sitzt Sir James Perival. In seiner Tasche steckt ein Haftbefehl. Gegen Sie, Luigi!«

Er hatte erwartet, dass der Clubbesitzer erschrecken würde. Aber er wurde enttäuscht. Luigi war plötzlich ganz ruhig.

»So, Sir Donald Angus ist also überzeugt, dass er meine Stimme am Telefon erkannt hat – und Sir James hat sogar einen Haftbefehl gegen mich in der Tasche«, antwortete er fast würdevoll. »Nun, das werde ich zu tragen wissen. Der Irrtum muss sich ja aufklären lassen. Aber dass Sie so etwas von mir glauben, Mister Grant, das tut mir weh.«

Er griff nach dem Haustelefon, drückte einen Knopf und sagte: »Jules? Ja, Luigi hier. Schicken Sie Carver zu mir ins Büro. Sofort.« Dann warf er den Hörer auf die Gabel und sagte triumphierend: »So, und jetzt werde ich Ihnen beweisen, wie unrecht Sie mir mit Ihrem Verdacht getan haben!«

»Ich bin gespannt«, antwortete Grant ungerührt. »Wer ist übrigens Carver?«

»Ein junger Mann, der hier als Kellner arbeitet. Doch er hat noch andere Fähigkeiten. Ich habe ihn probeweise auftreten lassen und wollte ihn nun eigentlich nächsten Monat ins Programm einbauen. Aber jetzt...«

Es klopfte. Ein blasser Mann trat ein, blieb neben der Tür stehen und fragte bescheiden: »Sie wünschen mich zu sprechen, Mister Luigi?«

»Ja. Kommen Sie her, Carver. Das hier ist Mister Grant von Scotland Yard. Wir hatten eine kleine Meinungsverschiedenheit – Ihretwegen, Carver. Mister Grant will mir nicht glauben, dass Sie tatsächlich so gut Stimmen imitieren können – und ich möchte, dass Sie ihm das Gegenteil beweisen.«

»Aber, Mister Luigi«, sagte der Mann verlegen, »so gut bin ich doch gar nicht.«

»Keine falsche Bescheidenheit. Ich habe Sie gelobt, jetzt dürfen Sie mich nicht im Stirn lassen.«

Carver fühlte sich offenbar unbehaglich. Er druckste herum und schien nicht zu wissen, wie er anfangen sollte.

»Machen Sie Supermac nach«, schlug Luigi vor. »Der Premierminister ist eine seiner besten Leistungen, Mister Grant.«

Carver räusperte sich und fing an, eine Unterhausrede zu improvisieren. Nach ein paar Sätzen unterbrach ihn Grant.

»Danke, das war schon sehr gut. Ich wünschte, Harold Macmillan hätte Sie hören können. Er hätte sicher seinen Spaß daran gehabt.«

»Das ist noch gar nichts«, erklärte Luigi. »Sagen Sie dasselbe mal mit meiner Stimme, Carver.«

Grant schloss die Augen und konzentrierte sich ganz auf den Klang der Stimme. Tatsächlich, er konnte nicht unterscheiden, ob Luigi selbst sprach oder ob es Carver war. Er schlug die Augen wieder auf, ließ den Mann noch ein paar Worte sprechen und nickte Luigi dann zu.

»Nicht wahr, jetzt haben Sie es selbst erlebt«, rief der lebhaft. »Sie verstehen sicher, worauf ich hinaus will?«

Er sprang auf und ging auf Carver zu. »Sie sind sehr begabt, mein Lieber. Aber sagen Sie, haben Sie mich vielleicht schon einmal am Telefon imitiert? Gestern vielleicht?«

»Aber nein, Sir«, stotterte Carver, »ganz – ganz gewiss nicht!«

»Sie lügen!«, schrie Luigi und hob die Fäuste. »Wer hat Sie dafür bezahlt? In wessen Auftrag haben Sie meine Stimme nachgeahmt? Antworten Sie, sonst...«

Carver leckte sich die Lippen. Er war noch bleicher als vorher. »Es – es war eine Frau«, sagte er heiser.

»Wer?«, fragte Luigi unerbittlich weiter.

»Sie heißt – Fraser. Doktor Harriet Fraser.«

»Halt!«, rief Grant und sprang auf. Er drängte den vor Erregung zitternden Luigi in seinen Sessel zurück. Dann wandte er sich an Carver.

»Sie kennen also Doktor Fraser?«

Carver nickte.

»Wer ist diese Frau?«, schrie Luigi dazwischen. »Wie kommt sie dazu, mich in so etwas hineinzuziehen?«

»Sie ist Ärztin«, antwortete Grant ruhig. »Eine recht hübsche und sehr elegante junge Frau. – Carver, wo haben Sie Doktor Fraser kennen gelernt?«

»Das – äh – das war gestern. In ihrer Wohnung in der Wimpole Street. Sie hatte neulich unser Programm gesehen, als ich auftrat. Gestern, gegen Mittag, rief sie mich an. Ich könnte mir etwas nebenbei verdienen, sagte sie, wenn ich ihr einen Gefallen tun würde. Als ich abends hinkam, bot sie mir zweihundert Pfund. Eine Menge Geld für mich. Ich will heiraten. Deshalb habe ich auch gleich zugesagt.«

»Sie haben sich also mit Doktor Fraser geeinigt. Das kann ich verstehen. Zweihundert Pfund sind kein Pappenstiel. Aber passen Sie auf, Carver! Wir lassen diese Frau seit Tagen beobachten. Ich muss möglichst viele Einzelheiten über sie wissen. Ist Ihnen in der Wohnung

146

irgendetwas aufgefallen?«

Carver schien angestrengt nachzudenken.

»Vielleicht kann ich Ihnen helfen«, schlug Grant vor. »Wenn Sie zur Tür hereinkommen, sehen Sie doch genau vor sich den Kleiderständer. Hing daran noch der grüne Mantel, der so gut zu Harriet Frasers brünetten Haaren passt?«

»Ja«, der Kellner nickte eifrig, »jetzt erinnere ich mich. Mir ist die Farbe noch besonders aufgefallen.«

»Fein«, sagte Grant lächelnd, »und was geschah dann?«

»Sie führte mich in ein Zimmer – eine Art Behandlungszimmer. Wir wollten keine Zeit verlieren, sagte sie...«

»Machen Sie's kurz. Was verlangte sie für das Geld?«

»Ich sollte im *Astoria*-Hotel anrufen und Sir Donald Angus verlangen. Dann sollte ich ihm mit Mister Luigis Stimme etwas durchsagen. Der Text stand auf einem Zettel, den sie mir gab.«

»Haben Sie den Zettel noch?«

»Nein. Ich musste gleich von ihrer Wohnung aus anrufen, und den Zettel hat sie mir nachher wieder weggenommen. Es wäre doch nur ein kleiner Scherz unter Freunden, hat sie gesagt.«

»Ein Scherz!« Luigi schlug mit der Faust auf den Schreibtisch. »Sie missbrauchen meinen Namen, ruinieren mich, hetzen mir die Polizei auf den Hals – und das nennen Sie einen Scherz? Hinaus mit Ihnen, Sie Lump! Sie sind fristlos entlassen! Ich werde dafür sorgen, dass kein Nachtklub Sie mehr anstellt! Raus! Verschwinden Sie! Raus!«

»Halt, Luigi«, hielt Grant den Tobenden zurück. »Ich fürchte, wir müssen Carver noch hierbehalten. Denken Sie an den Haftbefehl! Carver ist Ihr Entlastungszeuge.«

»Aber, Mister Grant«, rief Luigi erschrocken, »ich habe doch Sie! Haben Sie nicht alles gehört? Wird Sir James Ihre Aussage nicht gelten lassen?«

»Sicher würde er das. Aber er würde mich auch für verrückt halten, wenn ich Carver jetzt laufen ließe.«

Luigi rieb sich die Stirn. »Ja, da haben Sie wohl recht«, sagte er zögernd. »Dann ist es das beste, Sir James kommt gleich herauf und hört sich Carvers Aussage an.«

»Ich hole ihn.« Grant ging zur Tür. »In einer Minute ist er hier. Passen Sie auf Carver auf, Luigi. Wenn er Ihnen ausreißt, sitzen Sie in der Falle.«

Sir James hatte sich zu Margret an den Tisch gesetzt. Die beiden unterhielten sich angeregt.

»Luigi erwartet Sie, Sir«, sagte Grant und zog sich vom freien Nebentisch einen Stuhl heran.

»Gut!« Sir James erhob sich. »Dann sage ich Bradley Bescheid und gehe mit ihm und einem seiner Männer hinauf. Die anderen halten sich hier unten bereit. Den Häuserblock habe ich umstellen lassen. Ich rechne mit Überraschungen. Ein Brix gibt sich nicht so leicht geschlagen.«

»Einen Augenblick noch«, bat Grant. »Ich habe Luigi schon nach dem Anruf bei Sir Donald gefragt. Er behauptet, ein Mann namens Carver, der hier arbeitet, hätte seine Stimme nachgeahmt. Carver ist oben. Er ist bereit, auszusagen...«

»Mein Gott, Grant«, unterbrach ihn Sir James. »Sie werden doch den alten Schwindel nicht glauben! Für mich ist alles klar, Luigi ist selbst dieser Brix. Ich gehe jetzt und verhafte ihn. Den anderen nehmen wir auch gleich mit. Zweifellos ein Komplize.«

Er stapfte davon. Grant sah ihm nach. Dann zwinkerte er Margret zu. »Na, das kann ja eine schöne Überraschung geben«, seufzte er tragikomisch. Margret lachte auf. »Bist du sicher? Vorhin warst du noch gar nicht so fest davon überzeugt, dass Luigi nichts mit der Sache zu tun hat.«

»Moment mal – das will ich damit auch nicht behaupten. Ich bin sogar fest überzeugt, dass er etwas damit zu tun hat. Aber ich bin jetzt ganz sicher, dass er nicht Brix ist.«

»Ach so, deshalb lässt du den Chef auch so seelenruhig hinaufgehen. Ich habe mich schon gewundert. Es ist doch sonst nicht deine Art, stillzusitzen, wenn es ernst wird. Aber was ist mit diesem Stimmenimitator?«

»Carver? Der kann wirklich was. Ich konnte seine Stimme nicht von Luigis unterscheiden. Und Geschichten kann er auch erzählen. Zweihundert Pfund will er für den Anruf bei Sir Donald bekommen haben.«

»Von wem?«

»Von Doktor Harriet Fraser.«

»Oh«, machte Margret. »Schon wieder?«

»Ja, schon wieder die Ärztin: Mir kam das genau so dumm vor wie dir und Sir James. Deshalb habe ich Carver gefragt, ob in der Diele von Miss Frasers Wohnung der grüne Mantel gehangen hat, der so gut zu ihrem brünetten Haar passt.«

»Ausgezeichnet«, prustete Margret los. »Was hat er geantwortet?«

»Dass er den Mantel gesehen hat.«

»Er hat also nicht gewusst, dass sie nicht brünett, sondern blond ist?«

»Nein. Er hat sie offenbar noch nie gesehen.«

8

»Du hältst also Luigi nicht unbedingt für den geheimnisvollen Mister Brix?«, sagte Margret nachdenklich. »Wie erklärst du dir dann... Aber schau mal, da gehen sie die Treppe hinauf!« Grant sah gerade noch Sir James Perivals Rücken in der Tür von Luigis Büro verschwinden. Superintendent Bradley und ein anderer Beamter folgten ihm. »Schöne Grüße an Mister Brix«, sagte Grant. »Eigentlich ist die Sache lächerlich einfach. Luigi ist...«

In diesem Augenblick wurde oben die Tür aufgerissen. Sir James kam eilig die Treppe herunter. Grant stand auf und ging ihm entgegen. »Luigi haben wir«, sagte Sir James Perival. »Aber der andere ist uns durch die Lappen gegangen. Er hatte eine Pistole. Wir mussten zusehen, wie er durch die andere Tür auf die Feuerleiter stieg. Aber er kommt nicht weit. Draußen wimmelt es von Polizei.«

Sogar durch das Stimmengewirr der Gäste drangen von der Straße schrille Signalpfiffe.

»Bradley ist hinter ihm her«, sagte Sir James. »Luigi sitzt oben. In Handschellen. Der ist uns sicher. Kommen Sie, wir gehen an Ihren Tisch. Es hat keinen Sinn, noch mehr Aufsehen zu erregen.«

Margret sah ihnen gespannt entgegen.

»Der Imitator ist ausgerissen«, unterrichtete Richard sie.

»Ach! Und Luigi?«

»Sitzt oben, Gefesselt wie ein Galeerensklave.«

Sie wandte sich an Sir James. »Hat er sich ganz ruhig festnehmen lassen?«

»Ja. Er hat uns sogar die Hände hingehalten.«

»Wie passt das denn aber zu Ihrer Theorie, dass er Brix ist?«, fragte Margret unschuldig und stieß unter dem Tisch ihren Mann an.

Sir James nickte. »Das ist es ja eben, worüber ich mir den Kopf zerbreche. Ein brutaler Mörder wie Luigi...«

»Wie Brix, meinen Sie?«, unterbrach ihn Grant.

»Meinetwegen. Ein Mörder wie Brix lässt sich doch nicht einfach – oha, jetzt geht es los!«

In einer Seitentür war ein Mann aufgetaucht. Er sah sich hastig um und rannte dann zwischen den Tischen hindurch zur Treppe.

»Carver!« Grant sprang auf. Aber Margret hielt seinen Arm fest. »Bleib hier. Er hat eine Pistole.«

Richard sah das bläulich schimmernde Metall in Carvers Hand. »Schnell! Gib mir deine!«

»Liegt zu Hause auf dem Tisch. Bitte, setz dich hin!«

Carver lief die Treppe zur Galerie hinauf. Er schien völlig den Kopf verloren zu haben.

Den meisten Gästen ging es nicht besser. Sie schrien wirr durcheinander und behinderten in ihrer Panik einen breitschultrigen Mann, der den Flüchtenden verfolgte.

»Da ist Bradley«, überschrie Sir James den Lärm. »Braver Bursche! Gleich hat er ihn. Los, Bradley, Endspurt!«

Sein Gesicht war vor Aufregung rot angelaufen. Er schien die Verfolgung von der sportlichen Seite zu nehmen. Oben rannte Carver die Galerie entlang zu einer schmalen Eisenleiter, die in die Stützkonstruktion des Glasdaches hinaufführte. Am Fuß der Leiter drehte er sich um und sah Bradley, der nur noch wenige Schritte von ihm entfernt war.

Hastig riss Carver die Pistole hoch. Der Knall ging

im vielstimmigen Schreckensschrei der Gäste unter. Superintendent Bradley blieb stehen, als ob ein Faustschlag ihn getroffen hätte.

Dann drehte er sich langsam zur Seite und brach zusammen.

Sekundenlang starrte Carver auf den Polizisten, den er niedergeschossen hatte. Dann wandte er sich ab und begann, mit hastigen Bewegungen die eiserne Leiter hochzusteigen. Die Pistole ließ er nicht aus der Hand, obwohl sie ihn beim Klettern behinderte.

Sir James ballte die Fäuste. »Das Schwein«, stöhnte er. »Knallt Bradley einfach ab. Aber dafür wird er büßen. Hier kommt er nicht mehr raus!«

»Er wird sogar gleich draußen sein, leider«, sagte Grant grimmig. »Sehen Sie die Klappluke nicht? Gleich über der kleinen Plattform... Nicht schießen!«, brüllte er einen Polizisten an, der mit erhobenem Revolver in der Mitte des Saales stand. Verwirrt ließ der den Arm sinken, Grant wies mit einer Handbewegung auf die Gäste, die blass und stumm zur Kuppel hinaufsahen. Der Polizist nickte. Er hatte begriffen, dass er sie nicht den Schüssen des fliehenden Verbrechers aussetzen durfte.

»Richard!« Margret klammerte sich an seinen Arm. Er fuhr herum. Carver war abgerutscht. Seine Beine hingen über dem Abgrund. Nur mit einer Hand hatte er noch Halt. Aber es war die Hand, in der er die Pistole hielt. Krampfhaft versuchte er, die Waffe und die Eisenstange gleichzeitig zu halten. Aber sein eigenes Gewicht bog ihm die Finger unwiderstehlich auf. Langsam löste sich sein Griff. Ein einziger schriller Schrei zerriss das lähmende Schweigen: Margret schloss die Augen. Aber sie hörte den dumpfen Aufprall, als der Körper aus mindestens zwölf Meter Höhe auf dem Parkett aufschlug.

Schweigend stiegen die Grants in ihren Wagen und

fuhren nach Hause. Als sie vor ihrer Wohnung ankamen, sagte Richard: »Margret, siehst du den Wagen da drüben? Ist das nicht das Rekordfahrzeug unseres lieben Freundes...«

»Linder!«, rief Margret. »Natürlich ist er das. Er scheint auch einen langen Abend zu machen, findest du nicht?«

»Ja, und er kommt ganz schön herum dabei. Erst zu Doktor Fraser, die er vorher angeblich gar nicht kannte, dann mit Clark in die Coster Row, dann...«

»Zur Telefonzelle, wo er dich fast überfahren hätte«, unterbrach ihn Margret.

»Richtig – und jetzt wartet er vor unserem Haus darauf, dass wir endlich aussteigen. Tun wir ihm den Gefallen.«

Als Grant den Wagen abgeschlossen hatte, ging er gerade auf Linders Fahrzeug zu. Der Architekt stieg gleichfalls aus und kam ihm entgegen.

»Verzeihen Sie, Mister Grant, es ist unverzeihlich von uns...«

»Uns? Sind Sie nicht allein?«

»Nein. Doktor Fraser ist bei mir. Haben Sie trotz der späten Stunde ein paar Minuten Zeit für uns?«

»Guten Morgen, Mister Linder«, sagte Margret, die unbemerkt herangekommen war. »Selbstverständlich hat mein Mann Zeit für Sie. Er würde ja sonst doch nicht schlafen können vor Neugier, was Sie ihm wohl sagen wollten.«

Richard legte den Arm um ihre Schulter. »Du selbst bist natürlich nicht neugierig«, neckte er sie. »Aber holen Sie nur Miss Fraser.«

Oben bot Grant seinen Gästen Getränke an, bekam jedoch eine höfliche Absage.

»Dann nehmen Sie wenigstens von den Zigaretten hier«, schlug er vor. Er gab ihnen Feuer und lehnte sich dann gemütlich in seinen Sessel zurück. Margret kam aus dem Bad und setzte sich auf die Couch. Sie sah frisch aus, obwohl sie das lange Aufbleiben nicht gewohnt war.

»Darf ich Ihnen über die erste Verlegenheit hinweghelfen?«, bat Grant. »Doktor Fraser, Sie haben mir in Shorecombe gesagt, dass Sie Mister Linder nicht kennen. Sie, Mister Linder, haben das später bestätigt. Ich weiß heute, dass Sie beide geschwindelt haben. Und Sie wissen, dass ich das weiß. Ich nehme an, Sie wollen mir eine Erklärung abgeben – wenn das Wort Ihnen nicht zu feierlich ist.«

»Mister Grant«, sagte die Ärztin, »ich bitte Sie um Entschuldigung dafür, dass ich Ihnen nicht die Wahrheit gesagt habe. Der Grund...«

»Es war meine Schuld«, unterbrach Linder sie. »Ich hatte sie darum gebeten. Sehr dringend gebeten. Sie müssen wissen, wir sind heimlich verlobt. Außer Ihnen weiß es noch niemand. Ich muss es meinen Eltern vorsichtig beibringen. Sie hatten ganz andere Pläne...«

»Na, dann gratuliere ich Ihnen herzlich«, sagte Grant und schüttelte beiden die Hand. »Deshalb also die Heimlichkeiten. Aber ich bin froh, dass Sie mir endlich reinen Wein eingeschenkt haben. Schließlich hätte ich Ihre Verlobung doch niemandem außer Scotland Yard mitgeteilt.«

»Natürlich nicht«, bestätigte Linder. »Aber sehen Sie, meine Verlobte hatte doch einem Mädchen ein Rezept ausgestellt, das sich ihr als Barbara Willis vorgestellt hatte. Es war zwar nicht die echte, aber das machte für uns alles noch verwirrender.«

»Ah – ich weiß, worauf Sie hinauswollen«, unterbrach ihn Grant.

»Sie haben dann geholfen, die echte Barbara Willis aus dem Wasser zu ziehen. Also hatten Sie beide eine

154

gewisse Verbindung zu diesem Mord. Sie dachten nun...«

»Ich dachte mir: Wenn meine Braut und ich mit Barbara Willis zu tun haben, und wenn die Polizei dann noch erfährt, dass zwischen uns eine enge Beziehung besteht...«

»...die Sie aber vor aller Welt geheim gehalten haben...«

»Richtig! Dann muss die Polizei glauben, dass wir schuldig sind. Wer würde uns denn abnehmen, dass meine Verlobte heimtückisch in die Sache verwickelt worden ist, während ich zufällig gerade dort angelte, wo Miss Willis' Leiche im Wasser trieb! Das kam uns selbst so unglaubwürdig vor, dass ich Harriet beschworen habe, unsere Beziehung nun erst recht ganz geheim zu halten.«

Grant nickte lächelnd. Die beiden wirkten aufrichtig und sympathisch. Sie schienen sich auch herzlich zugetan zu sein. Jeder Blick, jede kleine Geste verriet das. Es würde wahrscheinlich kein Fehler sein, ihnen zu glauben. Immerhin, es war noch längst nicht alles klar.

»So viel ich hörte«, wandte er sich an die Ärztin, »waren Sie gestern Nachmittag im *Astoria*-Hotel. Dort sind Sie doch Sir Donald Angus begegnet, nicht wahr?«

»Ja, das stimmt«, bestätigte Doktor Fraser verwundert. »Aber woher wissen Sie das?«

Grant antwortete nicht direkt. »Seine Freundin war entführt worden. Er hat Lösegeld bezahlt und sie wiederbekommen. Ihr Name ist übrigens – Lauren Beaumont.«

»Lauren Beaumont!«, rief die Ärztin verblüfft.

»Ein Name, den man nicht so leicht vergisst, nicht wahr?« sagte Grant beiläufig.

»Ist sie – das Mädchen, das ich im Hotel behandelt habe?«

»Jawohl. Sir Donald hat sich sehr lobend über Ihre beruflichen Fähigkeiten geäußert.«

»Mir hat er gesagt, sie heißt Smith. Und mit der Lauren Beaumont, die bei mir in der Sprechstunde war, hat sie nicht die geringste Ähnlichkeit«

»Wundert Sie das – nach Ihren bisherigen Erfahrungen?«

»Nein – eigentlich nicht. Ich hätte darauf gefasst sein sollen. Aber warum macht man das mit mir? Warum denn nur?«

»Das ist eins von den vielen Dingen, die wir noch klären müssen«, sagte Grant ruhig. »Aber zurück zu Miss Beaumont. Sie haben Sir Donald gesagt, Doktor, dass dem Mädchen wahrscheinlich Amashyer gespritzt worden ist. Soviel ich weiß, ist dieses Mittel aber nur sehr schwer festzustellen.«

»Nicht für eine Spezialistin. Ich war jahrelang Chefassistentin bei Professor Oliver Reynolds.«

»Ach so – dann müssen Sie allerdings Narkotika besser kennen als die meisten anderen Ärzte. Das war doch das große Spezialgebiet von Professor Reynolds, nicht wahr? Was ist übrigens aus ihm geworden? Er trat doch damals ziemlich überraschend ab. Ich habe nie wieder von ihm gehört.«

»Er war – sehr krank«, sagte die Ärztin leise. »Ich möchte nicht gern darüber sprechen, weil – weil er vor ein paar Jahren gestorben ist. Es ist ihm zuletzt sehr schlecht gegangen...«

Grant gab sich mit ihrer Antwort zufrieden. »Das erklärt jedenfalls die schnelle Diagnose. Aber Sie werden mir zugeben, es war ein erstaunlicher Zufall, dass Sie gerade in der Hotelhalle warteten, als Sir Donald mit dem halb bewusstlosen Mädchen hereinkam. Gehen Sie öfter ins *Astoria* zum Tee?«

»Nein, eigentlich nie. Ich wäre auch gar nicht dort

gewesen, wenn Hugo mich nicht angerufen und ins *Astoria* bestellt hätte.«

»Ich?«, fragte Linder erstaunt. »Ich soll dich ins *Astoria* bestellt haben?«

»Aber sicher, Liebling. Du hast mich kurz nach drei Uhr angerufen. Ich weiß es deshalb so genau, weil meine Sprechstunde gerade vorbei war. »Aber Harriet, um Gottes willen, ich habe dich nicht angerufen!«   .

»Ja, weshalb bin ich denn sonst ins *Astoria* gekommen? Weshalb bist du denn bald zu mir gekommen, wenn du mich gar nicht hingebeten hattest?«

»Du wirst dich wundern: Weil du mir die Nachricht geschickt hast, wir wollten uns zur Abwechslung einmal im *Astoria* treffen.«

»Ich? Aber wann denn?«

»Gegen drei Uhr. Durch einen Boten.«

»Haben Sie die Nachricht noch, Mister Linder?«, fragte Grant.

»Ich glaube nicht. Ich habe den Zettel zerknüllt und irgendwo weggeworfen. Aber können Sie mir sagen, was das alles bedeutet?«

»Es könnte sein, dass Mister Brix Sie dort haben wollte, weil das in seine Pläne passte. Die Nachricht an Sie, Mister Linder, dürfte ihm ja nicht schwergefallen sein. Er besitzt ja wenigstens ein Rezept mit Doktor Frasers Handschrift und kann sie zumindest oberflächlich nachahmen. Danach bediente er sich dann eines jungen Mannes mit Namen Carver, der mit Mister Linders Stimme bei Ihnen anrief, Doktor.«

»Carver?«, fragte die Ärztin kopfschüttelnd. »Wer ist denn das schon wieder?«

»Sie werden ihn nicht mehr kennenlernen. Er ist vor einer halben Stunde tödlich verunglückt. Sehr schade – er war ein großartiger Stimmenimitator.«

»Sie meinen also, dass Brix diesen Carver beauf-

157

tragt hat, am Telefon meine Stimme nachzuahmen?«, fragte Linder. »Unter anderem auch Ihre Stimme nachzuahmen«, ergänzte Grant. »Ja, so könnte es gewesen sein!«

Am nächsten Morgen fand Grant während des Frühstücks in drei Zeitungen fast gleichlautende Berichte über Lauren Beaumonts Abenteuer. In allen dreien wurde der Name Brix ebenso oft erwähnt wie die Tatsache, dass Miss Beaumont nach Zahlung des Lösegeldes ohne Zögern in Freiheit gesetzt worden war.

»Von wem mögen sie das haben?«, fragte Margret, der er die Meldungen zeigte.

»Brix«, brummte er über den Rand seiner Kaffeetasse hinweg. »Er macht Reklame für sich.«

»Wieso Reklame?«

Grant stellte die Tasse hin und zündete sich eine Zigarette an.

»Wir sind doch einig darüber, dass er die Morde nur begangen hat, um künftigen Erpressungsversuchen mehr Nachdruck zu verleihen.«

»Gewiss. Seine Opfer sollen vor seiner Grausamkeit zittern«, bestätigte Margret.

»Siehst du«, fuhr Richard fort, »und jetzt weist er eben darauf hin, dass den Entführten nichts passiert, wenn das Lösegeld bezahlt wird. Das ist so seine Art seine Geschäftsmethoden anzupreisen.«

Seine Frau schüttelte sich. »Entschuldige, aber ich bin so nüchternen Formulierungen am frühen Morgen noch nicht gewachsen.«

»Darling, ich versuche ja nur, mich seinen Gedankengängen anzupassen. Schließlich soll ich ja helfen, ihn zu fangen.«

»Wie mag er die Meldung in die Zeitungen gebracht haben?«

»Durch irgendeinen kleinen Lokalreporter vielleicht oder über eine Agentur – wer weiß. Brix hat viele Mitarbeiter, wie es scheint. Meist wohl unfreiwillige, von denen er zu viel weiß.«

»Und könnte man dieser Spur nicht nachgehen?«

»Du meinst: Die Redaktionen fragen, wo sie den Text herhaben? Da kennst du unsere Zeitungen schlecht. Die dürfen der Polizei doch gar nicht sagen, von wem sie eine Nachricht haben. Das ist gegen das Gesetz.«

»Und wenn Sir Donald sie verklagt? Sie dürfen doch nicht einfach über ihn schreiben. Jedenfalls nichts, was ihm schaden kann.«

»Oh, verklagen kann er sie. Wahrscheinlich müssen sie dann auch Strafe zahlen. Aber der Skandal wird dadurch erst richtig breitgetreten. Dann weiß wirklich alle Welt, dass er im *Astoria* mit Miss Beaumont zusammen ein Appartement bewohnt hat. Nein, es ist besser für ihn, wenn er seinen Bekannten gegenüber die Meldung als Lüge hinstellt und im übrigen darauf wartet, dass die Sache von selbst in Vergessenheit gerät.«

»Na ja«, gab Margret nach, »schuld ist er schließlich selbst. Sogar fotografieren hat er sich mit ihr lassen. Arm in Arm! Wo sollten zwei der drei Blätter sonst das Bild her haben, mit dem sie ihren Bericht illustriert haben?«

»Auch von Brix vielleicht. Er weiß bestimmt, dass ein Text mit Bild viel mehr auffällt als einer ohne. Und Gelegenheit, die beiden heimlich knipsen zu lassen, hat er bestimmt gehabt. Wenn...«

Das Telefon unterbrach ihn. Chefinspektor Clark rief an.

»Die Sache rollt«, meldete er. »Luigi spielt zwar in seiner Zelle den wilden Mann und behauptet, dass er kein Wort sagen wird, bevor er mit seinem Anwalt, gesprochen hat. Aber ich habe noch ein anderes Beutestück eingebracht: Madame Marcia aus dem Salon in der

Bond-Street, wo Miss Beaumont die Spritze bekommen hat. Sie werden sich doch bestimmt auch mit ihr unterhalten wollen, Grant. Wann kommen Sie?«

»In einer halben Stunde?«

»Gut. Ich sage Sir James Bescheid. Bis gleich.«

Grant hatte den Hörer noch nicht aufgelegt, als es an der Wohnungstür läutete. Robert Brown erschien. Nervös, unausgeschlafen und offensichtlich von einer unerträglichen Spannung beherrscht. Die Einladung an den Kaffeetisch nahm er dankbar an, verschüttete dann aber mit zitternden Händen den halben Inhalt seiner Tasse. »Was haben Sie denn, Mister Brown?«, erkundigte sich Margret teilnahmsvoll.

»Angst«, gab Brown mit krächzender Stimme zu. »Hundsgemeine Angst. Ich hätte nie geglaubt, dass ich durch mein stümperhaftes Herumfragen selbst in solche Gefahr kommen könnte. Denken Sie, letzte Nacht hat jemand versucht, mich zu ermorden.«

»Das hört sich allerdings gefährlich an«, antwortete Grant halb belustigt. »Aber es scheint ja noch einmal gut abgegangen zu sein. Außerdem habe ich Sie gewarnt. Natürlich ist es gefährlich, einem Mann wie Brix in die Quere zu kommen. Erzählen Sie! Was ist passiert?«

Brown räusperte sich. »Ich bin doch gestern von Reeds Wohnung aus gleich heimgefahren. Als ich vor meiner Haustür stand und den Schlüssel gerade ins Schloss gesteckt hatte, fuhr hinter mir ein Wagen vorbei. Auf einmal hörte ich einen Knall. Ich dachte, es wäre eine Fehlzündung. Aber dann fiel mir ein, dass die bei Personenwagen doch kaum noch vorkommen. Und richtig, als ich das Licht im Flur eingeschaltet hatte, sah ich Glassplitter. Jemand hatte auf mich geschossen, und die Kugel war direkt über meinem Kopf durch die Glasscheibe der Tür geschlagen.«

»Haben Sie die Polizei benachrichtigt?«

»Nein. Zuerst war ich ganz durcheinander und dachte nur daran, rasch alle Fenster und Türen zu verriegeln. Als ich mich dann etwas beruhigt hatte und telefonieren wollte, fiel mir ein, dass ich doch überhaupt nichts auszusagen hatte. Ich hatte den Wagen nur ganz schattenhaft gesehen und wusste weder Typ noch Kennzeichen. Was sollte ich den Beamten da sagen?«

»Genutzt hätte es wohl nicht viel«, gab Grant zu, »und die Kugel können wir auch jetzt noch suchen. Sie könnte ein Beweisstück werden.«

»Ich bin aber noch nicht fertig«, sagte Brown hastig. »Heute früh fand ich diesen Brief in meinem Briefkasten.«

Er zog einen Zettel heraus und reichte ihn Grant. Richard und Margret lasen gemeinsam:

»MISCHEN SIE SICH NICHT IN DINGE, DIE SIE NICHTS ANGEHEN! DAS IST MEINE LETZTE WARNUNG! BRIX.«

»Das kam als Brief mit der Frühpost?«, erkundigte sich Grant.

»Ja, und zwar mit einem Stempel des gleichen Postamts in Saint John's Wood, zu dessen Bereich auch meine Wohnung gehört. Das Datum war das heutige. Aber daraus lässt sich wohl nicht viel machen?« Grant schüttelte den Kopf. »Nachts werden da keine Briefe abgestempelt, also wissen wir nicht einmal, ob der Brief nicht schon vor dem Schuss in den Kasten geworfen wurde.«

»Sie meinen, dass der Mann mich vielleicht gar nicht treffen, sondern nur erschrecken wollte?«, fragte Brown.

»Es wäre immerhin denkbar«, antwortete Grant und sah den jungen Mann nachdenklich an. »Er kann natürlich auch gemerkt haben, dass er nicht getroffen hat. Dann wollte er den Fehlschuss durch diesen Brief wiedergutmachen. Wichtig ist zunächst, dass Ihre Nachforschungen ihm offenbar unbequem sind. Überlegen Sie einmal genau, Brown: Sind Sie vielleicht, ohne es gleich zu bemerken, auf etwas gestoßen, das Brix gefährlich werden kann? Haben Sie uns irgendein Ergebnis Ihrer Bemühungen bisher verschwiegen? Dann sagen Sie es jetzt. Ihr Leben kann davon abhängen!«

Brown sah ihn betroffen an. Er dachte angestrengt nach. Dann zuckte er die Achseln.

»Ich habe keine Ahnung, weshalb ich dem Mann so unbequem bin – und verschwiegen habe ich Ihnen auch nichts.«

»Denken Sie noch einmal nach! Gehen Sie systematisch alles durch, das Sie gestern und vorgestern getan haben. Ist Ihnen vielleicht auf dem Weg zu Reeds Haus jemand begegnet? Oder war in Barbaras Papieren irgendein Hinweis? Irgendetwas, das Sie nicht verstanden haben? Eine unbekannte Adresse vielleicht? Oder ein fremder Name?«

Brown schüttelte den Kopf.

»Ich kann mich an nichts Ungewöhnliches erinnern. Der einzige Name, den ich nicht kannte, war der von Reed – und dem bin ich ja gleich nachgegangen. Aber ich habe es so unauffällig wie möglich gemacht.«

Grant lächelte. »So unauffällig, dass ich es zum Beispiel sofort erfahren habe.«

»Wirklich? Oh – entschuldigen Sie, Mister Grant. Ich wollte nicht etwa Zweifel an Ihren Worten ausdrücken. Ich bin nur so überrascht, weil ich ein wenig stolz darauf war, Reed genauso schnell gefunden zu haben wie Sie. Aber ich bin eben doch ein Amateur.«

»Umso vorsichtiger sollten Sie von nun an sein, Mister Brown!«

»Gewiss. Vielen Dank für den Rat. Ich muss sagen, im Augenblick habe ich sogar Angst, auf die Straße zu gehen. Das ist sicher sehr dumm von mir, nicht?«

»Nun, so dumm ist das gar nicht. Ich würde es

durchaus für richtig halten, wenn Sie ein paar Tage lang nicht aus dem Haus gingen. Uns würden Sie damit die zusätzliche Sorge um Ihr Wohlergehen abnehmen.«

»Nicht aus dem Haus gehen?« Brown überlegte. »Die Suche nach diesem gemeinen Mörder einfach aufgeben?«

»Das brauchen Sie doch nicht einmal«, tröstete ihn Grant. »Ich glaube zum Beispiel nicht, dass Sie Barbara Willis' Papiere wirklich gründlich durchgesehen haben. So ein junges Mädchen hat doch eine Menge Zettel herumliegen. Nicht nur Briefe und Postkarten, sondern auch Rechnungen, Quittungen, Andenken, wie Eintrittskarten oder Fahrscheine, Widmungen in Büchern, Entwürfe zu Liebesbriefen und alles Mögliche andere. Sehen Sie sich das alles noch einmal genau an. Sortieren Sie, machen Sie Notizen, vergleichen Sie alles miteinander. Wenn Ihnen etwas auffällt, dann rufen Sie mich an. Hier haben Sie meine Nummer.«

Er schrieb die Zahlen auf einen Zettel und gab ihn Brown.

Der bedankte sich höflich. »Aber ich habe doch überhaupt keine Ahnung von solchen Dingen«, sagte er. »Wäre es nicht besser, wenn Sie selbst...«

»Vielleicht werfe ich später auch noch einen Blick darauf«, beruhigte ihn Grant. »Jetzt habe ich keine Zeit. Wir haben schon den einen oder anderen Verdächtigen. Um die muss ich mich zuerst kümmern. Übernehmen Sie getrost die Papiere von Miss Willis.«

»Sagen Sie das auch nicht nur, weil Sie mich in Sicherheit bringen wollen, Mister Grant?«

Richard stand auf. »Ich kann nicht mehr tun, als Ihnen die Wahrheit sagen. Das habe ich getan. Wenn Sie mir nicht glauben, dann kann ich Ihnen nicht helfen.«

Der unfreundliche Klang seiner Worte schien Brown zu beruhigen. Er strahlte förmlich.

»Dann ist ja alles in Ordnung, Mister Grant. Ich wollte nur wissen, ob ich Ihnen wirklich damit helfe.«

»Wenn Sie diese Arbeit fleißig und gründlich machen, dann helfen Sie mir«, sagte Richard ruhig.

Dann sah er auf die Uhr. »Entschuldigen Sie mich bitte jetzt. Ich muss mich beeilen, um pünktlich zum Yard zu kommen. Von dem Überfall auf Sie werde ich Sir James berichten. Inoffiziell, versteht sich. Dann ist er nicht gezwungen, die üblichen Maßnahmen zu Ihrem Schutz anzuordnen, die gegen einen Mann wie Brix sowieso unwirksam sind.«

»Was wären denn das für Maßnahmen?«, fragte Brown, während er Richard in den Mantel half.

»Vor allen Dingen eine Leibwache, die Ihnen nicht von den Fersen weicht.«

»Ein scheußlicher Gedanke, nicht wahr?«

Brown sah sich unwillkürlich um. »Wenn ich mir vorstelle, dass immerzu jemand hinter mir stehen würde – nein, das würde mich noch nervöser machen als der Drohbrief. Und helfen würde es auch nichts, meinen Sie?«

»Sollen die Beamten vielleicht die Kugeln mit den Händen auffangen, wenn jemand im Vorbeifahren auf Sie schießt?«

»Sie haben recht, Mister Grant. Ich sehe ein: Es ist das Beste, wenn ich Ihren Worten folge und zwei oder drei Tage daheim bleibe. Anrufen darf ich Sie doch jederzeit?«

»Selbstverständlich. Beim geringsten Verdacht.«

»Ich meine nur, weil ich Ihnen doch sowieso schon so viel Mühe mache. Sie müssen mich für einen schrecklichen Feigling halten...«

»Nur Menschen ohne Phantasie haben keine Angst«, erklärte Grant ernst. »Außerdem habe ich noch niemanden getroffen, der so verrückt war, dass er sich darüber

164

gefreut hat, wenn jemand auf ihn schießt.«

Brown lächelte schwach. »Soll ich Sie beim Yard absetzen?«, fragte er dann. »Ich habe mein Auto unten.«

»Das wäre sehr nett. Ich bin sowieso schon ziemlich spät dran.«

Er fing Margrets Blinzeln auf und reagierte sofort. »Holen Sie bitte schon den Aufzug herauf? Ich glaube, ich habe meine Brieftasche vergessen.«

»Was ist denn?«, flüsterte er dann, als Brown draußen war.

»Glaubst du die Geschichte mit dem Mordanschlag?«, flüsterte sie zurück. Richard sah sie lächelnd an.

»Hältst du jetzt Brown für Mister Brix?«

Sie hob nur bedeutungsvoll die Schultern. Er küsste sie auf die Nase: »Zu deiner Beruhigung: Ich werde einen Fachmann hinschicken, der sich die zerschossene Scheibe ansieht und die Kugel sucht. Dann wissen wir mehr...«

»Leider ist es kein sehr neues Auto«, entschuldigte sich Brown und half Richard beim Einsteigen. »Aber man sitzt bequem drin. Außerdem ist es stabil und zuverlässig.«

»Das findet man oft bei älteren Modellen«, bestätigte Grant. »Ich finde diese Eigenschaften wichtiger als eine schnittige Form.«

Brown kletterte von der anderen Seite hinter das Lenkrad und ließ den Motor an.

Der Wagen lief flott und ziemlich ruhig. Aber Brown war ein sehr nervöser Fahrer. Er sah Verkehrszeichen zu spät, musste ein paar Mal scharf bremsen und verursachte beim Schalten grässliche Geräusche im Getriebe. Außerdem schien er mehr in den Rückspiegel zu sehen als auf die Fahrbahn vor ihm.

»Drehen Sie sich doch bitte einmal um«, bat er schließlich heiser. »Sehen Sie den grauen Lieferwagen? Er verfolgt uns schon die ganze Zeit.«

»Sieht aus wie der Lieferwagen einer Wäscherei«, stellt Grant fest. »Eine Aufschrift scheint er aber nicht zu haben. Den Mann hinter dem Steuer kann ich auch nicht sehen, weil die Windschutzscheibe spiegelt. Aber wenn er Ihnen so viel Kummer macht, warum fahren Sie dann nicht langsamer? Wenn er uns überholt, dann ist er harmlos.«

»Und wenn er uns nicht überholt?«

»Dann wissen wir wenigstens, woran wir sind, Fahren Sie links ran und nehmen Sie das Gas weg.«

»Jawohl«, krächzte Brown und fuhr langsamer. Der Lieferwagen gab ein Hupsignal, schwenkte zur Straßenmitte heraus und überholte sie mit gleichmäßiger Geschwindigkeit.

»Sehen Sie«, brummte Grant.

Brown schüttelte beschämt den Kopf. »Entschuldigen Sie, ich fange wirklich schon an, am helllichten Tag Gespenster zu sehen.«

»Sie sollten sich nachher einen kräftigen Schluck gönnen«, riet Grant. »Natürlich erst, wenn Sie daheim sind.«

Brown nickte. »Wird gemacht.«

Er gab Gas und setzte sich hinter den Lieferwagen, der an der nächsten Kreuzung warten musste. »Ein Verkehr ist das heute wieder! Jetzt kommen Sie bestimmt meinetwegen zu spät zu Scotland Yard.«

Grant nickte nur und tat den Selbstvorwurf mit ein paar Höflichkeitsfloskeln ab.

Da ging es endlich weiter. »Langsam fuhr die Schlange der Wagen an und schob sich die Piccadilly entlang. Vor ihnen war immer noch der Lieferwagen, Grant sah, dass die zweiflüglige Hintertür des Wagens einen Spalt breit offen stand. War sie nicht vorhin geschlossen? Oder sah er jetzt auch Gespenster? Offenbar, denn dicht vor ihnen bog der Lieferwagen in eine Seitenstraße. Grant lehnte sich beruhigt zurück. Da sah er im Türspalt eine Männerhand, die einen dunklen, runden Gegenstand hielt.

»Bremsen!« Grant griff nach der Handbremse und zog sie mit aller Kraft an. Gleichzeitig trat Brown auf die Fußbremse und riss das Lenkrad herum. Mit blockierten Rädern rutschte der Wagen noch ein paar Meter über den Asphalt. Dann explodierte die Handgranate.

9

Der Druck der Explosion warf das Auto hoch. Glasscherben klirrten. Dann das Aufheulen eines Motors, das sich schnell entfernte. Vorsichtig hob Grant den Kopf. Neben ihm rührte sich Brown. Aufgeregte Stimmen und das Trappeln vieler Füße kamen näher.

»Fassen Sie hier an, Konstabler«, sagte eine etwas asthmatische Stimme, die Grant bekannt vorkam. »Sie junger Mann, helfen Sie mit! Die Tür klemmt, aber wir müssen die Leute rausholen. Vielleicht fängt der Wagen an zu brennen!«

Stöße erschütterten das Auto. Reste der eingedrückten Scheiben fielen scheppernd ins Innere des Wagens. Grant zog den Kopf ein, um nicht nach überstandener Gefahr noch Schaden zu leiden. Dann wurde die verklemmte Tür mit Gewalt aufgerissen.

»Au!«, schrie Brown auf, als kräftige Männerhände ihn aus dem Auto zerrten. »Nein! Aufhören!«

Sein Protest half ihm nichts. Er wurde befühlt, abgeklopft und auf die Beine gestellt.

»Stehen Sie gerade, junger Mann!«, befahl der Asthmatische. »Ihnen fehlt nichts, Sie sind mit dem Schrecken davon gekommen.«

»Mein Gott, da ist ja noch einer«, sagte eine andere Stimme. Grant wandte den Kopf. Durch eine der leeren Fensteröffnungen schaute der behelmte Kopf eines Polizisten herein. Als der Uniformierte sein Gesicht sah, riss er verblüfft die Augen auf.

»Aber das ist doch Inspektor Grant!«, rief er.

»Komisch, nicht?«, gab Grant trocken zurück. »So trifft man Bekannte. Geben Sie mir Ihre Hand, Moody, damit ich rauskomme. Oder denken Sie, ich sitze zum Vergnügen hier?«

Das erste, was Grant beim Verlassen des Wagens sah, war ein totenblasser Robert Brown, der auf der einen Seite von einem kräftigen Konstabler und auf der anderen von einem kleinen beleibten Gentleman gestützt wurde. Als Grant einen Blick auf das rot angelaufene Gesicht des Dicken warf, rieb er sich erst einmal die Augen. Aber er hatte sich nicht getäuscht.

»Sir Donald Angus!«, rief er. »Was tun denn Sie hier?«

Sir Donald schien nicht weniger verblüfft zu sein als Grant. Außerdem ärgerte er sich offensichtlich über dessen Frage.

»Darf man in dieser Stadt nicht mehr über die Straße gehen, ohne dass man erst in die Luft gesprengt und gleich darauf gefragt wird, was man hier eigentlich zu suchen hat? Ich habe genauso viel Recht, hier zu sein wie Sie. Da drüben ist mein Hotel, das *Royal Astoria*. Den Namen haben Sie ja in den letzten Tagen oft genug gehört, sollte man meinen.«

»Fast ein wenig zu oft, Sir«, antwortete Grant kühl. Dann wandte er sich an Brown: »Sind Sie verletzt?«

Brown hielt sich den linken Arm. »Gebrochen scheint nichts zu sein«, sagte er, »aber es tut weh. Eine Prellung anscheinend. Mein guter alter Wagen hat den Hauptstoß ausgehalten. Danach sieht er jetzt auch aus. Ob die Versicherung für den Schaden aufkommt, Mister Grant?«

Betrübt betrachtete er das Auto. Kühler und Motorhaube hatte die Explosion zerfetzt. Die Vorderräder standen jämmerlich schief. Von den Reifen war nicht mehr viel zu sehen. Jetzt mischte sich der Polizist ein, der Grant aus dem Wagen geholfen hatte. »Die Nummer des Lieferwagens haben Sie sich nicht zufällig gemerkt?« fragte er. Grant und Brown schüttelten gleichzeitig die Köpfe. Darauf zog der Beamte sein Notizbuch heraus, notierte die Antworten, die er auf seine Routinefragen bekam, und ging – dann eilte er davon, um die hoffnungslose Fahndung nach dem geflüchteten Fahrzeug einzuleiten.

Inzwischen war ein Krankenwagen aufgetaucht. Zwei Passanten, die durch Splitter leicht verletzt waren, wurden eingeladen und weggefahren. Auch das Unfallkommando kam endlich. Zeugenaussagen wurden aufgenommen, Spuren gesichert und das beschädigte Auto abgeschleppt.

»Ein Bombenattentat mitten in London«, sagte der Streifenführer missbilligend. »Seien Sie froh, Inspektor, dass Sie bremsen konnten. Sonst wäre das Ding auf Ihren Wagen gefallen. Jetzt gibt es wohl Extraarbeit für den Yard, was?«

Endlich war die Straße wieder frei. Der umgeleitete Verkehr begann wieder zu fließen und die Neugierigen gingen allmählich auseinander.

Nur Sir Donald Angus blieb geduldig bei Grant und Brown stehen.

»Eine Bombenexplosion!« Er konnte sich offenbar noch immer nicht beruhigen. »Da kann doch nur ein gewisser Jemand dahinterstecken – Sie wissen schon, wen ich meine.« Er warf einen raschen Seitenblick auf ein paar Männer, die gerade an ihnen vorbeigingen.

»Das möchten Sie wohl gern wissen?«, fragte Grant gereizt. Aber Brown war froh, einen Zuhörer gefunden zu haben.

»Darauf können Sie Gift nehmen, dass nur der verfluchte Brix dahintersteckt! Seine Leute müssen vor dem Haus von Mister Grant auf mich gewartet haben. Heute Nacht haben sie auch schon auf mich geschossen – und jetzt das! Wer soll denn das aushalten! Es muss endlich etwas geschehen, damit diesem Verbrecher das Handwerk gelegt wird!«

»Vielen Dank für die Anregung.« Grant verbeugte sich spöttisch. »Ich werde nicht versäumen, sie an die zuständige Stelle weiterzugeben. Aber nun müssen Sie mich entschuldigen, Gentlemen. Ich habe eine Verabredung. Vielleicht nehmen Sie sich unseres Freundes noch ein wenig an, Sir Donald? Ein kräftiger Schluck würde ihm gut tun – und etwas Gesellschaft dabei auch.«

»Ein ausgezeichneter Rat!« Sir Donald Angus nahm Brown beim Arm. »Kommen Sie, hier um die Ecke ist ein gemütliches kleines Lokal. Der Besitzer ist Schotte – da bekommt man wenigstens einen anständigen Whisky. Bis bald, Mister Grant.«

Richard Grant sah den beiden nach. Er musste immer noch an den merkwürdigen Zufall denken, der Sir Donald genau in dem Augenblick hierhergeführt hatte, in dem das Attentat geschah.

Dann winkte er einem Taxi und ließ sich zum Yard fahren.

»Endlich kommen Sie, Grant!«, brummte Sir James Perival schlecht gelaunt. »Seit mehr als einer Stunde warte ich auf Sie. Inzwischen war hier der Teufel los!«

»Was ist denn passiert?«

»Luigis Anwalt scheint gute Beziehungen zu haben. Jedenfalls hat sich das Innenministerium in den Fall eingeschaltet. Ein Haftprüfungstermin wurde angeordnet und der Richter entschied: »Luigi ist gegen Kaution freizulassen. Keine Verdunkelungs- oder Fluchtgefahr! Stellen Sie sich das vor, Grant!«

»Aber die Höhe der Kaution – war da nichts zu machen?«

»Das ist es ja eben. Ich habe zehntausend Pfund verlangt, damit wir ihn noch eine Weile hierbehalten können, bis er das Geld beisammen hat.«

»Und?«, fragte Grant gespannt.

»Sein Anwalt war darauf vorbereitet. Er hat nur freundlich gelächelt, in seine Aktentasche gegriffen und das Geld auf den Tisch gepackt.«

»Luigi ist also in Freiheit?«

»Ja, aber was...«

Grant unterbrach ihn. »Seit wann?«

»Seit ungefähr einer Stunde.«

»Hm, das ist immerhin möglich«, überlegte Grant.

»Was denn?«, fragte Sir James ungeduldig. »Weshalb kommen Sie überhaupt so spät, Grant?«

»Weil ich durch einen kleinen Zwischenfall aufgehalten wurde.« Er berichtete von dem Attentat.

»Auch das noch!«, knurrte Sir James, als Grant seinen Bericht beendet hatte. »Und Sie meinen, Luigi hat etwas damit zu tun?«

»Die Zeit hätte ausgereicht. Mehr kann ich noch nicht sagen.«

»Vorsichtig wie immer.« Sir James verzog das Gesicht zu einem mühsamen Lächeln. »Dass ausgerechnet Angus in der Nähe war, gefällt mir auch nicht. Er hat mich übrigens heute früh angerufen und mir erklärt, dass er so schnell wie möglich nach Glasgow zurück will. Ich habe ihn zu diesem weisen Entschluss beglückwünscht. Für uns wird die Lage klarer, wenn er weg ist – und er wird daheim wohl auch nicht so leicht in Schwierigkeiten geraten wie in London. Aber ich denke, wir werden uns jetzt einmal mit der Dame aus dem Modegeschäft unterhalten.«

Er griff nach dem Hörer und ließ sich mit Clark verbinden.

»Wir sind soweit. Es kann losgehen.«

»Weiß sie, dass Luigi wieder frei ist?«, fragte Grant.

»Nein, wir haben uns gehütet, ihr das zu sagen. Übrigens hat... herein!«

Clark erschien mit einer großen, sehr eleganten Vierzigerin, durch deren blondes Haar sich einige aparte graue Streifen zogen.

»Ah – Miss Marcia«, sagte Sir James und zeigte auf einen Sessel. »Bitte, nehmen Sie Platz. Es spricht sich besser so. Das hier ist übrigens Mister Grant. Er wird nachher auch noch einige Fragen an Sie richten.«

»Fragen!«, sagte Miss Marcia gelangweilt und zeigte auf Clark. »Dieser Mann hier hat mich bereits nach den sinnlosesten Dingen gefragt. Ich muss leider feststellen, dass ein Teil seiner Fragen recht ungehörig war, Sie beschäftigten sich mit – nun, mit höchst privaten Dingen.«

»Es tut mir leid, Miss Marcia, aber wir müssen auch solche Fragen stellen«, antwortete Sir James ernst, »denn wir haben schlüssige Beweise dafür, dass Sie an einem Verbrechen beteiligt sind.«

»Ach – und an welchem?«, erkundigte sich Miss Marcia spöttisch.

»An der Entführung von Miss Lauren Beaumont – die in Ihnen einwandfrei die Frau wiedererkannt hat, von der sie betäubt und wahrscheinlich auch entführt worden ist.«

»Und ich«, widersprach Marcia ungerührt, »habe schon mindestens ein Dutzend Mal gesagt, dass ich dieses Mädchen, dem ich vorhin vorgestellt wurde, noch nie in meinem Leben gesehen habe. Wenn Sie mir nicht glauben – bitte, das ist Ihre Sache. Was ich von Ihrer Handlungsweise denke, werden Sie in der Presse lesen, sobald ich wieder frei bin.«

»Miss Marcia«, sagte Grant ruhig, »Sie werden sicher nicht abstreiten, dass Sie den Namen Brix schon gehört haben?«

»Na und? Wollen Sie vielleicht behaupten, dass ich

173

dieser Brix bin? Ich glaube, Sie lesen schlechte Kriminalromane!«

Grant lächelte. »Immerhin steht fest, dass Miss Beaumont vor drei Tagen Ihren Modesalon besucht hat. Sie suchte sich ein Kostüm aus, an dem nur ein paar kleine Änderungen vorzunehmen waren. Sie, Miss Marcia, bestellten sie für den nächsten Vormittag zur Anprobe. Aber vorher haben Sie sich mit ihr unterhalten. Wahrscheinlich hat das Mädchen mit seinen Beziehungen zu dem reichen Sir Donald Angus geprahlt, nicht wahr?«

»Bleiben Sie mir doch mit Ihrer Räubergeschichte vom Hals!«, fuhr Marcia auf, die zum ersten Mal Ihre Selbstbeherrschung verlor. »Sie reden Blödsinn, hören Sie? Völligen Blödsinn!«

Grant lächelte noch immer. »Auf jeden Fall empfahlen Sie Miss Beaumont einen Besuch im *Madrid-Club*, damit...«

»Weshalb soll ich denn das getan haben?«

»Das will ich gerade sagen: Damit Ihr Freund Luigi sich Miss Beaumont und den Reeder erst einmal ansehen konnte, bevor Sie den nächsten Schritt taten.«

»Unfug«, sagte Miss Marcia geringschätzig. »Ich muss mich berichtigen: Sie lesen nicht nur schlechte Kriminalromane – Sie könnten bei Ihrer Phantasie sogar selbst welche schreiben!«

»Danke, ich werde mich bei Gelegenheit an Ihren Rat erinnern. Heute scheint überhaupt der Tag der guten Ratschläge zu sein. Deshalb will ich Ihnen auch einen geben, Miss Marcia: Gestehen Sie! Wir haben heute Nacht Charles Luigi verhaftet!«

»Was – was habe ich mit dem Mann zu tun!«

»Viel! Er hat alles gestanden!«

»Das glaube ich nicht!«, schrie sie. »Das hat er nicht...«

Sie brach ab und biss sich auf die Lippen.

»So gut kennen Sie ihn also«, stellte Grant fest, »dass Sie ihm das nicht zutrauen. Aber Sie täuschen sich. Er hofft, dass er als Kronzeuge besser wegkommt.«

Marcias Gesicht wirkte plötzlich alt und fahl. Schlaff hing sie in ihrem Sessel.

»Dann brauche ich ja nichts mehr zu sagen.« Sie schloss die Augen und lehnte sich erschöpft zurück.

»Wenn Sie nicht wollen«, sagte Grant gedehnt. »Ihm wird das sicher recht sein.«

»Wieso?« Sie hatte die Augen geöffnet und sah ihn starr an.

»Weil er dann alles auf Sie schieben kann!«

Ihr Gesicht verzerrte sich. »Sie lügen!«, keuchte sie. »Kein Wort ist wahr. Ich glaube nichts!«

»Dann stimmt es also«, fragte Grant mit Betonung, »dass Sie es gewesen sind, die Luigi gezwungen hat, für Brix zu arbeiten?«

Sie schien noch mehr zusammenzusinken als vorher. Ihre Lippen bewegten sich, aber sie brachte keinen Ton heraus.

Die Männer gaben ihr Zeit, bis sie sich von selbst aufrichtete und mit schwacher Stimme bat: »Bitte, kann ich ein Glas Wasser haben? Ich möchte eine Tablette nehmen. Mein Kopf...«

Sie bückte sich nach ihrer Handtasche, aber Clark kam ihr zuvor und hob die Tasche auf. Seinen fragenden Blick beantwortete Sir James mit einem Kopfnicken. Darauf öffnete Clark die Tasche und nahm ein Röhrchen mit *Aspirin*-Tabletten heraus.

»Eine?«

»Zwei...«, bat Miss Marcia.

Clark zählte ihr die Tabletten in die Hand. Dann ging er aus dem Zimmer und kam nach ein paar Sekunden mit einem Glas Wasser wieder.

Miss Marcia nahm es, ohne ihn anzusehen. Sie

steckte die Tabletten in den Mund und trank das Wasser nach.

»Würden Sie dann bitte...«, begann Sir James. Aber er sprach nicht weiter. Der Ausdruck ihres Gesichtes erschreckte ihn. Überlegen, höhnisch und fremd zugleich. Als ob sie gar nicht mehr hier im Zimmer war.

Grant begriff zuerst. Er sprang auf. Aber Marcias Handbewegung hielt ihn zurück.

»Zu spät«, sagte sie heiser. »Und schönen Gruß an Mister Brix!«

Ein Krampf schüttelte sie.

»Schnell, einen Arzt!«, rief Grant. Sir James drückte auf mehrere Knöpfe zugleich.

Dreißig Sekunden später war der diensthabende Arzt zur Stelle. Er konnte nur noch Marcias Tod feststellen.

Beim Mittagessen war Grant so wortkarg, dass Margret mit Mühe ein paar Sätze über die Ereignisse des Vormittags aus ihm herausholen konnte. Dann nahm er die Teekanne und ging in die Bibliothek. Margret las die Zeitungen. Zwischendurch hörte sie ihren Mann ein paar Mal telefonieren. Dann war wieder alles still. Schließlich brühte sie frischen Tee auf und ging damit in die Bibliothek. Richard saß am Fenster und starrte ins Leere. In der schlaff herunterhängenden Hand hielt er ein kleines, schwarzes Notizbuch.

»Was hast du denn bloß?«, fragte sie besorgt, während sie das Tablett neben ihn auf den Tisch stellte.

»Oh – nichts«, antwortete er automatisch. Dann schüttelte er über die dumme Antwort selbst den Kopf und sah sie endlich an. »Ich denke über etwas nach«, ergänzte er.

»Musst du das so leise tun?«, fragte sie vorwurfsvoll. »Ich bin doch schließlich vom Fach.«

Richard gab sich einen Ruck...

»Du hast recht, Mädchen«, sagte er. »Komm, hol dir eine Tasse und setz dich her. Ich komme sowieso nicht weiter.«

Als ihre Zigaretten brannten, fragte Margret vorsichtig: »Hat dich Miss Marcia so auf dem Gleichgewicht gebracht, dass du...« Sie zögerte.

»Dass ich hier sitze wie ein Sherlock-Holmes-Denkmal?«, fragte er lächelnd. »Nein, so gut musst du mich doch kennen. Natürlich bin ich enttäuscht, dass unsere beste Zeugin sich – dem Gericht entzogen hat.«

»Bist du sicher, dass das Gift in den Tabletten war?«

»In einer, nehme ich an. Wahrscheinlich in der zweiten. Raffinierter Trick: eine gewöhnliche Kopfwehtablette auszuhöhlen. Sie sah genau aus wie die andere, sagte Clark.«

Margret legte die Hand auf seinen Arm. »Das ist jetzt eben nicht mehr zu ändern«, versuchte sie ihn zu trösten. »Die Hauptsache, dass wir – dass du weitersuchst. Was hast du denn da für ein Notizbuch?«

»Das habe ich Reed abgenommen. Er hatte es in der Tasche.«

»Davon hast du ja noch gar nichts gesagt.«

»Ich wollte es erst einmal in Ruhe ansehen, bevor ich lange Reden darüber halte.«

Sie musste lächeln. »Typisch Inspektor Grant. Hast du etwas gefunden?«

Er nahm den Kalender vom Tisch und blätterte darin.

»Eine Menge Notizen. Hundenamen, Zahlen, Zeiten – wahrscheinlich bezieht sich alles auf Windhundrennen. Ich halte es für die Trainingszeiten von Hunden, für Wettquoten und ähnliches Zeug. Damit hat Reed sich ja gern beschäftigt.«

»Schade«, meinte Margret. »Es hätte ja sein können...«

»Dass er aufgeschrieben hätte, wer Brix ist? Ich glaube nicht, dass er das gewusst hat. Der Verbrecher hat seine Sicherheit bestimmt nicht einem Säufer anvertraut. Aber eine Eintragung ist trotzdem da, die mir Kopfzerbrechen macht. Hier, sieh dir das an: »ROYSTON, 10 UHR 30«, steht unter dem Datum von gestern. Einen Ort Royston kenne ich nicht. Ein Hundename ist es auch nicht. Also dürfte es der Name eines Menschen sein.«

»Royston, zehn Uhr dreißig«, wiederholte Margret langsam. Um zehn Uhr dreißig sind keine Windhundrennen. Weder am Vormittag noch am Abend.«

»Wann haben wir Reed gefunden?«

»Um Viertel nach elf ungefähr.« Richard sah sie aufmerksam an.

»Wie lange war Reed schon tot?«, fragte Margret weiter.

»Höchstens eine halbe Stunde.«

»Dann hat dieser Royston das Lösegeld abholen sollen!«, rief Margret plötzlich. »Das bedeutet, dass er entweder Brix ist...«

»Oder sein getreuer Helfer, denn Reed ist, wie gesagt, nicht von einem Mann allein aufgehängt worden. Entschuldige. Ich glaube, es hat geklingelt.«

Er wollte aufstehen, aber Margret hielt ihn fest.

»Lass nur. Ich laufe rasch hin.«

In einer Minute war sie zurück. Mit ihr kamen Harriet Fraser und Hugo Linder.

»Hoffentlich sind Sie nicht böse, dass wir schon wieder stören«, begann die Ärztin. »Hugo und ich haben alles noch einmal durchgesprochen. Dabei habe ich ihm auch erzählt, dass Sie gestern Abend angerufen und nach meinem Parfüm gefragt haben. Hugo hielt das für so wichtig, dass er darauf bestand, wir müssten sofort zu Ihnen gehen.«

»Es ist auch wichtig«, mischte sich Linder ein. »Sie haben zwar den Grund nicht genannt, aber dass Ihre Frage nach dem Parfüm im Zusammenhang mit dem Fall Brix steht, das werden Sie doch nicht bestreiten. Lassen Sie nur«, wehrte er ab, »Sie brauchen gar nicht zu antworten. Es ist auch so klar.«

»Und was wollen Sie mir dazu sagen?«

»Dass ich Harriet vor ungefähr zehn oder elf Tagen eine Luxuspackung *Chateau Numero acht* geschenkt habe. Es ist ihr Lieblingsparfüm. Sie kauft es immer. Aber keine Luxuspackungen, bei denen die Flasche nicht viel billiger ist als das Parfüm. Also gut: Ein paar Tage später kam Inspektor Clark zu ihr in die Wohnung, um sie nach einem Rezept zu fragen, das sie für eine gewisse Miss Gillow ausgestellt hatte.«

»Ja, von diesem Besuch habe ich gehört«, unterbrach ihn Grant.

»Was Sie aber nicht gehört haben, Mister Grant«, fuhr Linder fort, »ist Folgendes: Seit dem Besuch des Inspektors ist die Parfümflasche verschwunden!«

Grant bot Zigaretten an, um Zeit zu gewinnen. »Was sollte denn das nun wieder heißen?«

»Ich nehme doch an«, fragte er Harriet Fraser, »dass Sie den Inspektor nicht in Ihr Schlafzimmer geführt haben?«

»Natürlich nicht«, antwortete die Ärztin. »Ich lege der Sache auch gar keine Bedeutung bei. Aber Hugo meint...«

»Hugo meint«, unterbrach Linder sie, »dass der Inspektor zehn Minuten lang allein in deinem Wohnzimmer gesessen hat, weil du noch eine Patientin behandeln musstest. Und das Wohnzimmer ist durch eine Tür mit dem Schlafzimmer verbunden.«

»Gewiss, aber...« Sie brach ab und hob hilflos die Schultern.

»Sie meinen also«, fragte Grant, »dass Inspektor Clark die verschwundene Flasche mitgenommen hat?«

»Nein, auf keinen Fall!«, erklärte die Ärztin entschieden. »Das ist doch ein ganz absurder Gedanke!«

»Allerdings«, gab Grant zu. »Ich will Ihnen übrigens sagen, weshalb ich nach dem Parfüm gefragt hatte. »Der ›Professor‹ Reed roch danach, als wir ihn fanden.«

»Aber ich schwöre, dass ich den Mann nicht kenne!«, rief Harriet Fraser.

»Gekannt habe, meinen Sie«, berichtigte Grant. »Das habe ich auch nicht behauptet. Ich weiß nur, dass Reed nach dem gleichen Parfüm duftete, das Sie auch benutzen.«

»Aber das ist doch wieder so eine Gemeinheit!« Linder rang die Hände. »Damit soll der Verdacht wieder auf Harriet gelenkt werden! Ein ganz schmutziger Trick!«

»Sie sagen es – ein schmutziger Trick«, bestätigte Grant. »Es gibt allerdings – rein theoretisch, versteht sich – noch eine andere Möglichkeit.«

»Und die wäre?«

»Dass Doktor Fraser tatsächlich in der Coster Row war – und dass sie sich nach meinem Anruf die Geschichte mit der Parfümflasche ausgedacht hat, um den Verdacht von sich abzulenken.«

»Mister Grant!« Die Ärztin sprang empört auf. Auch Linder stand auf. Er zitterte vor Erregung.

»Bitte beruhigen Sie sich«, beschwichtigte Grant die Aufgeregten. »Ich wollte Ihnen nur zeigen, dass es – rein theoretisch – mehr Möglichkeiten gibt, als man gewöhnlich annimmt. Soll ich auch mit Inspektor Clark über die Angelegenheit sprechen?«

»Das stelle ich ganz in Ihr Ermessen«, sagte Linder steif.

»Gut. Kennen Sie übrigens jemanden, der Royston

heißt?«

»Royston?« Linder überlegte. »Nein – nie gehört.«

Die Ärztin schüttelte den Kopf. »Ich kenne auch niemanden, der so heißt.«

»Vielen Dank – aber entschuldigen Sie mich einen Augenblick, es hat schon wieder geklingelt. Nein, lass nur, Margret. Ich mache schon auf.«

Vor der Tür stand Inspektor Clark. Blitzschnell legte Grant den Finger auf den Mund. Dann zog er Clark zur Tür herein und steckte ihn kurzerhand ins Speisezimmer.

Als er wieder in die Bibliothek kam, verabschiedeten sich die Gäste gerade von Margret. Er begleitete sie hinaus und holte dann Clark aus seinem Versteck.

»Gott sei Dank«, sagte der Inspektor. »Ich dachte schon, es dauert länger. Wir haben es eilig.«

»Wir?«, fragte Margret erstaunt.

»Ja«, sagte Clark hastig. »Sir James schickt mich. Ich soll Sie beide zum *Rammersford*-Tanzpalast fahren. Alles andere erzähle ich im Auto. Gehen wir?«

Als der Wagen anfuhr, berichtete Clark: »Es ist wieder ein Mädchen entführt worden. Marjorie Faber, achtzehn Jahre, einzige Tochter eines Fabrikanten. Haben Sie eine Zigarette für mich?« Grant steckte ihm das Stäbchen in den Mund und gab ihm Feuer.

»Danke.« Clark tat ein paar Züge, nahm dann die Zigarette aus dem Mund und sprach weiter.

»Die Kleine war gestern Abend mit einem Freund im *Rammersford*-Tanzpalast. Seitdem hat ihr Vater sie nicht mehr gesehen. Vor ungefähr einer Stunde bekam er mit der Nachmittagspost die gleiche Nachricht, die Angus bekommen hat: »Abwarten! Brix.« Er kam sofort zu uns, aber Sir James fürchtet, dass er am Ende doch zahlen wird. Wenn wir ihm nicht sehr schnell helfen können.«

»Hm«, machte Grant. »Was wissen wir über das Mädchen?«

Clark bog in eine scharfe Linkskurve, ohne das Gas wegzunehmen.

»Sehr verwöhnt«, knurrte er. »Oberflächlich, flatterhaft. Ihr Begleiter gestern Abend war ein junger Bengel namens Phil Dark. Der Vater hat ihn gleich mitgebracht.«

»Ein vernünftiger Mann offenbar«, gab Grant zu bedenken.

»Sicher«, brummte Clark. »Aber weich, wenn es um sein hübsches Töchterlein geht.«

»Was sagt der Junge?«

»Dass die Kleine kaum mit ihm getanzt habe. Sie sei im ganzen Saal rumgeflattert. Er war natürlich sauer und ist mit ein paar Freunden weggegangen. Zu einer Party. Von da hat ihn jemand im Auto mitgenommen und zu Hause abgesetzt. Sie haben seine Eltern herausgeklingelt, weil er keine Schlüssel mithatte.«

»Also ein Alibi?«

»Und was für eins. Nichts zu machen.« Grant hielt sich fest, als sie in eine neue Kurve gingen.

»Weshalb sollen eigentlich ausgerechnet Margret und ich – he!«

»Der Idiot muss mir auch genau vor den Wagen laufen!«, schimpfte Clark und brachte den abgewürgten Motor wieder in Gang.

»Die Handbremse!«, erinnerte Grant.

»Ach so, ja, das kommt vom vielen Reden.« Er fuhr wieder an.

»Weshalb sollen gerade wir ins *Rammersford*?«, wiederholte Grant seine Frage.

»Weil Sie da niemand kennt. Der Laden besteht erst knapp ein Jahr. Sir James ist übrigens auch hingefahren. Wird schon auf Sie warten.«

Margret streckte den Kopf vor. »Spielt im *Rammersford* nicht ein berühmter Jazztrompeter?«, fragte sie. »Ich habe in der Zeitung etwas gelesen über ihn. Roy Antonio heißt er, glaube ich.«

»Antonio?« Clark lachte kurz auf. »Wissen Sie, wo der Lümmel wirklich her ist? Aus unserem schönen Londoner Stadtteil Hammersmith! Royston heißt er in Wirklichkeit. Georgie Royston.«

»Im Ernst?«, fragte Margret harmlos.

»Sicher. Alles Reklame, ein schöner Name, ein paar Töne blasen können und den Leuten erzählen, das wäre Jazz. So wird's doch gemacht.«

»Ich muss noch einmal fragen«, unterbrach ihn Grant. »Sind Sie ganz sicher, dass er Royston heißt?«

»Aber ja«, knurrte Clark. »Seinetwegen kann ich doch da nicht rein. Er kennt mich. Habe ihm mal auf die Finger geklopft. Stubenrein ist der Bengel nämlich auch nicht. Aber jetzt raus. Wir sind da.«

Als Margret und Richard sich zu Sir James an den Tisch setzten, sagte der große Mann: »Seit wann interessiert sich eigentlich Sir Donald Angus für Jazzmusik?«

»Wieso?«, fragte Grant verblüfft.

Sir James nahm die Zigarre aus dem Mund und zeigte mit ihrem Ende zum Podium hin.

»Weil er da vorn steht und sich angeregt mit dem Trompeter unterhält.«

10

»Sehen Sie nicht hin«, warnte Sir James. »Es fällt sonst auf.«

»Ist er schon lange hier?«, fragte Richard Grant.

»Ungefähr zehn Minuten – er kam gleich nach mir«, antwortete Sir James. »Er hat sich hinten an einen Tisch gesetzt. Als die Kapelle eine Pause machte, ist er aufgestanden und zum Podium gegangen. Direkt auf den Trompeter zu.«

Grant sah unauffällig zu den beiden ungleichen Gesprächspartnern hinüber. Dann wandte er sich wieder ab.

»Ein seltsames Paar. Was meinen Sie, Sir, wollen wir uns nicht ein wenig in die Unterhaltung einmischen?«

Sir James Perival schüttelte den Kopf. »Sagen Sie mir erst einmal, was Sie davon halten.«

»Von seinem Auftauchen hier?«

»Ja – und davon, dass er uns die ganze Zeit vor den Füßen herumläuft. Wo etwas passiert, immer ist auch Sir Donald Angus da. Das geht doch nicht mit rechten Dingen zu. Wenn ich nicht wüsste, dass er sein vieles Geld geerbt hat...«

»Dann würden Sie glauben, dass er Brix ist?«

»Was soll ich – Clark! Was machen Sie denn hier? Ich dachte, Sie wollten sich nicht sehen lassen?«

Der Chefinspektor grinste verschmitzt. »Ich stehe ja hinter der Säule. Georgie kann mich nicht sehen. Ich habe draußen einen von den Schatten getroffen, die wir Angus angehängt haben. Als ich hörte, dass der Gentleman auch hier ist, dachte ich, Sie könnten vielleicht meine Hilfe brauchen.«

»Bleiben Sie ruhig hier, Clark«, forderte Grant ihn auf, »bevor Sir James etwas sagen konnte.« Wir wollten uns die Herrschaften gleich einmal vornehmen. Dann ist es sowieso aus mit der Heimlichtuerei.

Der Chefinspektor setzte sich zu ihnen – aber so, dass er vom Podium aus nicht zu sehen war.

»Wir sprachen gerade über das seltsame Benehmen unseres reichen Freundes da drüben«, fuhr Grant fort. Clark nickte. »Allerhand Leute in diesem Fall, die sich seltsam benehmen.«

»Das kann man wohl sagen«, bestätigte Grant. »Übrigens – was ich Sie schon die ganze Zeit fragen wollte: Sie waren doch neulich in der Wohnung von Doktor Fraser. Hatten Sie da Gelegenheit, sich etwas umzusehen?«

»Ziemlich viel sogar«, bestätigte Clark.

»Doktor Fraser hatte noch ungefähr zehn Minuten im Behandlungszimmer zu tun.«

»Ist Ihnen da etwas Besonderes aufgefallen?«, fragte Grant weiter.

»Warten Sie mal.« Clark überlegte. »Eigentlich nicht. Das Wohnzimmer ist hübsch eingerichtet. In hellen, freundlichen Farben. Aber nichts Außergewöhnliches. Nebenan ist das Schlafzimmer. Da habe ich auch rasch einen Blick reingeworfen. Moment – ja, etwas ist mir aufgefallen. Auf dem Frisiertisch lagen die üblichen Sachen: Kamm, Bürste, Handspiegel, Nagellack und so weiter. Alles sehr ordentlich, solide, praktisch. Genauso, wie die Frau selbst auch zu sein scheint. Nur ein Gegenstand fiel mir auf. Eine Parfümflasche – Flakon sagt man wohl zu so etwas. Dunkelgrün, mit einem kronenförmigen vergoldeten Verschluss. Sah sehr teuer aus. Ich dachte mir, das müsste ein Geschenk sein. So etwas kauft sie sich bestimmt nicht selbst.«

»Alle Achtung«, staunte Grant. »So ein Gedächtnis

möchte ich auch haben.«

Clark zuckte gleichmütig mit den Schultern. »Übungssache. Ich habe Jahre dazu gebraucht, aber jetzt kann ich solche Einzelheiten wie eine Kamera festhalten. Ganz nützlich in unserem Beruf.«

»Allerdings«, gab Grant zu. »Aber – ja, Sir James? Sie wollten etwas fragen?«

»Das wollte ich, mein Lieber, das wollte ich.«

Sir James Perival sog heftig an seiner Zigarre. Dann fuhr er fort: »Clark, Sie haben vor lauter Fachsimpelei vergessen, dass Sie mir noch eine Auskunft schulden.«

»Sir?«

»Ja. Sie sprachen vorhin von ›Georgie‹. Wer ist das?«

»Georgie Royston nennt sich hier Roy Antonio.«

»Ach so, der Jazztrompeter. Und das ist der Mann, von dem Sie hier nicht gesehen werden wollten?«

»Jawohl. Der Junge ist mir schon mehr als einmal über den Weg gelaufen. Ein kleiner, aber gerissener Gauner.«

»So klein ist er auch wieder nicht«, widersprach Grant. »Zum Beispiel war er gestern Abend mit dem angeblichen Professor Reed verabredet. Ungefähr zu der Zeit, in der Reed ermordet wurde. Hier, sehen Sie sich das an.«

Er zog Reeds Notizbuch aus der Tasche und zeigte den beiden die Eintragung.

»Verdammt«, knurrte Sir James. »Dann ist er wirklich mehr als ein kleiner Gauner. Los, Clark, Angus und Royston sind anscheinend fertig. Schnappen Sie sich den jungen Mann und schaffen Sie ihn unauffällig ins Büro des Managers, falls es hier so etwas gibt. Grant, wir beide kümmern uns um Angus.«

»Sir James und Grant hatten den Reeder in dem Gedränge aus den Augen verloren. Endlich entdeckten sie ihn an einem Tisch. Er sprach lebhaft auf ein zierliches, modisch gekleidetes Mädchen ein, dessen sorgfältig frisiertes Haar im Lampenlicht rötlich schimmerte.

»Guten Abend, Miss Beaumont«, sagte Grant und blieb vor dem Tisch stehen.

»Guten Abend, Sir Donald.«

Sir Donald Angus blickte hoch, sah neben Grant Sir James Perivals athletische Gestalt, sprang hastig auf und bot Lauren Beaumont den einladend gebogenen Arm an.

»Die Herren werden entschuldigen«, sagte er über die Schulter. »Ich habe Miss Beaumont diesen Tanz versprochen.« An Stelle der Jazzband hatte eben eine andere Kapelle mit einem Tango eingesetzt.

»Bitte sehr«, entgegnete Sir James höflich. »Wir dürfen doch so lange an Ihrem Tisch Platz nehmen? Wir haben Ihnen nämlich noch ein paar Fragen zu stellen, Sir Donald.«

»Nun hören Sie aber!«, fuhr Angus auf. Sein Gesicht lief puterrot an. »Nicht einmal hier hat man mehr seine Ruhe! Was zum Teufel wollen Sie denn nun schon wieder wissen?«

»Was Sie eben mit dem Trompeter besprochen haben.«

»Ach so«, machte Angus gedehnt. »Den habe ich nur gefragt, ob er Miss Beaumont nicht gesehen hat. Ich konnte sie nämlich nicht gleich finden. Wir waren hier verabredet.«

»Dann ist der Trompeter also ein guter Bekannter von Ihnen«, erkundigte sich Grant lächelnd bei Miss Beaumont.

»Das gerade nicht«, antwortete sie etwas zu schnell. »Ich habe ab und zu ein paar Worte mit ihm gesprochen, wenn ich zum Tanzen hier war. Das ist alles.«

»Da hören Sie selbst, dass wir mit dem Mann nichts zu tun haben«, meinte Sir Donald geringschätzig. »Und nachdem Sie das festgestellt haben, werden Sie wohl nichts dagegen einwenden, wenn ich jetzt mit Miss Beaumont tanze. – Was starren Sie mich denn so an, Mister Grant?«

»Oh, ich bewundere nur Ihren hübschen Anzug, Sir Donald.«

»Das dürfen Sie gern. Er war auch teuer genug. Darf ich bitten, Lauren? Guten Abend, die Herren.«

Mit stolz erhobenem Haupt führte der kleine, dicke Schotte seine zierliche Begleiterin zur Tanzfläche.

»Weshalb haben Sie ihn denn so kritisch angesehen?«, fragte Sir James. »Weil seine linke Brusttasche so gewaltig geschwollen war. Entweder schleppt er ein Schießeisen mit sich herum oder ein gehöriges Bündel Geldscheine. Auf jeden Fall habe ich mich darüber...«

»Sehen Sie!«, unterbrach ihn Sir James. »Da verschwindet Clark gerade mit dem Trompeter hinter einer Tür. Das ging ja reibungsloser, als ich geglaubt hatte. Kommen Sie, wir wollen den falschen Antonio ein wenig in die Zange nehmen.«

»Hören Sie endlich auf, mich zu belügen!« Clarks Stimme war bis auf den Flur zu hören. »Natürlich kennen Sie Sir Donald Angus. Ich habe selbst gesehen, dass Sie eben mit ihm gesprochen haben!«

»Ach der«, entgegnete eine weichliche, näselnde Stimme. »Den kleinen Dicken mit dem roten Gesicht meinen Sie? Ich habe keine Ahnung, wie der heißt. Er hat mich nur nach Miss Beaumont gefragt.«

»Ah, jetzt kommen wir der Sache näher«, klang triumphierend Clarks Stimme. »Miss Beaumont kennen Sie also?«

»Bloß so. Paarmal mit ihr gesprochen.« In diesem Augenblick stieß Sir James die Tür auf und trat ein. Grant folgte ihm.

Der Trompeter fuhr herum und starrte die Eintreten-

188

den erschrocken an. »Razzia?«, japste er. »Was wollen Sie von mir? Wer sind Sie?«

»Dieser Gentleman«, erklärte Grant ruhig, »ist Sir James Perival, Sonderbevollmächtigter bei Scotland Yard. Mein Name ist Grant. Wir werden uns ein wenig an der Unterhaltung mit ihnen beteiligen, Mister Royston.«

»Antonio heiße ich«, begehrte der andere auf. »Roy Antonio. Steht auf allen Plakaten und...«

»Und so weiter«, unterbrach ihn Grant. »Ein hübscher Name. Wirkt auf junge Damen, nicht wahr? Aber für uns sind Sie George Royston, verstanden?« Der Trompeter nickte unsicher.

»So, Royston«, fuhr Grant fort, »und nun werden Sie uns erzählen, wie gut Sie Marjorie Faber kennen!«

»Marjorie Faber? Nie gehört. Wenn ich jeden Zahn...«

»Royston!«, fiel Grant ihm ins Wort. »Bleiben Sie bei der Wahrheit! Wir wissen, dass Marjorie Faber gestern Abend hier im *Ramersford* war. Kurz nach zehn Uhr wurde sie entführt – im Auftrag von Mister Brix!«

»So? Und was soll ich damit zu tun haben?«

»Das wollen wir von Ihnen wissen. Seit wann gehören Sie zur Bande von Brix?«

»Ich – ich weiß gar nicht dass es so eine Bande gibt. Lassen Sie mich doch in Ruhe. Ich muss jetzt in den Saal. Die Boys können ohne mich nicht spielen.«

»Vielleicht werden sie sich daran gewöhnen müssen«, erklärte Grant.

»Woran?«

»Ohne Sie zu spielen, Royston!

»Aber ich habe doch nichts...«

»Sie haben uns jetzt zu antworten! Seit wann kannten Sie den sogenannten Professor Reed?«

»Überhaupt nicht. Wer ist denn das?«

»Ein Tierhändler, im East End, der gestern ermordet wurde.«

»Ermordet?«, fragte Royston heiser. »Ach, Sie wissen noch nicht, dass er tot ist?«

»Doch, Royston. Reed wurde gestern Abend ermordet.«

»Aber von wem denn?«

»Vermutlich von Mister Brix. Sehen Sie, Royston, jetzt fangen Sie an, sich an Reed zu erinnern. Sonst wären Sie nicht so blass geworden, und der blanke Schweiß würde Ihnen auch nicht auf der Stirn stehen. Ja, so wie mit Reed verfährt Brix mit allen Mitarbeitern, die er nicht mehr braucht. Ein schöner Tod, der Ihnen da bevor steht, Royston.«

»Mir? Aber er kann...«

»Sie wissen zu viel von Brix, Royston«, sagte Grant eindringlich. »Das ist gefährlich.«

Royston schien einem Zusammenbruch nahe zu sein. Er zitterte am ganzen Leib. »Aber ich – ich weiß doch von nichts!«, stammelte er.

Sir James griff ein. »Dann erinnern Sie sich lieber! Glauben Sie, es macht der Wasserpolizei Spaß, sie morgen früh aus der Themse zu ziehen?«

Chefinspektor Clark beugte sich vor und wies mit dem ausgestreckten Zeigefinger anklagend auf den Trompeter.

»Wir wissen, dass Sie oft mit Marjorie Faber getanzt haben«, sagte er streng.

»Kommen Sie nicht mit der Ausrede, Sie hätten ihren Namen nicht gekannt. Wir haben Zeugen dafür, dass Sie Miss Faber mit ihrem Namen angesprochen haben!«

Royston fiel auf den Bluff herein. Mit weit aufgerissenen Augen starrte er den Inspektor an.

Grant benutzte die Gelegenheit. »Wer hat Ihnen die Spritze gegeben?«

»Woher wissen Sie das?«, schrie Royston.

»Wohin haben Sie Miss Faber gefahren, nachdem Sie ihr die Spritze gegeben hatten?«, überschrie ihn Clark.

»Royston!«, mahnte Sir James. »Wenn dem Mädchen etwas zustößt, kommen Sie lebenslänglich ins Zuchthaus! Denken Sie daran: Ihr ganzes Leben! Wohin haben Sie sie gebracht?«

»Zum Shadwell-Bassin«, stöhne Royston. »Aber ich schwöre, da war sie noch lebendig!«

»Wer hat das Mädchen dort übernommen?«, fragte Sir James weiter.

Der Trompeter zögerte einen Augenblick. Dann zerbrach sein Widerstand. »Luigi«, sagte er heiser.

»Hat er Ihnen Geld gegeben?«

»Ja, zweihundert Pfund.«

»Und wohin hat er Miss Faber gebracht?«, fragte Sir James eindringlich.

»Ich weiß nicht. Wirklich nicht!«

Sir James gab Clark einen Wink. Der Chefinspektor hatte lange bei der Wasserpolizei gedient. Er kannte am Themseufer jeden Baum.

»Denken Sie nach, Royston!«, befahl Clark. »Hatten Sie den Eindruck, dass es eine lange Fahrt werden sollte? Oder eine kurze? Was für ein Boot hatte Luigi?«

»Ein Motorboot.«

»Mit Kajüte?«

»Nein, ohne.«

»Wie war die Ausrüstung? Reservekanister?«

»Habe ich nicht gesehen, Sir.«

»Haben Sie gesehen, in welche Richtung er fuhr?«

Er zog einen Kugelschreiber aus der Brusttasche und zeichnete mit ein paar Strichen die Umgebung des Shadwell-Hafens auf das Tischtuch.

Royston sah ihm über die Schulter. »Hier!« Er zeigte auf eine Linie. »Hier ist er langgefahren, das habe ich noch gesehen.«

»Nach rechts?«, fragte Clark. »Bestimmt?«

»Ja. Ganz sicher.«

»Wann?«

»Um halb elf ungefähr. Um elf fangen wir hier wieder an zu spielen. Da musste ich zurück sein. Deshalb weiß ich die Zeit.«

»Weshalb waren Sie nicht bei Reed?«, fragte Grant dazwischen. »Was sollten Sie bei ihm?«

»Einen Koffer abholen.«

»Und weshalb haben Sie es nicht getan?«

»Luigi rief an. Schon erledigt, hat er gesagt.«

»Und dann haben Sie ihn gefragt, ob Sie jetzt das Mädchen bringen sollen?«

»Ja«, gab der Trompeter kleinlaut zu. Grant sah Sir James an. »Können wir?«, Sir James nickte.

»Sie gehen jetzt in den Saal und blasen, als ob nichts geschehen wäre. Verstehen Sie, Royston?«

»Ja, Sir. Sie nehmen mich nicht mit?«

»Tun Sie, was ich Ihnen sage! Und kein Wort zu irgendjemandem! Los, gehen Sie schon!«

Hastig verließ Royston das Zimmer. Sir James wandte sich an Clark. »Haben Sie den Wagen draußen?«

»Ja. Hundert Meter von hier.«

»Holen Sie ihn und warten Sie vor dem Eingang. Ich rufe nur schnell im Yard an.«

»Weshalb haben Sie Royston laufen lassen, Sir?«, fragte Clark während er den Wagen in rasendem Tempo zum Shadwell-Hafen steuerte.

»Keine Zeit!«, brüllte Sir James durch das Heulen der Sirene. »Erst Miss Faber finden! Kleine Fische nachher!«

»Und Luigi?«, schrie Clark zurück.

»Wird gesucht!« Sir James' Stimme klang unnatürlich laut. Clark hatte die Sirene abgestellt.

»Wir sind gleich da«, sagte der Inspektor. »Keinen Sinn, uns vorher anzumelden.«

»Kommt jetzt nicht die Coster Row?«, fragte Grant.

»Ja, kurz vor dem Hafen.«

Sir James pfiff durch die Zähne. »So nah ist das beieinander? Dann kann Luigi also zuerst Reed ermordet und dann das Mädchen weggebracht haben?«

»Möglich wäre es«, bestätigte Clark. »Mehr als fünf Minuten hat er nicht gebraucht von Reeds Haus bis zum Hafenbecken. Da sind übrigens die Kollegen!«

Er bremste scharf. Uniformen tauchten im Lichtkegel der Scheinwerfer auf.

Fünf Minuten später stiegen Sir James, Grant und Clark in eine mit drei Beamten bemannte Barkasse der Wasserpolizei. Neben ihnen schaukelten zwei ähnliche Boote.

»Alles klar?«, fragte Clark, der die Leitung der Suche übernommen hatte. »Also dann, das Ufer von den Millgate Steps bis zum alten Lagerhaus. Und denkt daran, es muss eine Stelle sein, die nur vom Wasser her zu erreichen ist!«

»Weshalb eigentlich?«, fragte Sir James, als ihr Boot in den Strom hinausschoss.

Grant antwortete an Clarks Stelle. »Weil Luigi sonst kein Boot benutzt hätte, das jeden Augenblick von der Wasserpolizei entdeckt werden kann, sondern ein ganz gewöhnliches, harmloses Auto.«

Clark wandte sich an den Sergeanten, der das Boot steuerte. »Kennen Sie das Lagerhaus?«

Der Sergeant lachte leise. »Soll ich das zuerst ansteuern?«

»Natürlich. Was dachten Sie?«

»Wieso? Was ist mit dem Lagerhaus?«, fragte Sir James, der sich auf dem Wasser nicht sehr heimisch fühlte.

»Der Chefinspektor ist ein alter Fuchs«, antwortete der Sergeant lachend. »Seit zwanzig Jahren steht der Kasten leer. Früher haben sie Leinsamen darin gelagert. Aber ›Leinsamenlagerhaus‹ hat nie einer gesagt. Immer nur ›der Kasten‹, weil es so scheußlich im Gelände steht.«

»Und was ist jetzt damit?«, fragte Sir James ungeduldig.

Der Sergeant nahm die Pfeife aus dem Mund und spuckte über Bord.

»Wird nicht mehr benutzt, wie ich schon sagte, Sir. Geht auch keine Straße mehr hin. Alles zugebaut. Abreißen will den Kasten auch keiner, weil das zu viel Geld kostet. Deshalb steht er da und modert.«

»Ach so«, sagte Sir James. Es klang, als hätte er eigentlich »ich Idiot« sagen wollen. »Und ich habe mich gewundert, weshalb Clark für uns ausgerechnet den weitesten Weg ausgesucht hat, während die anderen die näheren Uferstücke absuchen. Das Lagerhaus – oder der Kasten, wie Sie sagen, ist...«

»Das einzige Gebäude in der ganzen Gegend, das vom Wasser, aber nicht vom Land her zu erreichen ist«, ergänzte Clark.

»Dann müsste also Miss Faber dort stecken?«

»Muss nicht«, sagte der Sergeant. »Aber wenn ich jemand verstehen wollte, dann würde ich ihn auch in den Kasten bringen.«

»Alte Achtung, Clark«, lobte Sir James. »Dann haben wir ja Aussichten, einen Fang zu machen. Ich wünsche mir nur, dass dieser Luigi alias Brix auch dort ist. Es wird Zeit, dass wir den Burschen fassen – und zwar auf frischer Tat, damit er sich nicht noch einmal herauswindet.«

»Und wenn er nicht da ist?«, fragte Clark.

»Dann beschaffe ich auf Grund von Roystons Aussage einen neuen Haftbefehl gegen Luigi – und wenn ich bis zum Innenminister gehen muss, Sir James«, meldete sich Grant von der anderen Seite des Bootes her.

»Sie sind also fest überzeugt, dass Luigi Brix ist?«

»Ja, wer soll es denn sonst sein?«, fragte Sir James erstaunt zurück. »Hat er nicht als einziger einen Grund gehabt, den Taxifahrer zu erstechen? Sind Sie nicht selbst überzeugt, dass er die Handgranate nach Ihnen geworfen hat? Hat er nicht Reed ermordet – oder mindestens bei dem Mord geholfen? Hat er nicht Miss Faber...«

»Wir sind da, Sir«, unterbrach ihn der Sergeant.

Der Strahl des Suchscheinwerfers spielte über einen verrotteten Steg und strich dann den ›Kasten‹ entlang, einem ausgedehnten, verwahrlosten Fachwerkschuppen, der ungefähr zwei Meter über das Ufer hinausragte.

»Offenbar war das Lagergut früher direkt aus dem Schuppen in flache Kähne verladen worden.«

Am Anlegesteg war ein Ruderboot angebunden. Der Sergeant warf einen Blick hinein.

»Keine Riemen drin«, brummte er. »Aber die kann er auch versteckt haben.«

»Gut«, entschied Sir James. »Sergeant, Sie bleiben mit einem Mann im Boot. Sobald Sie einen Schuss hören, rufen Sie durch Funk die anderen Boote und lassen das Gelände abriegeln.« Er trat auf den Steg und winkte den anderen. »Kommen Sie, meine Herren, wir haben keine Zeit zu verlieren. Wenn Brix da drin ist, hat er uns längst gehört!«

Ihre Stablampen beleuchteten morsche Bretter, die unter den Schritten der Männer verdächtig ächzten.

»Einzeln!«, befahl Sir James. Hintereinander drangen sie in das Gebäude ein. Von innen wirkte es noch trostloser als vom Fluss her. Die dem Land zugekehrte Fachwerkwand war teilweise zusammengebrochen, große Teile des Daches fehlten. Nur ein Querflügel am anderen Ende des Schuppens schien noch ziemlich heil zu sein. Jedenfalls sahen sie im Licht der Bandscheinwerfer dort noch heile Türen und geschlossene Fensterläden. Auf einen geflüsterten Befehl von Sir James stieg Clark mit dem einen Polizisten durch eine Lücke in der Rückwand ins Freie.

»Kommen Sie, Grant«, sagte Sir James dann. »Es kann nur der Querflügel sein!«

Der Polizist, der bei ihnen geblieben war, entsicherte seine Pistole. Es knackte leise, als er den Sicherungsflügel umlegte.

Grant packte seinen Stock fester und ging hinter dem Chef her, so schnell er mit seinem verletzten Bein konnte.

Plötzlich blieb Sir James stehen. Fast wäre Grant gegen ihn geprallt.

Die drei Männer lauschten angespannt. »Dort!«, flüsterte Grant und zeigte zur Wasserseite hinüber. Er ging voraus. Nach ein paar Schritten blieb er stehen und horchte wieder.

»Plopp«, machte es – und dann noch einmal: »plopp«. Als ob etwas ins Wasser fiel.

»Vielleicht eine Ratte«, sagte Sir James neben ihm.

»Nein«, antwortete Grant. »Dann wäre es nicht zweimal an derselben Stelle gewesen.«

»Wie zur Bestätigung ertönte ein drittes »Plopp« und gleich darauf ein viertes und fünftes.

»Da ist jemand!«, sagte Grant laut. »Hier, nehmen Sie meine Lampe.«

Mit ein paar Schritten war er an einer Tür und drückte die Klinke herunter. »Abgeschlossen«, sagte er und schlug mit der Faust gegen die Bretter. »Aufmachen, Polizei!«

Keine Antwort. Dafür aber ein schnell aufeinanderfolgendes « Ploppplopp-plopp-ploppplopppplopp«.

»Los, wir brechen die Tür auf!«, entschied Sir James. Mit aller Kraft seiner breiten Schultern warf er sich gegen die Tür. Das morsche Holz gab sofort nach. Sir James stürzte der Länge nach in den dunklen Raum. Die Lampe fiel zu Boden.

Mit einem Schritt war Grant durch die Tür. Dann sprang er sofort zur Seite, um einem Angreifer kein Ziel zu bieten. Hinter ihm tauchte in der Tür der Polizist auf, in der einen Hand eine Stablampe, in der anderen die Pistole. Aber der Raum war leer.

»Da hinten!« Sir James sprang auf, hob seine Lampe auf und stürmte auf eine kleine Tür im Hintergrund zu. Die beiden anderen konnten ihm kaum folgen.

Als sie die Tür erreicht hatten, sahen sie Sir James in einer winzigen Kammer stehen. Vor ihm saß, auf einen Stuhl gefesselt, ein junges Mädchen. Ihr Mund war mit Heftpflaster verklebt. Dicht vor ihren Füßen lag ein kleiner Haufen Eisenabfälle: Schrauben, Muttern und Bolzen. Und nahe dabei klaffte zwischen Fußboden und Außenwand ein breiter Spalt.

»Marjorie Faber?«, fragte Sir James. Das Mädchen nickte. Darauf legte er die Hände trichterförmig an den Mund und brüllte: »Clark!«

»Chef?«, kam die Antwort von der Rückseite des Schuppens. »Herkommen! Sie sind doch so ein Entfesselungskünstler. Wir haben Arbeit für Sie!«

Als Marjorie Faber von ihren Fesseln befreit war, sah sie zu den Männern auf und sagte leise: »Ich habe Ihr Boot gehört und hatte Angst. Aber dann sah ich durch die Ritzen Licht – und hörte mehrere Stimmen. Da wusste ich, dass es die Polizei war...«

»Und da haben Sie die Eisenstücke ins Wasser gestoßen, um uns aufmerksam zu machen?«, fragte Sir James. »Ein ausgezeichneter Gedanke! Aber kommen Sie, wir bringen Sie ins Boot. In einer Stunde sind Sie bei Ihrem Vater.«

Das Hinausbringen war nicht so leicht. Jetzt, nach überstandener Gefahr, machten sich der Schreck und die Erschöpfung bemerkbar. Sie mussten das Mädchen fast tragen.

Endlich hatten sie den Steg erreicht. Er lag im Dunkeln. Der Sergeant hatte ihre Rufe gehört und den Scheinwerfer längst abgeschaltet. Das schwache Licht des aufgehenden Mondes genügte auch für den kurzen Weg.

Endlich waren sie alle an Bord. Der Sergeant wollte eben die Positionslampen einschalten und den Motor anlassen.

»Moment!«, rief Grant halblaut. »Da kommt ein Boot!«

Alle lauschten auf den dunklen Fluss hinaus. Durch das Gurgeln der Strömung war deutlich das leise Brummen eines Bootsmotors zu hören. »Kann das Wasserpolizei sein?«, fragte Grant den Steuermann.

»Nein, auf keinen Fall. Dann hätte es Licht. Der Bursche da hat nichts Gutes vor.«

»Halten Sie den Scheinwerfer bereit, Sergeant«, befahl Sir James. »Richten Sie ihn auf das andere Boot. Aber erst einschalten, wenn ich den Befehl gebe!«

Das fremde Motorboot mochte noch fünfzig Meter von ihnen entfernt sein, als sein Motor abgestellt wurde. Mit leisem Plätschern und Rauschen glitt es heran. Schon waren die Umrisse zu erkennen.

Da erhob sich hinter dem Steuer ein Mann und rief: »Hallo – seid ihr das?«

»Verdammt«, flüsterte Sir James. »War das nicht Linders Stimme?«

11

Wieder rief der Mann: »Hallo, seid ihr es?«

»Sie haben recht. Es ist seine Stimme«, bestätigte Clark.

»Scheinwerfer an!«, befahl Sir James. Grell zuckte der Lichtkegel über das Wasser. Er traf den hölzernen Rumpf des Bootes und glitt dann nach oben.

»Linder!«, rief Clark.

In diesem Augenblick warf sich der Mann am Steuer blitzschnell in Deckung. Gleich darauf sprang der Motor seines Bootes wieder an. Unbeholfen drehte sich das Fahrzeug in die Strömung.

»Motor an! Er reißt aus!«, rief Sir James.

»Macht nichts, wir sind schneller«, brummte der Sergeant und drehte den Zündschlüssel um.

»Nimm den Scheinwerfer, Jim. Immer draufhalten. In zwei Minuten haben wir den Kerl.«

Der Motor heulte auf. In elegantem Bogen schoss das Boot aufs Wasser hinaus. Nur noch dreißig Meter. Nur noch zwanzig.

»Vorsicht, er kann bewaffnet sein«, warnte Grant.

Da krachte ein Schuss voraus. Das Glas des Scheinwerfers splitterte. Der Lichtkegel erlosch.

»Der Bursche schießt gut«, brummte der Steuermann anerkennend und stellte den Motor ab.

»Sinnlos, im Finstern rumzugondeln.«

Mit leisem Rauschen glitt das Boot durch das Wasser. Die Männer warteten geduckt auf den nächsten Schuss. Er kam nicht. Statt dessen hörten sie ein gurgelndes, spritzendes Geräusch. »Stablampen raus!«, kommandierte Sir James. »Er ist ins Wasser gesprungen!«

Drei, vier dünne Lichtstrahlen tasteten über die bewegte Wasserfläche.

»Da ist das Boot!«, rief einer der Polizisten.

Der Sergeant startete den Motor. Mit schussbereiten Waffen glitten sie an das fremde Motorboot heran. Es war leer.

»Machen Sie den Hilfsscheinwerfer fertig, Sergeant!«, ordnete Inspektor Clark an, während die anderen vergeblich versuchten, mit dem schmalen Strahl ihrer Lampen die Themse abzusuchen.

Es dauerte mehr als eine Minute, bis der Steuermann den anderen Scheinwerfer angeschlossen hatte und sich an der Suche beteiligte.

Von dem Schwimmer war nichts mehr zu sehen.

»Es hat keinen Sinn«, sagte Sir James schließlich. »Rufen Sie die anderen Boote, Sergeant. Sie sollen unterhalb von hier die Ufer beobachten. Das leere Boot nehmen wir mit. Lassen Sie einen Mann als Wache dabei.«

»Sollten wir nicht doch noch weitersuchen?«, gab Clark zu bedenken.

Sir James schüttelte energisch, den Kopf. »Nein, ich muss zum Yard. Wir verlieren hier nur Zeit. Miss Faber muss auch nach Hause. Sie gehört ins Bett.«

Marjorie hörte ihn nicht. Sie war vor Erschöpfung eingeschlafen und wurde erst wieder wach, als ihr Vater die Befreier mit einem Freudenausbruch empfing, den sie dem nüchternen Geschäftsmann nie zugetraut hätten.

»Du bist noch auf?«, fragte Richard Grant, als er ins Wohnzimmer kam. Margret nickte.

»Wenn der Mann unter die Nachtschwärmer geht, dann sitzt die Frau schlaflos daheim.«

Ihr Lächeln konnte ihn nicht darüber hinwegtäuschen, dass sie sich Sorgen gemacht hatte.

»Willst du noch etwas essen?« fragte sie.

»Danke, nein. Nur baden. Ich bin schmutzig wie ein Strauchräuber.«

Besorgt sah sie die tiefen Falten um seinen Mund. »Hast du Schmerzen? Dein Bein?«

»Ja«, gab er zu. »Es war etwas anstrengend.«

Sie setzte sich hin und zog ihm vorsichtig die Schuhe aus. Der verfluchte Krieg. Seit achtzehn Jahren quälte der Mann sich mit den zerschossenen Knochen.

»Ich werde froh sein, wenn wir wieder auf unserer Farm sind«, sagte sie leise.

Er erhob sich mühsam. »Ruf bitte gleich Fred Porter an. Er soll mit dem ersten Zug nach Shorecombe fahren und herausfinden, ob Bill Tyson einen Sohn gehabt hat.«

»Der alte Fischer, der zusammen mit Linder die Leiche von Barbara Willis gefunden hat? Ist er nun eigentlich ermordet worden?«

»Nein. Die Untersuchung hat einwandfrei ergeben, dass es Selbstmord war. Wenn Tyson einen Sohn gehabt hat, dann soll Porter Personenbeschreibung, Alter und so weiter per Telefon hierher durchgeben. Dann soll er auf dem schnellsten Weg nach London kommen. Um 12 Uhr mittags muss er im *Madrid-Club* sein. Ich brauche ihn.«

»Ob er das schafft?«

Grant lächelte. »Fred Porter schafft alles. So, und jetzt wird die Wanne voll sein.«

»Soll ich nicht auch in den Club kommen?«, rief sie hinter ihm her.

Er drehte sich an der Tür um. »Wenn du dabei sein willst, wie Brix verhaftet wird, dann wirst du wohl kommen müssen«, sagte er lächelnd. Dann zog er die Tür des Badezimmers hinter sich zu.

»Was ist mit Brix?«, rief sie ihm noch nach, »Wer ist es denn nun? Und was war mit dem Mädchen? Habt ihr sie gefunden?«

Durch das Plätschern des Wassers hörte sie ihn lachen.

»Miss Faber ist schon bei ihrem Vater«, antwortete er. »Müde, aber gesund.«

»Wer ist Brix?«, wollte sie wissen. »Hör auf zu schreien«, kam es zurück. »Du weckst das ganze Haus auf!«

Pünktlich um neun Uhr morgens klingelte Chefinspektor Clark. Grant wischte sich mit der Serviette den Mund ab und stand vom Frühstückstisch auf.

»Also um zwölf im *Madrid-Club*«, sagte er. »Bis dann, Darling.«

Im Wagen saßen außer dem Chefinspektor zwei Beamte in Zivil. Ihre Jacketts wölbten sich über den Kolben schwerer, Pistolen. Vor ihnen krächzte der Lautsprecher eines Funkgeräts vorerst unverständliche Laute.

»Mein Gott, eine ganze Armee«, begrüßte sie Grant. »Wen wollt ihr denn fangen? Lucky Luciano? Da kommt ihr zu spät. Der ist neulich gestorben.«

Er ließ sich auf den freien Platz neben Clark fallen. »Na, dann auf zur großen Stadtrundfahrt. Zuerst zu Doktor Fraser, wenn ich bitten darf.« Die schwere Limousine setzte sich in Bewegung. Es war 9 Uhr 5. Um 9 Uhr 23 hielten sie vor dem Haus, in dem die Ärztin wohnte. »Nächste Adresse: *Astoria*-Hotel«, sagte Grant zum Fahrer. »Überlegen Sie schon mal, wie wir am schnellsten hinkommen.«

»Mit 'ner Rakete«, brummte er.

Grant lachte. »Zu langsam für uns. Kommen Sie, Clark.«

Der Aufzug war außer Betrieb. Sie waren etwas außer Atem, als sie vor Harriet Frasers Tür ankamen. Clark drückte auf den Klingelknopf. Drinnen ertönte ein sanftes Summen. Weiter geschah nichts. Clark warf Grant einen Blick zu. »Es scheint nicht viel zu werden mit Ihrem Programm«, sagte er.

»Abwarten. Läuten Sie nochmal. Die Dame ist heute erst spät eingeschlafen – wenn überhaupt.«

Der Inspektor ließ den Daumen eine Zeitlang auf der Klingel. Als er absetzte, hörten sie leise Schritte. Dann die Stimme der Ärztin: »Wer ist dort, bitte?«

»Chefinspektor Clark und ich«, antwortete Grant.

Sie hörten einen erschrockenen Ausruf. Dann bat die Stimme: »Einen Augenblick, bitte. Ich muss nur...« Die Schritte entfernten sich rasch.

Endlich wurde die Tür geöffnet. »Harriet Fraser stand in einem weißen Arztmantel vor ihnen. Entschuldigen Sie«, bat sie. »Ich habe mir nur rasch die Haare gekämmt. Ich sah furchtbar aus.«

Grant sah Ihr prüfend ins Gesicht. »Sehr gesund sehen Sie auch jetzt nicht aus, Doktor. Fühlen Sie sich nicht wohl?«

»Doch, doch«, wehrte sie ab. »Kommen Sie herein. Ich habe nur – ein wenig schlecht geschlafen.«

»Sorgen?«, fragte Grant mitfühlend, während sie im Wohnzimmer Platz nahmen.

Die junge Ärztin nahm eine halbgerauchte Zigarette vom Aschenbecher und tat einen tiefen Zug.

»Im...« Ein Hustenanfall unterbrach sie. »Verzeihung. Ich wollte sagen, dass ich private Sorgen habe. Möchten Sie übrigens etwas trinken?«

»Nein, danke«, wehrte Grant ab. »Wir haben gerade erst gefrühstückt. Aber wenn ich Sie um eine Zigarette bitten dürfte – ich habe meine vergessen.«

»Aber gern. Warten Sie, wo habe ich denn die Schachtel...«

Sie stand auf. Grant sah sich im Zimmer um.

»Vielleicht dort, hinter der Vase?«

Sie lachte ein wenig gekünstelt. »Ach ja. Zu dumm von mir.«

Als die Zigaretten brannten, sagte Doktor Fraser: »Darf ich fragen, was Sie zu mir führt?«

»Berufliche Neugier«, antwortete Grant lächelnd. »Chefinspektor Clark und ich möchten etwas von Ihnen wissen.«.

»Bitte fragen Sie. Soweit ich das kann, gebe ich Ihnen gerne jede Auskunft.« Sie hob das Kinn ein wenig und sah ihn ruhig an. Nur ihre Lider zuckten nervös.

Grant sah dem Rauch seiner Zigarette nach. »Wie wäre es«, sagte er langsam – dann wandte er den Kopf und blickte ihr gerade ins Gesicht, »wenn Sie uns das Geheimnis verraten würden, mit dem Mister Brix Sie erpressen will!«

Sie starrte ihn aus weit aufgerissenen Augen an.

»Ich...«, stammelte sie. »Woher...« Sie brach ab und presste die Hand auf die Augen.

Clark sah Grant verblüfft an. Um dessen Mundwinkel lag ein winziges Lächeln. Es war verschwunden, als Harriet Fraser wieder aufsah. Sie hatte sich gefasst.

»Vielleicht ist es besser so«, sagte sie zögernd. »Also gut – wenn Sie schon so viel wissen, dann muss ich Ihnen wohl auch noch den Rest sagen. Es betrifft meinen früheren Chef, den verstorbenen Professor Reynolds.«

»Sir Oliver Reynolds?«, fragte Clark, der Harriet Frasers Besuche in Grants Wohnung nicht miterlebt hatte.

»Sir Oliver, ja«, bestätigte die Ärztin. »Ich will es kurz machen: Sie wissen, dass der Professor vor einigen Jahren plötzlich von der Bildfläche verschwand. Aus Gesundheitsrücksichten, wurde damals behauptet. Aber das war nicht der wirkliche Grund. Es war da eine böse Sache passiert, mit Rauschgift. Der Skandal wurde vertuscht, um den international angesehenen Wissenschaftler nicht zu ruinieren. Er war auch nicht durch eigene Schuld rauschgiftsüchtig geworden, sondern durch Selbstversuche. Ein Opfer seines Forschungsdrangs, hätten die Leute mitleidig gesagt – wenn nicht zuerst andere in falschen Verdacht gekommen wären. Es war eine furchtbare Geschichte.« Sie zögerte. »Muss ich es in allen Einzelheiten...«

»Nein, das genügt uns schon«, unterbrach sie Grant. »Sagen Sie uns nur noch, wie Brix davon erfahren hat.«

»Ich habe Ihnen schon gesagt, dass ich damals Assistentin bei Professor Reynolds war. Ich hatte Angst, in die Affäre hineingezogen zu werden. Ich war noch sehr jung, und die Verhöre hatten mich völlig fertiggemacht. Deshalb habe ich alles Material gesammelt, mit dem ich im Notfall beweisen konnte, dass ich unschuldig war. Briefe, Notizen und so weiter. Natürlich belasteten diese Sachen zugleich den Professor und auch andere angesehene Ärzte. Wenn sie an die Öffentlichkeit gekommen wären, hätte es einen entsetzlichen Skandal gegeben. Sie wissen doch: Der Erfolg eines Arztes beruht zur Hälfte darauf, dass die Patienten Vertrauen zu ihm haben. Dabei unterscheiden die Menschen meistens nicht zwischen der beruflichen Tüchtigkeit eines Arztes und seinem Privatleben. Wenn nun eine Million Kranke liest, dass eine Reihe berühmter Ärzte im Privatleben gar nicht so feine Leute sind...«

»Dann verlieren einige von ihnen das Vertrauen – nicht nur in diese wenigen, sondern in alle Ärzte«, ergänzte Clark.

»Richtig«, bestätigte Doktor Fraser. »Dann gehen von der Million mindestens tausend nicht zum Arzt, obwohl es dringend nötig wäre. Stattdessen behelfen sie sich mit Heilkräutern, oder sie tun gar nichts. Bis es zu spät ist. Dann aber ist derjenige, der ihr Vertrauen zu den Ärzten erschüttert hat, am Tod dieser tausend Menschen schuld.«

Sie fuhr mit der Hand über die Augen, als ob sie ein entsetzliches Bild wegwischen müsste.

»Und was ist aus dem Material geworden?«, fragte Clark.

»Brix hat es«, sagte sie hart.

Der Chefinspektor sah sie verblüfft an. »Gestohlen?«

»Ich glaube ja, aber...«, sie zögerte, »aber ich fürchte, das werde ich nie beweisen können.«

Der Chefinspektor wollte weiter fragen. Aber Grant legte ihm die Hand auf den Arm und schüttelte leicht den Kopf. Er behielt recht. Die Ärztin fasste sich wieder und berichtete schnell und sachlich.

»Als Professor Reynolds gehen musste – denn das war es in Wirklichkeit –, kündigte ich auch. Ich nahm mir eine größere Wohnung und richtete die Praxis hier ein. Es ging mir sehr schlecht damals. Ich war unsicher, gehemmt. Vielleicht kamen deswegen so wenige Patienten zu mir. Dann lernte ich Hugo Linder kennen, und alles wurde anders. Er half mir mit Rat – auch mit Geld –, aber vor allem dadurch, dass er da war. Dass ich nicht mehr allein war. Eines Tages habe ich ihm alles erzählt. Von Professor Reynolds, von dem Rauschgift, von dem Verdacht und den Verhören – von all dem Schrecklichen, was mich verfolgte.«

Sie sah einen Augenblick schweigend zu Boden.

»An dem Abend«, fuhr sie dann leiser fort, »hat er mir gesagt, dass er mich liebte.«

Sie lächelte. Ein kleiner Widerschein des Glücks, das sie damals empfunden hatte, zog über ihr Gesicht. Aber er erlosch sofort wieder.

»Hugo gab mir den Rat, mein »Entlastungsmaterial« sofort zu vernichten und endlich die Vergangenheit zu vergessen. Wenn ich es nur gleich getan hätte – aber

206

zuerst war ich nur glücklich, dass ich endlich einen Menschen gefunden hatte. Dadurch hatte ich auch wieder Freude an meinem Beruf. Die Patienten kamen gern zu mir. Es gab viel Arbeit. Als ich dann doch einmal an die schwarze Kassette mit den Papieren dachte, da wusste ich zuerst nicht, wie ich sie vernichten sollte.«

Sie lächelte verlegen. »Entschuldigen Sie, aber ich sagte ja: Ich war ein dummes Ding damals. Verbrennen konnte ich eine solche Menge Papier nicht – in einer Neubauwohnung mit Zentralheizung! In den Müllschlucker wagte ich es auch nicht zu werfen, weil ich nicht wusste, wer es unten im Keller auflesen würde. Aber dann fuhren Hugo und ich nach Shorecombe in Urlaub.«

»Erlauben Sie, dass ich weitererzähle«, sagte Grant. »Sie nahmen die Papiere mit, um sie dort beim alten Bill Tyson oder am Strand ungestört zu verbrennen und die Asche möglichst noch ins Wasser zu streuen. Aber irgendwie kam Ihnen die Kassette in Shorecombe abhanden?«

Die junge Ärztin nickte überrascht. »Woher wissen Sie das?«

»Es passt zusammen«, erwiderte Grant ohne Eitelkeit. »Die Stücke des Mosaiks fügen sich allmählich zu einem Bild. Sie haben sich vermutlich Sorgen gemacht, wo die Papiere sein könnten...«

»Und wie!«, unterbrach sie ihn. »Der ganze Urlaub war mir verdorben.«

»...aber als Sie dann nichts mehr davon hörten, haben Sie die Geschichte allmählich vergessen«, fuhr Grant ungerührt fort. »Bis Sie eines Tages einen Anruf bekamen. Von jemandem, der sich Brix nannte – und der Sie erpressen wollte, nicht wahr?«

Sie nickte stumm.

»Gut«, sagte Grant, »soweit begreife ich alles. Nur eins nicht: Es wäre doch viel wahrscheinlicher, dass Brix

207

versuchen würde, die Betroffenen zu erpressen – und nicht Sie, die Unschuldige. Gewiss, Ihnen hatte er die Papiere gestohlen. Aber da er bestimmt kein Verantwortungsbewusstsein hat, wird er kaum auf die Idee gekommen sein, dass Sie so schwer an Ihrem Schuldgefühl tragen würden.«

»Das ist es auch nicht«, unterbrach sie ihn schnell. »Sie vergessen, dass diese Papiere den Sachverhalt nicht im Zusammenhang schilderten. Es waren lauter Bruchstücke.«

»Oh ja, da haben Sie allerdings recht. Dann wollte Brix also von Ihnen kein Geld, sondern Sie sollten ihm den Zusammenhang schildern?«

»Genau so! Er hatte begriffen, dass dieses Material für einen Erpresser Gold wert war. Die Witwe von Professor Reynolds, seine Kinder, die anderen betroffenen Ärzte – er hätte sie alle in der Hand gehabt. Wenn ich ihm den Schlüssel dazu gegeben hätte. Aber das – das konnte ich einfach nicht.«

Clark hatte sich gespannt vorgebeugt. Nun richtete er sich auf.

»Jetzt verstehe ich, weshalb Brix Sie verfolgt und in die Mordfälle verwickelt. Ermorden konnte er Sie nicht, weil Ihr Wissen dann für ihn verloren war. Aber unter Druck setzen konnte er Sie.«

»Ja – und das hat er denn auch gründlich getan«, ergänzte Grant. »Alle Achtung, dass Sie nicht nachgegeben haben, Doktor. Aber trotzdem: Sie hätten mehr Vertrauen zu uns haben müssen.«

»Hat Scotland Yard vielleicht den armen Mädchen helfen können, die Brix umgebracht hat?«, fragte sie heftig.

»Aber verzeihen Sie – ich wollte Sie nicht kränken, Inspektor. Ich – ich habe einfach nicht glauben können, dass mir noch jemand helfen würde. Ich war verzweifelt...«

»Miss Fraser«, sagte Grant begütigend, »ich verbür-
ge mich dafür, dass Sie nicht mehr lange unter diesem
Druck leiden müssen.«

Sie sah ihn fragend an. Ihr Gesicht zeigte keine
Hoffnung.

»Ich gehe sogar noch weiter«, fuhr Grant fort. »Ich
garantiere Ihnen, dass Sie im Laufe des heutigen Tages
von Brix befreit werden.« Er ließ ihr keine Zeit, ihre
Erregung zu bezwingen, sondern sprach gleich weiter:
»Vorher muss ich Sie aber nach etwas anderem fragen.
Es betrifft Mister Linder.«

Sie wurde so blass, dass er fast über die Offenheit
gelächelt hätte, mit der ihr Gesicht trotz aller Selbstbeherrschung jede Empfindung verriet.

»Was hat Hugo Linder heute Nacht auf der Themse
zu suchen gehabt?«, fragte er.

Es kam ihm so vor, als ob sie erleichtert aufatmete.
»Brix hatte am Abend angerufen«, erklärte sie. »Er hatte
mich in ein altes Lagerhaus an der Themse bestellt. Sie
sehen sich so erstaunt an – kennen Sie es?«

»Recht gut sogar«, bestätigte Inspektor Clark. »Da
waren wir heute Nacht auch.«

»Mein Gott, dann hat Hugo ja...«

»Auf uns geschossen«, ergänzte Grant blitzschnell.

»Auf Ihren Scheinwerfer«, reagierte sie unwillkürlich und begriff erst dann, dass sie damit alles verraten
hatte. Da hob sie mit einer rührend hilflosen Geste die
Hände.

»Ich weiß nicht, ob Sie mir glauben werden. Es
klingt mir selbst alles so unwahrscheinlich...«

»Mit welcher Begründung hat Brix Sie zum Lagerhaus bestellt?«, fragte Grant freundlich.

»Er sagte, wir müssten verhandeln. Er wollte mir
das Material über Professor Reynolds zurückgeben,

wenn ich ihm etwas über die anderen Beteiligten sagen würde. Zuerst wollte ich hinfahren. Vielleicht könnte ich ihm die ganze Kassette aus der Hand reißen und ins Wasser werfen, dachte ich. Aber Hugo ließ mich nicht gehen.«

»Stattdessen fuhr er selbst hin?«

»Ja. Ich wollte ihn festhalten. Aber er ging trotzdem. Als er weg war, sah ich, dass er meine Pistole mitgenommen hatte. Aber da konnte ich nichts mehr machen...«

»Denn zu Scotland Yard hatten Sie, wie wir festgestellt haben, kein Vertrauen«, bohrte Chefinspektor Clark noch einmal nach. Aber Grant ersparte ihr die Antwort.

»Gut, Doktor Fraser«, sagte er langsam und deutlich, »dann ist wohl alles klar. Jetzt hören Sie bitte genau zu: Kommen Sie mit Mister Linder heute Mittag um zwölf Uhr in den *Madrid-Club*. Ich weiß«, dabei sah er sie bedeutungsvoll an, »dass Sie ihn sehr schnell erreichen können. Um zwölf also. Und seien Sie pünktlich – sonst kann ich nicht mehr verhindern, dass Sir James Perival wegen der Ereignisse von heute Nacht einen Steckbrief gegen Mister Linder erlässt!«

»9 Uhr 57«, sagte Grant, als sie wieder im Wagen saßen, »und jetzt auf zum *Astoria*!«

Unterwegs fragte Chefinspektor Clark: »Grant, Sie alter Geheimniskrämer, ich habe den Eindruck, dass Sie bis jetzt recht zufrieden sind?«

Grant nickte schmunzelnd. Sie etwa nicht?«

»Eigentlich schon.« Er zögerte einen Augenblick. Aber dann gewann seine Neugier die Oberhand. »Weshalb haben Sie eigentlich die letzten Sätze zu Doktor Fraser so laut und deutlich gesprochen, als ob Sie eine Rundfunkrede halten wollten?«

Richard Grants Schmunzeln verstärkte sich. »Damit Hugo Linder mich durch die Tür verstehen konnte.«

»Waaas?« Clark wäre fast mit dem Kopf gegen das Wagendach gestoßen. »Unser Pistolenheld Linder? Brix-Verdächtiger Nummer eins oder zwei? Ja sind Sie denn – weshalb haben Sie denn nichts davon gesagt?«

»Damit Sie ihn nicht verhaften und zum Yard schleppen«, antwortete Grant ruhig. »Ich kann doch nachher im *Madrid-Club* nicht auf meine Hauptdarsteller verzichten.«

12

Clark schnaufte.

»Woher wissen Sie eigentlich so genau, dass Linder in der Wohnung war?«

»Erinnern Sie sich an die halbgerauchte Zigarette, die Doktor Fraser aus dem Aschenbecher nahm und weiterrauchte, als wir kamen?«

»Lassen Sie mich mal überlegen«, bat Clark. »Das war eine Zigarette – warten Sie – ja, mit Filter. Oh, Moment – Sie haben ja recht! Die Zigarette war im Aschenbecher ganz weiß, und als Doktor Fraser daran gezogen hatte, war der Abdruck ihres Lippenstifts auf dem Mundstück zu sehen. Außerdem musste sie furchtbar husten...«

»Wie man es tut, wenn man eine ungewohnte Zigarettenmarke raucht«, ergänzte Grant. »Etwa eine, die jemand in der Eile vergessen hat, als er sich plötzlich verstecken musste.«

»Deshalb baten Sie um eine Zigarette...«

»Obwohl ich meine in der Tasche hatte«, sagte Grant und zog eine fast volle Packung heraus.

»Mögen Sie eine?«

»Danke, gern.« Der Chefinspektor gab Grant Feuer. Dann rauchte er eine Weile schweigend vor sich hin. Plötzlich klatschte er sich mit der Hand auf den Schenkel. »Mensch, Grant, und Doktor Fraser hatte natürlich ihre eigene Packung hinter der Vase versteckt, damit der Unterschied nicht auffiel – weil sie selbst Zigaretten ohne Filter raucht. Eins zu null für Sie. Aber wenn sie schon gewusst hat, dass sie mit der Zigarette auffallen kann, warum hat sie sie dann nicht einfach aus dem

Fenster geworfen oder in den Abfalleimer?«

»Weil sie sich beeilen musste, um uns nicht misstrauisch zu machen. Zuerst musste sie Linder warnen. Auf dem Weg zur Tür ging sie durchs Wohnzimmer. Da sah sie, dass er die Zigarette vergessen hatte. Wenn sie an der Korridortür vorbei in die Küche gelaufen wäre, hätten wir sie gehört. Die Fenster waren zu. Unter diesen Umständen war das Weiterrauchen und das Verstecken der anderen Zigarette sogar eine beachtliche Leistung.«

»Wir sind da«, unterbrach ihn der Fahrer.

Grant sah auf die Uhr. »10 Uhr 13 – ausgezeichnet!« lobte er. »Wir kommen gleich wieder.«

Der Fahrer grinste über die Schulter zu ihm zurück. »Und wohin geht der Flug dann, Chef?«

»Zu Robert Brown. Die Adresse steht auf dem Zettel, den ich...«

»Danke, hab' schon, Chef.«

»Okay – bis gleich.«

Sir Donald Angus erwartete sie in der Halle.

»Ich habe mich eben bei Sir James beschwert«, erklärte er eisig. »Sie können mir doch nicht einfach durch irgendeine Ziege ausrichten lassen, ich soll im Hotel bleiben, bis Sie kommen!«

Grant besah sich den aufgeregten Mann von oben bis unten. »Ich kann Ihre Erregung verstehen«, sagte er höflich. »Schließlich kommt es nicht alle Tage vor, dass einem eine so reizende junge Dame wie Miss Beaumont den Laufpass gibt. Aber das sollte für einen Gentleman eigentlich kein Grund sein, meine Frau eine Ziege zu nennen.«

Sir Donald ächzte wie unter einer Serie schwerer Körpertreffer. Sein Gesicht lief so rot an, dass Clark und Grant ernstlich fürchteten, er könnte einen Schlaganfall bekommen.

»Ich muss – verzeihen Sie, aber – das war doch nicht so gemeint«, stotterte der rundliche Schotte.

»Vielleicht können wir uns jetzt setzen?«, schlug Grant mit gleichmäßiger Höflichkeit vor.

Sir Donald ließ sich in einen der tiefen Ledersessel sinken, rutschte aber gleich wieder nach vorne. Bevor er weitere Entschuldigungen vorbringen konnte, fragte Grant: »Royston hat Sie erpresst, nicht wahr?« Sir Donald gluckste leise in der Kehle. Verständliche Worte brachte er nicht heraus.

»Was haben Sie ihm denn dafür bezahlt, dass er die Fotos vernichtete, die er von Ihnen und Miss Beaumont gemacht hat?«, schoss Grant die nächste Frage ab.

Der Blick, den der Reeder ihm zuwarf, drückte Angst, Scham und Hilflosigkeit aus, »Wie ein verwundetes Rind«, dachte Clark, »und das ist einer der reichsten Männer des Landes.« Aber Grant war noch nicht am Ende. »Er hat Sie in verfänglichen Situationen fotografiert, nicht wahr?« Sein Ton wurde salbungsvoll. »Aber Sir Donald, ein Mann von Ihrer gesellschaftlichen Stellung und – wenn Sie mir die Bemerkung erlauben – von Ihrer Erfahrung sollte doch nicht den Versuchungen...«

Er kam nicht weiter, denn Sir Donald tat etwas sehr Überraschendes: Er lachte. Alle Nervositäten der letzten Tage explodierten in einem hysterischen Lachanfall. Der Portier sah unsicher herüber. Sollte er seine Sympathie durch ein leichtes Lächeln bezeugen, wenn der reiche Sir Donald so herzhaft lachte? Aber sein auf viele Zwischentöne geschultes Ohr warnte ihn. Etwas war nicht richtig an diesem Lachen. Er wandte sich diskret ab.

Keuchend zog der Reeder ein riesiges Taschentuch heraus und tupfte sich das Gesicht ab. Die Anstrengung, mit der er sich jetzt beherrschte, war ihm deutlich anzusehen.

214

Grant warf einen ungeduldigen Blick auf die Uhr über der Portierloge, 10 Uhr 25, registrierte Clark automatisch.

»Wenn wir um zwölf im *Madrid* sein wollen...«

»Sie haben recht«, sagte Sir Donald plötzlich ganz ruhig. »Verzeihen Sie, meine Herren, ich habe mich wie ein alter Esel benommen, aber...«

Grant hob abwehrend die Hand.

»Sir Donald, lassen Sie uns für heute alle Ausflüge in die Tierwelt zurückstellen. Mir lag nur an Ihrer Bestätigung. Was ich sagte, stimmt also?«

»Jawohl, jedes Wort. Hat der Schuft gestanden?«

»Royston?«, fragte Grant gleichmütig. »Den haben wir noch nicht gefragt.«

»Aber woher...«

»Das erfahren Sie alles, wenn Sie um zwölf Uhr in den *Madrid-Club* kommen. Jetzt entschuldigen Sie uns bitte. Wir haben bis dahin noch viel zu tun. Auf Wiedersehen um zwölf, Sir Donald.«

Richard Grant hatte kaum Zeit, die Wagentür hinter sich zuzuschlagen. Der Fahrer trat aufs Gas, dass die schwere Limousine mit einem Sprung vorwärts schoss. Grant lehnte sich vor und tippte dem Mann auf die Schulter. »Sind Sie sicher, dass dies nicht doch eine Rakete ist?«, fragte er trocken. Er bekam keine Antwort. Der Fahrer hatte genug zu tun, um Haaresbreite an einem zweistöckigen Omnibus vorbeizusteuern. Dann riss er den Wagen herum, bog in zwei, drei enge Seitenstraßen, schnitt Kurven, fuhr über eine zum Glück leere Verkehrsinsel, raste eine scheinbar endlos lange Ausfallstraße entlang und stand wenige Minuten später vor Browns Haus.

»Die Kollegen von der Verkehrspolizei werden sich wundern, wenn ihre Strafmandate beim Yard landen«, grinste er, während Grant und Clark zum drittenmal ausstiegen.

»10 Uhr 48«, brummte Chefinspektor Clark, vom Rennen gegen die Uhr angesteckt. Mit Riesenschritten stürmte er auf die Haustür zu.

»Hö!«, rief Grant hinter ihm her. »Weshalb so eilig!«

Clark blieb stehen und wartete. »Entschuldigen Sie, ich habe nicht daran gedacht.«

»An mein Bein?«

»Nein, daran, dass Sie bei diesem Spiel die Hauptperson sind. Sherlock Holmes, bitte treten Sie ein. Ihr Watson folgt.«

Der Hausflur machte einen unfreundlichen, abgenutzten Eindruck. An vielen Stellen war der Putz von den Wänden gefallen. Die hölzernen Stufen knarrten, als die Männer hinaufstiegen. »Ein scheußliches Haus«, schimpfte Clark. »In solchen Häusern passieren in Kriminalfilmen immer die Morde. Mit Recht. Würden Sie sich wundern, wenn hinter dem nächsten Treppenabsatz plötzlich Mister Brix auftauchte?«

Grant stieg weiter, ohne zu antworten. Aber der Chefinspektor war noch nicht zufrieden. Seine nervöse Spannung suchte einen Ausweg.

»Haben Sie Brown ausrichten lassen, dass wir kommen?«, fragte er.

»Nein«, antwortete Grant kurz.

»Ob er dann überhaupt zu Hause ist?«, brummte hinter ihm der Inspektor. Grant blieb stehen.

»Es scheint so«, sagte er leise und zeigte auf eine regungslose Gestalt, die vor einer Tür im obersten Stockwerk lag. Mit ein paar schnellen Schritten war Chefinspektor Clark an Richard Grant vorbei und beugte sich über den Leblosen.

»Grant!«, rief er plötzlich. »Kommen Sie her! Das

216

ist nicht Brown. Das ist Luigi!«

Grant trat neben ihn. Sein erster Blick fiel auf den Griff des Messers, das aus dem Rücken des Toten ragte. Clark sah es im gleichen Moment. »Ein Taschenmesser! Ob Mister Brix allmählich die Waffen ausgehen? Schauen Sie mich nicht so missbilligend an, Grant. Ich weiß, Sie mochten diesen Burschen hier, obwohl er Ihnen die Handgranate in den Wagen werfen wollte. Aber ein Mörder und Erpresser ist er trotzdem.«

Grant antwortete nicht. Er dachte an Luigis Warnung. Er sollte sich aus der Brix-Geschichte heraushalten... Jetzt hatte es den Besitzer des *Madrid-Clubs* selbst erwischt. Noch im Tode hatte Luigi recht behalten: Brix war wirklich gefährlich.

»Das war der letzte, der Brix kannte«, sagte der Chefinspektor neben ihm. »Irrtum«, korrigierte ihn Grant und drückte auf den Klingelknopf neben Robert Browns Tür. »Der vorletzte.«

Clark richtete sich auf. »Grant«, sagte er eindringlich, »sind Sie wirklich ganz sicher, dass Sie...?«

Die Tür ging auf. Brown stand auf der Schwelle. »Es ist mir ein Vergnügen«, sagte er und verbeugte sich leicht. Da sah er den Toten.

»Um des Himmels Willen, wer ist denn das?«, rief er entsetzt.

»Luigi«, kam Grants knappe Antwort. »Wollte er Sie besuchen?«

»Nein – das heißt – ich weiß es natürlich nicht.«

Brown blickte am Knoten seiner tadellos gebundenen Krawatte. Er vermied es peinlich, den Toten anzusehen. »Kann es vielleicht sein, dass Brix vor meiner Tür gelauert hat und dass Luigi ihn – aber das ist auch unmöglich. Luigi war doch sein Komplize. Oder Luigi war Brix und der Komplize hat ihn...« Er brach kopfschüttelnd ab.

Grant warf einen Blick auf seine Uhr. »Mister Brown«, sagte er rasch. »Wir wollten Sie bitten, uns zum *Madrid-Club* zu begleiten. Sir James erwartet uns dort. Wir wollen versuchen, gemeinsam einen wichtigen Schritt weiterzukommen.«

»Dann ist mein – ähem – unfreiwilliger Hausarrest hiermit beendet?«, fragte Brown.

»Ich glaube, ja. Gehen wir?«

»Aber – aber was wird mit – diesem Mann?«, fragte Brown unsicher, während er mit abgewandtem Gesicht um die Leiche herum zur Treppe ging.

»Wir schicken jemanden herauf«, sagte Grant. »Aber Sie bringen mich auf einen Gedanken. Clark, würden Sie so freundlich sein und das Messer mitbringen? Ziehen Sie es nur heraus. Fingerabdrücke sind an dem rauen Griff sowieso nicht. Kommen Sie, Mister Brown.«

Die Kriminalbeamten im Wagen staunten nicht wenig. Der Fahrer über die Funkmeldung, die er durchgeben musste, und der andere über den Posten, den er bis zum Eintreffen der Mordkommission beziehen sollte. Brown wurde auf den frei gewordenen Platz links vom Fahrer geschoben.

»Auf zum letzten Gefecht!«, rief Grant, als der Wagen mit jaulenden Reifen startete. »Elf Uhr elf. In zehn Minuten müssen wir bei unserem Tönequetscher sein.«

Sie schafften es in neun. Grant stieg zuerst aus. »Wenden Sie schon mal«, befahl er dem Fahrer, »und Sie, Clark, bevor Sie mich jetzt wieder fragen, ob ich sicher bin, dass jemand daheim ist: Ich kenne keinen Nachtclub-Musiker, der vor zwölf Uhr mittags auch nur ans Aufstehen denkt.«

»Dann werden wir Herrn Royston mal wecken«, erklärte der Chefinspektor und klingelte Alarm.

Roy Antonio alias George Royston steckte den Kopf

218

zur Tür heraus und blinzelte ins Sonnenlicht.

»Besuch«, sagte der Chefinspektor und schob die Tür mitsamt dem Trompeter auf. Den Umgang mit der Art von Gaunern war er gewohnt. »Royston, ziehen Sie diesen Morgenmantel aus, in dem Sie sowieso ausschauen wie ein Paradiesvogel, und werfen Sie sich in einen Ihrer zahllosen Anzüge. Ihr Typ wird im *Madrid-Club* verlangt.«

»Ich denke nicht daran«, rief der junge Mann mit schriller Stimme. »Sie können nicht einfach in meine Wohnung eindringen. Das verstößt gegen...«

»Ruhe!«, kommandierte Clark. »Ich habe keine Zeit, mit Ihnen zu streiten. Das heißt: Mister Grant hat keine Zeit. Aber ich habe eine Überraschung für ihn – und für Sie, Royston.«

Er griff in die Brusttasche und zog ein zusammengelegtes Blatt Papier heraus. »Wissen Sie, wie ein Haftbefehl aussieht, Royston? Nein? Dann sehen Sie sich mal den hier an. Ausgestellt auf den Namen George Royston, genannt Roy Antonio. Ich sage Ihnen das für den Fall, dass Sie nicht lesen können. So – und jetzt ziehen Sie sich an!«

Der junge Mann ging völlig verblüfft zu einer Zimmertür.

»Übrigens«, rief Clark, hinter ihm her, »versuchen Sie nicht, aus einem der Fenster zu steigen. Das Haus ist umstellt!«

In diesem Augenblick öffnete sich eine Zimmertür von selbst. Wirres rotbraunes Haar tauchte auf, darunter ein Mädchengesicht. Eine schmollende Stimme sagte: »Aber Georgie, wo bleibst du – huch!«

»Guten Morgen, Miss Beaumont«, sagte Clark geistesgegenwärtig. »Sie kommen gerade recht.«

Es wurde etwas eng im Wagen. Lauren Beaumont

musste sich links neben Brown klemmen, dem sein Protest nichts half. Royston saß zwischen Grant und Clark hinten. »Vierzehn Minuten bis zum *Madrid-Club*!«, rief Grant dem Fahrer zu, der inzwischen durch nichts mehr zu erschüttern war.

»*Madrid-Club*?«, ließ Miss Beaumont sich vernehmen. »Wen treffen wir denn da?«

»Ach«, sagte Grant gleichmütig, »lauter nette Leute.«

Ihre Neugier war stärker als ihr Zorn. »Wen denn zum Beispiel?«, fragte sie spitz.

Grant lächelte. »Zum Beispiel Sir Donald Angus.«

»Halt!«, schrie sie auf. »Das ist gemein! Ich will aussteigen!«

Der Fahrer warf einen raschen Seitenblick zu ihr hinüber. »Das Abspringen während der Fahrt ist verboten«, witzelte er.

»Außerdem habe ich die Tür abgeschlossen«, stellte der Chefinspektor fest. »Sie können sie noch so sehr drücken, sie gibt nicht nach. Nehmen Sie sich ein Beispiel daran.«

Grant bekam einen Hustenanfall, weil er das Lachen unterdrücken musste.

Endlich bremste der Fahrer. »Elf Uhr achtundfünfzig, *Madrid-Club*, Endstation, alles aussteigen«, rasselte er mit einem Anflug von Stolz herunter.

»Danke! Warten Sie bitte hier auf uns.« Grant klinkte seine Tür auf und ging mit den anderen ins Haus. In der Halle empfing sie ein Beamter in Zivil.

»Sie sind die ersten«, sagte er zu Grant. Der hob erstaunt die Augenbrauen.

»Porter?«, fragte er leise. Der Mann schüttelte den Kopf. »Noch nicht da«, antwortete er, ohne den Mund zu bewegen.

Grant drehte sich um. »Wir gehen in den ersten

Stock, ins Büro.«

Als sie am oberen Ende der Treppe angelangt waren, sah er unten Margret hereinkommen. Er schickte die vier ins Büro voraus und wartete auf seine Frau. Etwas außer Atem kam sie oben bei ihm an. Er legte ihr zärtlich den Arm um die Schulter.

»Hat es geklappt, Darling?«

»Ja«, schnaufte sie und strich sich die Haare aus der Stirn. »Du alter Hellseher hast mal wieder recht behalten. Bill Tyson hat einen Sohn gehabt, und die Beschreibung passt genau auf...« Grant hob warnend die Hand. Jemand kam die Treppe herauf, »Kommt Porter?«, fragte Grant schnell.

»Ist er denn noch nicht hier?« wunderte sich Margret. »Oh, guten Tag, Sir Donald«, erwiderte sie den Gruß des herankommenden Reeders.

Auch Richard Grant begrüßte den rundlichen Schotten. »Bitte erschrecken Sie nicht, wenn wir jetzt ins Zimmer kommen«, bat er ihn. »Es sind ein paar Leute drin, denen Sie wahrscheinlich lieber nicht begegnen würden.«

Zu seiner Erleichterung beherrschte Angus sich meisterhaft, als er Miss Beaumont und Royston sah. Besser gesagt, übersah, denn er begrüßte nur den Chefinspektor und Robert Brown mit einem freundlichen Nicken.

»Wo bleibt Sir – nein, schon gut«, unterbrach Chefinspektor Clark seine Frage. »Ich höre ihn schon. Tatsächlich klang durch die offenstehende Tür Sir James Perivals dröhnende Stimme. Gleich darauf schob der durch die Begegnung sichtlich verwirrte Sonderbeauftragte von Scotland Yard Doktor Harriet Fraser und Hugo Linder ins Zimmer. Dann schloss er die Tür hinter sich und lehnte sich dagegen, als ob er einen kostbaren Fang nicht entkommen lassen wollte. Seine Augen suchten Richard Grants Blick. Aber Grant wich ihnen aus. Er ging um Luigis Schreibtisch herum und setzte sich auf dessen Platz. Dann wartete er geduldig, bis die kleine Versammlung zur Ruhe gekommen war und alle ihn aufmerksam ansahen.

»Vielen Dank, dass Sie alle gekommen sind«, begann er mit einem kleinen Lächeln. »Ich weiß, dass meine Einladung nicht allen von ihnen gelegen kam. Aber Sie werden es nicht bereuen, dass Sie ihr gefolgt sind.«

Niemand sagte etwas.

»Ich möchte Ihnen nämlich jetzt«, fuhr Richard Grant fort, »einen gemeinsamen Bekannten vorstellen: Mister Brix!«

13

»Donnerwetter nochmal!« Sir Donald Angus hatte als erster seine Stimme wiedergefunden. »Und ich dachte, es geht gegen diesen Strolch hier!« Er wies mit einer Kopfbewegung auf Royston.

»Ich verbitte mir...«, fuhr der auf. »Hinsetzen!«, befahl Chefinspektor Clark scharf. »Sie können sich meinetwegen nachher beim Untersuchungsrichter beklagen, Royston. Aber jetzt halten Sie gefälligst den Mund!«

Lauren Beaumont, die von der Verhaftung des Trompeters nichts gewusst hatte, verkroch sich noch tiefer in ihren Sessel und starrte den Freund aus entsetzten Augen an. Harriet Fraser und Hugo Linder warfen sich einen Blick zu. Grant fing ihn auf und las stummes Einverständnis darin. Sir James lehnte noch immer an der Tür und schien zu überlegen, ob er als der Leiter des Unternehmens nicht eigentlich ein wenig schlecht unterrichtet war. Robert Brown, der Amateurdetektiv, betrachtete die Gesichter der Anwesenden mit einem Blick, der wohl durchdringend sein sollte, in Wirklichkeit aber reichlich verdutzt wirkte. Nur Margret Grant lächelte vor sich hin. Man musste sie schon so gut kennen wie ihr Mann, um zu sehen, dass sie dabei aus den Augenwinkeln die anderen beobachtete.

Richard Grant wartete, bis die erste Erregung sich gelegt hatte.

»Sie gestatten nur«, sagte er dann, »die Ereignisse in der Reihenfolge ihres Ablaufs zu schildern. Keine Sorge, Sir Donald, es dauert nicht lange. Sie kommen rechtzeitig zu Ihrem Mittagessen. – Der Anfang der »Affäre Brix«, wie die Zeitungen sie getauft haben, war alltäglich. Brix stammt aus einer armen Familie, aber er wuchs in einer Umgebung auf, wo er vielen wohlhabenden Leuten begegnete. In einem Seebad nämlich. Das muss in ihm den Wunsch geweckt haben, selbst reich zu sein und ein Faulenzerleben zu führen. Von Arbeit hat er nie viel gehalten. Er beschaffte sich Geld durch kleine Diebstähle...«, er sah Margrets Nicken und fuhr fast ohne Unterbrechung fort, »später auch durch Erpressung.«

Margret legte ihre Handgelenke überkreuz. Grant sah es und sprach weiter: »Er wurde gefasst und verurteilt. Die Zeit im Gefängnis hat er benutzt, zu überlegen, wie er in Zukunft ohne eigenes Risiko erpressen konnte. Damals kam er auf die Ariman-Idee, also auf die Methode der doppelten Erpressung.«

Grant lehnte sich im Schreibtischsessel zurück und sah seinen früheren Chef an. »Sir James, Sie erinnern sich, dass wir zuerst an die Existenz einer regelrechten Ariman-Bande glaubten.«

»Sogar ziemlich lange«, bestätigte Scotland Yards Sonderbeauftragter. »Aber ich will Sie nicht unterbrechen«

»Als wir Arimans Helfer verhaftet hatten«, fuhr Grant fort, »fanden wir endlich heraus, dass sie selbst ebenfalls erpresst worden waren. Ariman kannte sich seit seiner Gefängniszeit in Verbrecherkreisen aus. Er wusste genug »Kollegen«, die nur auf Bewährung in Freiheit waren oder die im Rückfall mit besonders harten Strafen zu rechnen hatten. Wenn er erfuhr, dass einer von ihnen dennoch wieder eine Straftat begangen hatte, dann benutzte er dieses Wissen, um ihn zu erpressen. In mindestens vier Fällen hat er auch durch Mittelsmänner solche Leute selbst zu neuen Verbrechen verleiten lassen, um sie in die Hand zu bekommen. Diese rückfälligen Verbrecher wurden seine willenlosen Werkzeuge. Er benutzte sie etwa nach dem Schema: Zwei entführen die Tochter eines reichen Mannes. Der dritte nimmt sie in Empfang und versteckt sie an einer Stelle, die den beiden ersten nicht bekannt ist. Der vierte ruft den Vater an und fordert ihn auf, das Lösegeld an einer bestimmten Stelle zu hinterlegen. Der fünfte beobachtet diese Stelle und meldet Ariman, ob die Luft rein ist – und so weiter.«

Harriet Fraser schauderte. »Jetzt wundere ich mich nicht mehr«, sagte sie leise.

»Immerhin hatte dieses scheinbar perfekte Schema einige Schwächen«, sprach Grant weiter, ohne die Unterbrechung zur Kenntnis zu nehmen. »Arimans Helfer waren selbst unter Verbrechern noch eine negative Auslese. Sie waren dumm, einfallslos, feig – und widerspenstig. Sie flohen lieber, als dass sie bei der Ausführung seiner Befehle etwas riskierten. Sie leisteten auch kaum Widerstand, als wir sie der Reihe nach verhafteten. Sie gestanden ziemlich bereitwillig, was sie wussten. Nur eines konnten sie uns nicht sagen: wer Ariman war. Das wusste nur einer, sein einziger Vertrauter. Und der war tot, als wir ihn fanden. Bis heute ist nicht geklärt, ob sein Chef ihn ermordet hat oder ob er Selbstmord begangen hat. Ariman verschwand. Wir hatten Grund zu der Annahme, dass er ins Ausland geflohen war. Wollen Sie sich nicht doch lieber setzen, Sir James?«

»Danke, ich stehe hier gut«, sagte der breitschultrige Mann bedeutungsvoll.

Grant zündete sich eine Zigarette an und blies den Rauch zur Decke. »In Wirklichkeit lebte Ariman unter einem falschen Namen bei seinem Vater. Er brauchte nicht zu befürchten, dass ihn außer dem Vater jemand erkannte, denn der war nach der Verhaftung seines Sohnes aus der alten Nachbarschaft weggezogen. Außerdem hatte sich Ariman sehr verändert. Er war um Jahre älter, er sprach wie ein gebildeter Mann – und er hatte Geld. Sein Vater nahm den verlorenen Sohn mit offenen Armen auf, zumal der – scheinbar – ein anderer Mensch geworden war. In Wirklichkeit dachte Ariman nur darüber nach, was er für Fehler begangen hatte. Er kam darauf, dass er intelligentere Helfer brauchte: Leider fand er sie auch – denn er traf Charles Luigi.«

»Also Luigi ist wirklich nicht Brix?«, fragte Linder gespannt.

»Nein. Wie die beiden zusammengekommen sind, werden wir vielleicht nie erfahren. Aber sie waren eine großartige Kombination – vom Standpunkt des Verbrechers gesehen. Luigi kannte als alter Nachtklubbesitzer zahllose reiche Männer – und ihre Schwächen. Seine frühere Geliebte Marcia, der er zum Abschied einen Modesalon eingerichtet hatte, konnte mit weiteren Auskünften dienen. Beide waren bereit, dieses Wissen ebenso skrupellos auszunutzen, wie sie es schon früher getan hatten. Aber nun kam noch Arimans verbrecherische Generalstabsarbeit dazu.«

»Weshalb nannte Ariman sich jetzt Brix?«, wollte Sir Donald Angus wissen.

»Wahrscheinlich, um durch den Namenswechsel Scotland Yard zu täuschen – und der Rache seiner früheren Helfer zu entgehen, von denen einige schon wieder aus dem Gefängnis heraus sind.«

»Und um einem gewissen Mister Grant zu entgehen, der sich inzwischen ins Privatleben zurückgezogen hatte«, ergänzte Sir James. »Denn Sie hatten ihn schon als Ariman fast erwischt.«

»Da bin ich nicht so sicher«, wehrte Grant ab. »Jedenfalls kam Ariman noch ein Gedanke. Viele seiner früheren Opfer waren zur Polizei gegangen. Sonst hätten wir ihm vielleicht nie das Handwerk legen können. Diesmal wollte er die Erpressten so einschüchtern, dass sie nicht wagen würden, Scotland Yard zu rufen. Deshalb ermordete er sein erstes Opfer, Barbara Willis. Deshalb ermordete er auch Peggy Gillow, die als meine

Assistentin am Fall Ariman gearbeitet hatte. Damit der Name Brix auch wirklich bekannt und gefürchtet wurde, steckte er den Toten eine Karte zu, auf die er »Schöne Grüße von Mister Brix« geschrieben hatte.«

»Moment, Mister Grant!«, unterbrach ihn Robert Brown. »Das stimmt aber nicht. Bei Barbara haben Mister Linder und der alte Bill Tyson keine Karte gefunden. Die Karte hatte Brix an mich geschickt.«

Grant schüttelte den Kopf. »Das dachte ich auch zuerst. Aber es ist falsch. Bill Tyson fand die Karte, als er zusammen mit Bruno Linder die Tote aus dem Wasser zog. Deshalb war die Karte mit den »Grüßen von Mister Brix«, die wir nach seinem Selbstmord bei ihm fanden, vom Wasser aufgeweicht.«

»Weshalb hat denn der alte Fischer sich denn überhaupt erschossen?«, fragte Chefinspektor Clark gespannt.

»Weil er die Handschrift erkannte. Weil er begriff, dass sein Sohn jetzt sogar ein Mörder geworden war.«

»Dann ist Brix also Bill Tysons Sohn?«, fragte Linder erschrocken.

»Sein Sohn – und indirekt sein Mörder«, bestätigte Grant.

»Moment, jetzt weiß ich weiter«, unterbrach ihn Sir James. »Brix ahnte nicht, dass wir Arimans Handschrift kannten und dadurch feststellen konnten, dass er und Ariman die gleiche Person waren. Als Sie für ihn überraschend in den Fall eingriffen, geriet er offenbar in Panik und versuchte, Sie durch den Autounfall unschädlich zu machen. Als das nicht gelang, wollte er Sie durch die versuchte Entführung Ihrer Frau einschüchtern.«

»Vielleicht wollte er auch nur Luigi, der mich von früher kannte und vielleicht auch ein wenig respektierte, noch tiefer in die Sache verwickeln«, gab Grant zu bedenken.

»Mag sein«, fuhr Sir James Perival fort. »Jedenfalls kamen wir durch die Aussage des Taxifahrers Luigi auf die Spur. Luigi musste den Mann ermorden...«

»Das glaube ich nicht«, unterbrach ihn Grant lächelnd. »Meiner Meinung nach hat Brix das getan. Jedenfalls kamen Brix und Luigi danach noch mehr in Schwierigkeiten. Zwar gelang ihnen die Entführung von Miss Beaumont und die Erpressung an Sir Donald Angus. Aber dadurch, dass Sir Donald uns schließlich doch die Wahrheit sagte«, sein Blick streifte den verlegen zu Boden schauenden Reeder, »konnten wir ihre Helferin Marcia fassen. Die Verbrecher verwendeten eine zu geringe Dosis von dem Betäubungsmittel. Dadurch konnten sich die Opfer noch recht gut an ihre Entführer erinnern.«

»Also ist es nichts mit dem »Verbrechergenie« Brix?«, fragte Sir James.

»Wenn er klug wäre – wäre er dann ein Verbrecher geworden?«, fragte Grant zurück. »Nein, im Grunde ist Brix ein großsprecherischer, eingebildeter Dummkopf geblieben. Er besitzt eine gewisse Intelligenz. Aber ich bin sicher, dass auch der gerissene Luigi ihn im Grunde genommen nur ausnutzen wollte. – In einem hatte Luigi sich allerdings geirrt: in der Brutalität, mit der Brix mordete. Ich glaube nicht, dass Luigi diese Morde gewollt hat – mit Ausnahme von dem an dem Taxifahrer vielleicht. Er war zu gerissen, um ein solches Kapitalverbrechen zu riskieren. Noch schwerer nahm Luigis derzeitige Geliebte, die Tänzerin Carol Salter, diese Taten. Sie wollte Brix an uns verraten, ohne Rücksicht auf Luigi. Deshalb musste sie sterben.«

»Wer hat das getan?«, fragte Linder heiser.

»Brix. Zu dieser Zeit war er schon auf dem Rückzug. Er versuchte, falsche Spuren zu legen, um seine Identität zu verschleiern. Dazu passte es, dass er die Leiche in Ihre Wohnung brachte, Mister Linder.«

»Gehörte zu den falschen Spuren auch der Anruf bei Sir Donald?«, fragte Clark, »Das würde bedeuten, dass der Kellner, der sich hier im Haus den Hals brach, Luigis Stimme wirklich nachgeahmt hat.«

»Ich nehme an, dass es so war«, antwortete Grant. »Vielleicht sagt uns Mister Brix später noch, ob ich damit recht habe. Zuerst kam aber der Auftritt von George Royston, einem kleinen Ganoven, den Brix irgendwie in der Hand hatte. Er entführte Marjorie Faber und übergab sie Luigi. Der brachte sie zum alten Lagerhaus. Als er in seinen Club zurückkam, tauchten wir auf und verhafteten ihn. Hier in diesem Zimmer. Der Stimmenimitator Carver entwischte dort durch die andere Tür über die Feuerleiter. Er hatte plötzlich eine Pistole. Woher eigentlich, Sir James?«

»Das weiß der Teufel«, knurrte der große Mann. »Ich glaube einfach nicht, dass er sie aus der Tasche gezogen hat. Das hätte ich sehen müssen. Aber das Ding war plötzlich in seiner Hand. »Na«, beruhigte er sich, »er ist ja nicht entkommen, und Bradley geht es schon viel besser. Ich war vorhin bei ihm. Übrigens hat er mir Grüße aufgetragen.«

»An wen?«

»Schöne Grüße an Mister Brix«, hat er gesagt.

Grant lächelte. »Es scheint ihm wirklich schon wieder gut zu gehen. Aber um auf Luigi zurückzukommen: Er begriff endlich, dass Brix bewusst den Verdacht auf ihn gelenkt hatte. Seit er am nächsten Morgen aus der Untersuchungshaft entlassen werden musste, haben er und Brix versucht, sich gegenseitig aus der Welt zu schaffen. Brix ist Sieger geblieben.«

»Was?«, rief Sir James. »Ist Luigi tot?«

»Wir fanden ihn vor Mister Browns Wohnungstür. Erstochen übrigens. Inspektor, würden Sie bitte einmal das Messer vorzeigen?«

Clark wickelte die Mordwaffe aus seinem Taschentuch. Rotbraune Flecke blieben zurück.

»Kennt jemand von Ihnen dieses Messer?«, fragte Grant.

»Nein, ich habe so eines noch nie gesehen«, krächzte Royston. »Wirklich nicht! Glauben Sie mir, bitte!«

»Das ist meins, wenn ich mich nicht irre«, sagte Hugo Linder leise.

Grant sah ihn scharf an. »Wann haben Sie es zum letzten Mal gesehen?«

»Als ich es Bill Tyson lieh. Er – er konnte es mir nicht mehr zurückgeben. Ich erkenne das Messer hier an dieser Kerbe. Mister Grant – aber Sie sehen ja gar nicht her!«

Richard Grant beobachtete die Tür zur Feuertreppe. Hatte sie sich eben bewegt? Ihm kam es so vor, als ob sie sekundenlang einen winzigen Spalt offen gewesen wäre. Aber wer konnte da draußen...?

»Ist etwas mit der Tür?«, fragte Linder, der seinem Blick gefolgt war.

Grant wandte sich zu ihm um. »Nein, ich überlege nur gerade. Sie meinen, dass Brix das Messer bei seinem Vater gefunden und mitgenommen hat?« Linder zögerte. »Wie soll er sonst dazu gekommen sein?«, fragte er schließlich.

In diesem Augenblick begann Lauren Beaumont zu schluchzen. Sie versuchte etwas zu sagen, aber die Tränen waren stärker. Das Schluchzen schüttelte ihren ganzen Körper.

Harriet Fraser ging zu ihr und beugte sich über sie. Die Männer sahen sich ratlos an.

»Sie hat sicher Angst«, suchte Sir James nach einer Erklärung. »Ist sie denn belastet?«

»Moralisch ja«, erklärte Grant, ohne Sir Donald

Angus anzusehen. »Juristisch wohl weniger. Sie hatte reiche Freunde und ließ sich von ihnen aushalten. Das ist nicht strafbar. Wahrscheinlich hat sie sich nebenbei nach ein bisschen Liebe gesehnt und ihr Herz ausgerechnet an Royston gehängt. Jetzt hat sie erfahren, dass er Brix nacheifert und auch ein Erpresser ist. Wahrscheinlich hat er die Liebe zu ihr nur geheuchelt, um sie in geeigneten Situationen mit den Männern zu fotografieren. Da sind ihr eben die Nerven durchgegangen.«

Noch lauteres Schluchzen war die Antwort auf seine Worte. Doktor Fraser drehte sich unwillig um. Bevor sie etwas sagen konnte, stand Margret Grant auf und ging zu ihr hinüber.

»Ich bringe das Mädchen weg«, sagte sie ruhig. »Du brauchst sie doch nicht mehr, Richard?«

Er schüttelte lächelnd den Kopf.

Als die Tür sich hinter den Frauen geschlossen hatte, fragte Brown: »Mister Grant, ich bin ja nur ein Laie, aber meiner Meinung nach haben Sie etwas Wichtiges ausgelassen.«

»Das wäre?«, fragte Grant.

»Sie haben noch nicht gesagt, wer die Handgranate nach mir – oder vielmehr nach uns – geworfen hat.«

»Sie haben ein schlechtes Gedächtnis, Mister Brown«, sagte Grant vorwurfsvoll. »Das habe ich nämlich schon erklärt.«

»Nein, ich...«

»Moment! Ich habe wörtlich gesagt: Seit Luigi aus der Untersuchungshaft entlassen werden musste, haben er und Brix versucht, sich gegenseitig aus der Welt zu schaffen.«

»Das verstehe ich nicht«, sagte Brown mühsam.

»Nun«, Grant stand langsam auf, »Brix und Luigi versuchten einander umzubringen: Unter anderem mit Hilfe dieser Handgranate. Also müssen Sie, auf den die

Granate gezielt war, einer von beiden sein. Luigi sind Sie nicht, das kann ich bezeugen. Also sind Sie...«

»Mister Brix«, sagte Brown und hielt wie durch Zauberei eine Pistole in der Hand. Er stand auf. »Der dumme, eitle Brix, den der kluge Mister Grant so leicht fangen wollte. Sie haben nur nicht daran gedacht, dass dieser Sessel ein Geheimfach haben könnte. Carver wusste es. Daher hatte er die Pistole, Sir James. Und jetzt...«

Er riss die Waffe hoch und drückte ab. Mit einem leisen Schmerzenslaut ließ Chefinspektor Clark die Hand sinken, mit der er unter das Jackett greifen wollte. Das Einschussloch, an seinem Oberarm färbte sich rot.

»Was ich sagen wollte«, fuhr Brown geziert fort. »Lassen Sie die Hände oben und stellen Sie sich drüben an die Wand! Los, Sie auch, Grant. Wird's bald?«

Drohend hob er die Waffe. Harriet Fraser und die Männer wichen zögernd zurück. Grant beobachtete, wie Hugo Linder es verstand, dabei immer in der Schusslinie zwischen Brown und der Ärztin zu stehen.

»Grant!« schrie der Verbrecher. »Sie sind auch gemeint! An die Wand! Werfen Sie den Stock weg!«

Sein Schreien übertönte das leise Geräusch, das entstand, als sich hinter Browns Rücken die Tür zur Feuertreppe öffnete. Im Türspalt erschien eine gestreckte Hand, dann ein ausholender Arm.

»So«, sagte Brown befriedigt. »Sie hören wieder von mir. Und dass niemand versucht, den Kopf aus der Tür zu strecken. Ich schieße sofort!« Rückwärts gehend schob er sich zur Tür. Dann sauste ein Handkantenschlag mit der Gewalt eines Keulenhiebes in sein Genick. Lautlos brach er zusammen. Fred Porter, jahrelang Judomeister der britischen Polizei, war doch noch rechtzeitig gekommen.

»Schöne Grüße von Superintendent Bradley«, sagte

er zu dem Liegenden. Dann verbeugte er sich leicht vor den anderen.

»Verzeihen Sie, dass ich mich verspätet habe. Ich habe nur rasch Mister Bradley im Krankenhaus besucht. Er riet mir übrigens, die Feuertreppe zu benutzen. Ist das hier Brix?« Er zeigte achtlos auf den Mann, den er niedergeschlagen hatte.

Grant nickte. »Ja, Porter, Sie haben den besten Fang Ihres Lebens gemacht. Der Mann ist ein vielfacher Mörder. Er ist Brix.«

Harrtet Fraser beugte sich über die seltsam verkrümmte Gestalt. Dann richtete sie sich auf und sah die Männer an. »Es war Brix«, sagte sie leise.

ENDE

Der vielsprachige Mister Gregory

NACHWORT
von Dr. Georg Pagitz

Wie ich in meiner Einleitung bereits erwähnt habe, ist der vorliegende Roman die dritte Auswertung ein und desselben Stoffs. Ehe ich nun auf Details und Unterschiede eingehe, hier zum besseren Verständnis eine Übersicht, wie Durbridge die einzelnen Figuren und Örtlichkeiten in den drei Versionen benannte:

Paul Temple und die Affaire Gregory (*Paul Temple and the Gregory Affair*)	Mister Rossiter empfiehlt sich (*Design for Murder*)	Schöne Grüße von Mister Brix (*Kind Regards from Mister Brix*)
Paul Temple	Lionel Mandeville Wyatt	Richard Grant
Steve Temple	Sally Wyatt	Margret Grant
Sir Graham Forbes	Sir James Perivale	Sir James Perival
Chefinsp. Vosper	Chefinsp. Lathom	Chefinspektor Clark
Charlie, Diener	Fred Porter	Fred Porter
Edward Day	Maurice Knight	Robert Brown
Peter Davos	Hugo Linder	Hugo Linder
Bill Harcourt	Bill Tyson	Bill Tyson
Dr. Kay Wiseman	Dr. Gail H. Fraser	Dr. Harriet Fraser
Sir Donald Murdo	Sir Donald Angus	Sir Donald Angus
Barbara Wallis	Barbara Willis	Barbara Willis
Charles Zola	Charles Luigi	Charles Luigi
Virginia van Cleeve	Lauren Beaumont	Lauren Beaumont
Marcia Christie	Coral Salter	Carol Salter
Vic Taylor	Vic Taylor	Vic Taylor
Superintendent Bradley	Superintendent Bradley	Superintendent Bradley
Lanny Knight	Lanny Kitson	Lanny Kitson

Madison	Carver	Carver
Prof. Reece	Prof. Reed	Prof. Reed
Miss Marcia	Miss Marcia	Miss Marcia
Marjorie Faber	Marjorie Faber	Marjorie Faber
Phil Dark	Phil Dark	Phil Dark
Georgie Royston	George Royston	George Royston
Caesar Antonio	Roy Antonio	Roy Antonio
Mildred Dawson	Mildred Gillow	Peggy Gillow
Nachtclub Madrid	Madrid	Madrid
Mr. Gregory	Mr. Rossiter	Mr. Brix
Ariman	Ariman	Ariman
Seaburn bei Whitby	Shorecombe	Shorecombe

Wie aus dieser Matrix ersichtlich, erhielten vor allem die Hauptfiguren neue Namen. Je unwichtiger eine Person war, desto eher behielt sie den Namen aus dem Originalstoff.

Doch nun der Reihe nach. 1938 erschuf Francis Durbridge für die BBC den schreibenden Detektiv Paul Temple. Das achtteilige Hörspiel *Send for Paul Temple* wird zu einem enormen Erfolg – dem größten, den die BBC je hatte – und zieht dadurch bedingt viele Fortsetzungen nach sich, am Ende sollten es insgesamt 21 Hörspielabenteuer sein (bzw. 22, wenn man außer Acht lässt, dass der *Fall Alex* nur ein Remake eines früheren Abenteuers war).

Nach dem sechsten erfolgreichen Abenteuer *A Case for Paul Temple* vom Februar und März 1946 (1950/51 als *Ein Fall für Paul Temple* in der BRD vertont (jedoch verschollen) und 2021/22 in einer Neuübersetzung als Achtteiler *Paul Temple und der Fall Valentine*), startet im Oktober 1946 der siebente Fall für Paul Temple im BBC-Programm. Erstmals trägt dieser auch den Namen des Bösewichts im Titel: *Paul Temple and the Gregory Affair*. Es wird die längste Serie mit dem schreibenden Detektiv, denn bis Temple den geheimnisvollen Unbekannten dingfest machen kann, vergehen zwei Monate: Erst nach zehn Folgen ist der große Mastermind entlarvt. Temple-Fieber überall in Großbritannien, mehrere Zeitschriften bitten Durbridge um neues Material mit seinem Helden, das er Ihnen kurz vor und nach Weihnachten auch mit einigen Kurzgeschichten liefert. Diese nehmen selbstverständlich auf die Gregory-Affäre Bezug (und sind 2018 in meiner Übersetzung gemeinsam mit anderen Kurzgeschichten unter dem Buchtitel *Paul Temple – Die verschollenen Fälle* bei Pidax erschienen): *Paul Temples weiße Weihnacht* und in *Ein Geschenk für Paul.*

Der Durbridge-Hype geht weit über die Landesgrenzen hinaus. In den Niederlanden hatte Temples Held bereits 1939 den ersten Fall gelöst (wobei Temple in Vlaanderen umbenannt wurde), aber nun kommt der Ermittler auch nach Deutschland. 1949/50 produziert der NWDR den Zehnteiler unter dem Titel *Paul Temple und die Affaire Gregory*, zwei Jahre zuvor, im Winter 1947/48, stellt die niederländische AVRO *Paul Vlaanderen en het Gregory Affair* her, die norwegische NRK sendet 1952 *Paul Temple og Gregory-Saken*, das schwedische Radio SR bringt 1953 *Paul Temple och fallet Gregory*, das dänische DR sendet 1954 *Gregory Mysteriet* und 1960 geht über die Sender der italienischen RAI schließlich *Paul Temple e il caso Gregory.* 1963 folgt mit פרשת גרגורי ופרשת טמפל לפו (wörtlich: *Paul Temple und die Gregory-Affäre*) schließlich sogar eine von Radio Israel produzierte hebräische Variante. Die BBC produziert 2013 ein gleichnamiges Remake des 1946er-Hörspiels und der WDR strahlt 2014 *Paul Temple und der Fall Gregory* aus, die Studioversion eines Livehörspiels mit Bastian Pastewka. Am Ende dieses Nachworts finden Sie die Besetzungs- und Stablisten zu all diesen Hörspielen.

Im November 1951 erscheint im John-Long-Verlag

Design for Murder, die Romanfassung des Gregory-Falls. Diese unterscheidet sich in den Figurennamen und den daraus resultierenden Änderungen für die Hauptfiguren: Die Protagonisten sind nun Lionel Wyatt und seine Gattin. Er ist ein pensionierter Kriminalinspektor, der mit seiner Frau Sally auf einem kleinen Gehöft in Kent lebt und seinen größten Fall rund um den geheimnisvollen Verbrecher Ariman niemals abschließen konnte. Sein ehemaliger Chef Sir James bittet ihn um Mithilfe, als festgestellt wird, dass dieser Kriminelle unter dem Namen Rossiter wieder aktiv ist. Wyatt wittert die Chance, den alten Fall endlich abschließen zu können.

Diese Romanfassung erscheint in der zweiten Jahreshälfte 1962 auch in Deutschland, unter dem Titel *Mister Rossiter empfiehlt sich*, später 1969 dann bei Goldmann unter dem gleichen Titel. Während die zwölf Kapitel im Original Titel tragen, entfallen diese in der deutschen Übersetzung.

Bereits in der ersten Jahreshälfte 1962 publiziert *Bild und Funk* allerdings eine erneut veränderte Version, die inhaltlich beinahe identisch ist, jedoch keinesfalls wortgleich. *Schöne Grüße von Mister Brix* besteht aus 13 Kapiteln und damit aus einem mehr als *Mister Rossiter empfiehlt sich*. Da das zugrundeliegende Hörspiel nur zehn Teile hatte, sind die Cliffhanger selten identisch. Dies war auch nicht notwendig, da Durbridges Geschichten stets voller Überraschungen, Drehungen und Wendungen sind, sodass sie viele Möglichkeiten bieten, ein Kapitel spannend zu beenden.

Hier nur ein Beispiel: Während im Hörspiel der erste Cliffhanger jener Moment ist, in dem sich die Ärztin den Temples mit ihrem Namen vorstellt, ist dies das Ende des zweiten Kapitels in *Design for Murder/Mr. Rossiter empfiehlt sich*. In *Schöne Grüße von Mister Brix* ist dieser Moment Teil des zweiten Kapitels, während die erste Episode mit dem Unfall der Titelhelden endet.

Die beiden Romanversionen beginnen auf dem Gehöft der Hauptfiguren. Das Hörspiel beginnt allerdings mit einer Pressekonferenz in Scotland Yard, in der Sir Graham und Inspektor Vosper vom Verschwinden der Barbara Wallis erzählen. Auch ihr Verlobter Edward Day ist anwesend, in einer Rückblende wird die Szene wiedergegeben, in der Peter Davos und Bill Harcourt die Leiche von Barbara Wallis finden. Erst danach begeben sich Vosper und Sir Graham zu den Temples, erzählen weitere Fakten rund um »Mr. Gregory« und bitten um Mithilfe in dem brisanten Fall.

Einige weitere Änderungen seien beispielhaft erwähnt: Die Ärztin ist im Hörspiel Kanadierin, der Skandinavier Hugo Linder ist bei *Gregory* genauer präzisiert und ein Norweger. Aus dem Temple-Ausruf »By Timothy!«/»Bei Timothy!« wird in der *Rossiter*-Romanfassung »By Jove!«/»Bei Jupiter!« etc. Aus dem seltenen Vornamen Coral in *Rossiter* macht Durbridge in *Brix* den geläufigeren Carol. Dass aus Sir James Perivale ein Sir James Perival ohne -e wird, ist wohl der deutschen Übersetzung geschuldet.

Seiner Hauptfigur Richard Grant versetzt Durbridge in *Brix* schließlich eine Kriegsverletzung und macht Grant damit zu einem Mann mit Gehbehinderung, dessen Knochen laut Rollenlegende achtzehn Jahre zuvor im Krieg zerschossen worden waren.

Abschließend sei noch erwähnt, dass in allen drei Versionen Superintendent Bradley vorkommt. Dieser Polizeibeamte ist eine Serienfigur bei Durbridge, der auch in anderen Temple-Fällen (Hörspielen, Romanen und Kurzgeschichten) mit dabei ist. Auch ein Gift Amashayer kommt in allen drei Versionen des Stoffs vor. Durbridge bedient sich dieser Substanz, die nach Injektion bei den Opfern eine Amnesie bewirkt, auch in anderen Werken, unter anderem in *Paul Temple and the Front Page Men* (*Paul Temple und die Schlagzeilen-männer*) und in dem Theaterstück *Send for Paul Temple* (*Paul Temple muss her!*).

Ehe nun noch eine Übersicht über die verschiedenen Gregory-Hörspiele folgt, hier noch eine Auflistung, an welchen Stellen das Hörspiel den Cliffhanger setzte (die deutschen Titel entsprechen 1:1 jenen auf den deutschen Originalmanuskripten):

Episode 1:   *With the Compliments of Mr. Gregory/*
               Mit den besten Empfehlungen von Mr. Gregory
Ein Wagen nähert sich den Temples nach deren Autounfall. Eine dreißigjährige Kanadierin steigt aus und sagt, dass sie gerade auf dem Weg zu Paul Temple sei. Sie stellt sich als Dr. Kay Wiseman vor.

Episode 2:   *Introducing Sir Donald Murdo/*
               Sir Donald Murdo wird vorgestellt...
Sir Donald Murdo berichtet von seiner verschwundenen Bekannten. Vosper erkundigt sich nach deren Namen. Daraufhin meint Murdo: »Van Cleeve. Virginia van Cleeve.«

Episode 3:   *The Madrid/*
               Im »Madrid«
Nachdem Paul und Steve die Leiche einer jungen Frau in deren vermeintlichen Wohnung finden, betritt ein Mann das Appartement. Die Temples verstecken sich zunächst im Schlafzimmer, doch dann stößt Paul die Tür auf und begrüßt den Mann mit »Guten Abend, Mr. Davos!« Dieser ist erstaunt und fragt Temple, was er in der Wohnung mache. Temple erwidert die gleiche Frage, worauf Davos meint, dass er wohl eher das Recht habe, danach zu fragen, denn dies sei seine eigene Wohnung.

Episode 4:   *Mr Davos has an Alibi/*
                Das Alibi von Mr. Davos

Temple und Forbes verhören Sir Donald Murdo und fragen
ihn, wo Sir Donald das Lösegeld für Virginia van Cleeve
hingebracht habe. Murdo beteuert, dass er dies nicht wisse,
woraufhin Temple ihm auf den Kopf zusagt, dass er dieses zu
einem Professor Reece brachte, der in der Coster Row 28 in
Shadwell Basin wohnt.

Episode 5:   *Virginia van Cleeve/*
                Virginia van Cleeve

Paul und Steve sehen sich in der heruntergekommenen Wohnung des Professor Reece um. Steve meint, dass Paul ihre
Hand berührt habe. Paul sagt, dass dies nicht möglich sei, da
er zu weit weg von ihr stehe. Steve ist daraufhin entsetzt und
fragt, was es denn dann für eine Hand sei.

Episode 6:   *Concerning Mr Zola/*
                Betrifft Mr. Zola

Im *Madrid-Club* unterhalten sich Zola und der Kellner Madison, der auch Stimmen imitieren kann. Zola ist wütend und
fragt Madison, wer ihn dafür bezahlt habe, am Telefon seine
Stimme nachzumachen. Daraufhin meint Madison, es sei eine
Frau gewesen. Eine Frau namens Dr. Wiseman.

Episode 7:   *A Woman's Intuition/*
                Eine Frau hat eine Idee

Day und Temple fahren mit dem Wagen. Aus einem Lastwa-
gen heraus wird ein Tennisball geworfen, der eigentlich eine
Bombe ist. Es kommt zu einer Explosion und zu einem kom-
pletten Durcheinander. In der Menge taucht plötzlich auch Sir
Donald Murdo auf, den Temple fragt, was er ausgerechnet an
diesem Ort mache.

Episode 8:   *News of Mr Gregory/*
                Neues von Mr. Gregory

Paul, Steve und ihr Diener Charlie sind im *Madrid-Club*.
Charlie berichtet, dass der Trompeter Caesar Antonio eigent-

241

lich Georgie Royston heiße und er ihn von früher kenne. Er habe auch zwei Mal im Knast gesessen. Temple kennt ihn nicht. Charlie zeigt ihm daher den dunkelhäutigen Mann im Orchester. Temple ist verwundert darüber, mit wem er spricht. Steve ruft überrascht: »Sir Donald Murdo!«

Episode 9:   *Millegate Steps/*
              Millegate Steps
Temple konfrontiert Peter Davos mit einem Taschenmesser. Davos gibt zu, dass es ihm gehörte und beteuert, dass er es verliehen habe. Temple sagt ihm daraufhin auf den Kopf zu, dass Davos es Bill Harcourt geliehen habe. Davos gibt verwundert zu, dass dies stimme.

Episode 10:   *Presenting Mr Gregory/*
              Mr. Gregory wird vorgestellt
Die letzte Episode enthält natürlich keinen Cliffhanger, aber am Ende eine gemütliche Runde mit Sir Graham Forbes und den Temples, in denen nochmals auf die bereits gelösten Fälle verwiesen wird. Interessant ist hier natürlich, dass in der deutschen Version damit auf Abenteuer zurückgeblickt wird, die die deutschsprachigen Fans niemals erleben konnten, da diese nicht vertont wurden. Der erste Fall, in dem der Bösewicht *Knave of Diamonds* genannt wurde (in meiner Romanübersetzung »Der Diamantenfürst«) heißt hier *Der Diamantendieb*, die *Schlagzeilenmänner* werden als *Die Männer mit den Bildern* erwähnt, die Bösewichte *Z4*, *Marquis* und *Rex* heißen gleich. Besonderes Kuriosum: Auch auf den Fall *Valentine* (im deutschen Originalskript »Vallentine« geschrieben) wird verwiesen. Dieser Fall wurde in der BRD allerdings erst später als *Ein Fall für Paul Temple* produziert (Neufassung in neuer Übersetzung als *Paul Temple und der Fall Valentine*, 2021/22).

Es folgt eine Übersicht des Gregory-Falls in den verschiedenen Versionen. Die englische von 1946 und die deutsche von 1949/50 wurden Woche für Woche live ausgestrahlt. Das bedeutete fünf Tage Probe für die Darstellerinnen und Darsteller, inklusive Generalprobe am Tag der Ausstrahlung. Den Schauspielerinnen und Schauspielern wurde jeweils nur das Skript der aktuellen Episode ausgehändigt, sodass nicht einmal der Darsteller des Mörders wusste, dass er der Übeltäter war. Der Sprecher des englischen Charlie dürfte bei der letzten Liveepisode wohl verhindert gewesen sein, denn in Teil 10 sprach ein anderer Darsteller den Diener.

Die aufwändigen Proben hatten in der BRD zur Folge, dass zwei Regisseure eingesetzt wurden, Eduard Hermann inszenierte die ungeraden Episoden, Fritz Schröder-Jahn die geraden.

Zur norwegischen Version noch eine interessante Geschichte: Diese fegte die Straßen leer, Abendprogramme wurden abgesagt, der Verkehr stand still, sogar ein Boxkampf wurde unterbrochen, um über Lautsprecher die letzte Episode auszustrahlen. Überall diskutierte man über den Fall Gregory, jeder rätselte, wer dahintersteckte. Zwei Zeitungen enttarnten vor Ausstrahlung der letzten Episode den Mörder und titelten: »X ist der Mörder«. Daraufhin wurden die Darstellerinnen und Darsteller nochmals ins Studio geholt und eine neue Schlussszene wurde aufgenommen, in der ein neuer Täter präsentiert wurde. Daher entspricht die Auflösung der letzten Episode nicht jener der anderen Versionen. Übrigens wurde aus dem Norweger Peter Davos in der norwegischen Version der Schwede Peter Anderson.

DIE GREGORY-ADAPTIONEN

Paul Temple and the Gregory Affair

Großbritannien 1946, Kriminalhörspiel in zehn Teilen
Produktion: BBC Radio (Light Programme)
Ausstrahlung: Donnerstag, 17.10.1946 – Donnerstag, 19.12.1946,
jeweils von ca. 20.00 Uhr bis 20.30 Uhr

Paul Temple	Kim Peacock	Kriminalhörspiel von
Steve Temple	Marjorie Westbury	Francis Durbridge
Sir Graham Forbes	Lester Mudditt	
Vosper	Arthur Ridley	Produktionsassistenz:
Charlie	Frank Partington/	Frederick Bell
	Billy Thatcher	Pat Jamblin
Edward Day	Geoffrey Wincott	
Peter Davos	Olaf Olsen	Produktion und Regie:
Dr. Kay Wiseman	Rita Vale	Martyn C. Webster
Sir Donald Murdo	Duncan McIntyre	
Charles Zola	Alexander Sarner	
Coral Slater	Olive Gregg	
Virginia van Cleeve	Anne Cullen	
Miss Burke	Thea Wells	
Miss Marcia	Belle Chrystall	
Lanny Knight	Preston Lockwood	
Madison	Allan McClelland	
Marjorie Faber	Vanessa Thornton	
Bill Harcourt	Eddy Reed	
Fred Armitage	Ernest Sefton	
Vic Taylor	Charles Leno	
Pat	Charles Maunsell	
Bert	Lionel Stevens	
Sgt. Thompson/		
ein Mann/Erzähler	Lee Fox	
Basil Jones	Williams Lloyd	
ferner mit	Charles Leno, David Kossoff, Frank Atkinson	

Episoden

1. With the Compliments of Mr. Gregory	17.10.1946
2. Introducing Sir Donald Murdo	24.10.1946
3. The Madrid	31.10.1946
4. Mr Davos has an Alibi	07.11.1946
5. Virginia van Cleeve	14.11.1946
6. Concerning Mr Zola	21.11.1946
7. A Woman's Intuition	28.11.1946
8. News of Mr Gregory	05.12.1946
9. Millgate Steps	12.12.1946
10. Presenting Mr Gregory	19.12.1946

Paul Vlaanderen en het Gregory-mysterie

Niederlande 1947/1948, Kriminalhörspiel in zehn Teilen
Produktion: AVRO, Ausstrahlung: Sonntag, 23.11.1947 – Sonntag,
25.01.1948, Uhrzeit nicht bekannt

Paul Vlaanderen	Jan van Ees	Kriminalhörspiel von
Ina Vlaanderen	Eva Janssen	Francis Durbridge
Sir Graham Forbes	Nico de Jong	
Vosper	Willem de Vries	Niederländisch von
Charlie	Herman van Eelen	J. C. van der Horst
Edward Day	Frits Bouwmeester	
Peter Davos	Bert Dijkstra	Regie:
Dr. Kay Wiseman	Vera Bondam	Kommer Kleijn
Sir Donald Murdo	Willem Tollenaar	
Charles Mola/		
Bill Harcourt	Piet te Nuyl Sr.	
Fred Armitage	Huib Orizand	
Coral Slater	Françoise Flohr	
Virginia van Cleeve	Dogi Rugani	
Bradley/		
Patrick/		
Thompson	Dick van Putten	
Madison/		
Sergeant	Robert Sobels	
Journalist/		
Vic Taylor	Joop van der Donk	
Professor Reece	Huib Orizand	
Miss Burke	Tine Schouten	
Miss Marcia	Mela Doesman	
Lanny Knight	Hans Surink	
Georgie Royston	Huib Orizand	
Garderobier	Dick van Putten	

Episoden

1. Met de groeten van Mr. Gregory	23.11.1947
2. Keenismaking met Sir Donald Murdo	30.11.1947
3. De Madrid	07.12.1947
4. Peter Davos heeft een alibi	14.12.1947
5. Virginia van Cleeve	21.12.1947
6. Iets naders over Charles Mola	28.12.1947
7. Vrouwlijke intuitie	04.01.1948
8. Nieuws van Mr. Gregory	11.01.1948
9. Millgate steps	18.01.1948
10. Mister Gregory	25.01.1948

Paul Temple und die Affaire Gregory

BR Deutschland 1949/1950, Kriminalhörspiel in zehn Teilen, Produktion: Nordwestdeutscher Rundfunk, Ausstrahlung: Montag, 07.11.1949 – Montag, 09.01.1950, jew. von 22.45 Uhr bis 23.15 Uhr

Paul Vlaanderen	Jan van Ees	ferner mit
Paul Temple	René Deltgen	Hermann Stein
Steve, seine Frau	Anna Maria Ohst	Ursula Gütschow
Charlie, sein Diener	Otto Daue	Christa Korn
Sir Graham Forbes	Georg Eilert	Rudolf Böhme
Oberinsp. Vosper	Bernd M. Bausch	Hans-Helmut Dickow
Edward Day	Heinz von Cleve	Hans Fuchs
Peter Davos	Peter-René Körner	Leopold Reinecke
Dr. Kay Wiseman	Viola Wahlen	Wolfgang Woytt
Sir Donald Murdo	Franz Schafheitlin	Richard Helsing
Zola, Besitzer des *Madrid*	Herbert A. E. Böhme	Harald Vock
Professor Reece	Hermann Pfeiffer	Hans-Werner Kock
Virginia van Cleeve	Annelie Jansen	Klara Streiberger
Mrs. Marcia	Katharina Brauren	Marion Molitor
Madison	Herbert Steinmetz	Klara Streitberger
Royston	Alwin Joachim Meyer	Hans-Joachim Richter
Bill Harcourt, Fischer	Ernst Hetting	Gerda Hewers
Marjorie Faber	Ingeborg Schlegel	Susanne Lynker
Fred	Hans-Joachim Richter	Wolfgang Bochert
Thomson	Werner Küffe	Walter Paetzold
Mr. Taylor	Alf Marholm	Ralf Bregazzi
George	Max Zawislak	Adolf Hansen
Ober	Walter Giller	Sprecher:
Sergeant im Boot	Frank Barufski	Fritz Schröder-Jahn

Kriminalhörspiel von
Francis Durbridge

Deutsch von:
Hildegard Semmelroth

Technik und Ton:	Musik:	Klavierspiel:
Wilhelm Hagelberg	Hans Jönsson	Siegfried Franz

Regie:
Eduard Hermann (Folge 1, 3, 5, 7, 9), Fritz Schröder-Jahn (Folge 2, 4, 6, 8, 10)

Episoden

1. Mit den besten Empfehlungen von Mr. Gregory	07.11.1949
2. Sir Donald Murdo wird vorgestellt...	14.11.1949
3. Im »Madrid«	21.11.1949
4. Das Alibi von Mr. Davos	28.11.1949
5. Virginia van Cleeve	05.12.1949
6. Betrifft Mr. Zola	12.12.1949
7. Eine Frau hat eine Idee	19.12.1949
8. Neues von Mr. Gregory	26.12.1949
9. Millegate Steps	02.01.1950
10. Mr. Gregory wird vorgestellt	09.01.1950

Paul Temple og Gregory-saken

Norwegen 1952, Kriminalhörspiel in zehn Teilen, Produktion: NRK,
Ausstrahlung: Samstag, 29.03.1952 – Samstag, 21.05.1952, Uhrzeit
unbekannt

Paul Temple	Fridtjof Mjøen	Kriminalhörspiel von
Steve Temple	Randi Brænne	Francis Durbridge
Charlie	Arne Bang-Hansen	
Sir Graham Forbes	Einar Vaage	Norwegisch von
Vosper	Knut M. Hansson	Alice Zimmermann
Edward Day	Jørn Ording	
Peter Anderson	CarstenWinger	Regie:
Dr. Kay Wiseman	Gunvor Hall	Jens Gunderssen
Sir Donald Murdo	Gunnar Olram	
Madison	Stig Egede-Nissen	
Fred Armitage/		
Charles Zola	Jon Lennart Mjøen	
Marjorie	Randi Nordby	
George	Arne Riis	
Bill Harcourt	Bjarne Bø	
Vic	Henki Kolstad	
Pat	Georg Richter	
Coral Slater	Sonja Mjøen	
Polizist	Haakon Arnold	
Prof. Reese	Vagard Hall	
Virginia van Cleve	Nanna Stenersen	
Miss Burke	Ragnhild Michelsen	
Miss Marcia	Ingerid Vardund	
Lanny	Carl Struve	
Arthur	Jan Voigt	
1. Reporter	Wilfred Breistrand	
2. Reporter	Frithjof Fearnley	
Sprecher	Johan Sverre	

Episoden

1. Med hilsen fra Mr. Gregory	29.03.1952
2. Mr. Donald Murdo presenteres	05.04.1952
3. Cafe Madrid	12.04.1952
4. Mr. Anderson har et alibi	19.04.1952
5. Virginia van Cleve	26.04.1952
6. Mr. Zola	03.05.1952
7. En kvinnes intuisjon	10.05.1952
8. Nyheter fra Mr. Gregory	16.05.1952
9. Millgate Steps	24.05.1952
10. Mr. Gregory avsløres	31.05.1952

Fallet Gregory

Schweden 1953, Kriminalhörspiel in zehn Teilen, Produktion: SR, Ausstrahlung: Dienstag, 23.06.1953 – Dienstag, 25.08.1953, jeweils von 20.20 Uhr bis 20.50 Uhr

Paul Temple	Gunnar Sjöberg	Kriminalhörspiel von
Steve Temple	Gaby Stenberg	Francis Durbridge
Sir Graham Forbes	Henrik Schildt	
Vosper	Torsten Lilliecrona	Schwedisch von
Charlie	Arne Källerud	- unbekannt -
Dr. Kay Wiseman	Birgitta Valberg	
Edward Day	Claes Thelander	Regie:
Peter Haugen	Willy Peters	Björe Mellvig
Sir Donald Murdo	Jan-Erik Lindqvist	
Arthur	Manne Grünberger	

Episoden:

1. Episodentitel nicht eruiert	23.06.1953
2. –"–	30.06.1953
3. –"–	07.07.1953
4. –"–	14.07.1953
5. –"–	21.07.1953
6. –"–	28.07.1953
7. –"–	04.08.1953
8. –"–	11.08.1953
9. –"–	18.08.1953
10. Mr. Gregory	25.08.1953

Gregory Mysteriet

Dänemark 1954, Kriminalhörspiel in zehn Teilen, Produktion: DR, Ausstrahlung: Freitag, 03.09.1954 – Freitag, 05.11.1954, Uhrzeit unbek.

Paul Temple	Bendt Rothe	ferner mit
Steve Temple	Inga Schultz	Hans-Henrik Krause
Sir Graham Forbes	Elith Pio	Victor Montell
Vosper	Gunnar Lauring	Einer Reim
Charlie	Helge Kjærulff-Schmidt	Alex Suhr
Edward Day	Kjeld Jacobsen	Katy Valentin
Sir Donald Murdo	Edouard Mielche	Jessie Rindom
Dr. Kay Wiseman	Berthe Qvistgaard	Henrik Wiehe
Charles Zola	Mogens Davidsen	Vagn Kramer
Virginia van Cleeve	Lone Luther	Harris Wessmann
Bill Harcourt	Gunnar Strømvad	Jens Østerholm
Miss Slater	Mette Von Kohl	Ove Rud
Prof. Reece	Henry Nielsen	
Madison	Louis Miehe-Renard	Kriminalhörspiel von
Royston	Knud Hallest	Francis Durbridge
Marjorie Faber	Elsa Kourani	Dänisch von Else Faber
Taylor	Bertel Lauring	Regie: Sam Besekow

Paul Temple e il caso Gregory

Italien 1960, Kriminalhörspiel in zehn Teilen, Produktion: RAI Torino (Turin), Ausstrahlung: Montag, 14.03.1960 – Montag, 16.05.1960, jeweils von 21.45 Uhr bis 22.15 Uhr

Paul Temple	Gualtiero Rizzi	ferner mit
Steve Temple	Angiolina Quinterno	Giuseppe Aprà
Charlie	Egidio Toninelli	Paolo Faggi
Sir Graham Forbes	Gastone Ciapini	Olga Fagnano
Vosper	Iginio Bonazzi	Armando Furlai
Edward Day	Carlo Ratti	Virgilio Gottardi
Peter Davos	Natale Peretti	Angelo Montagna
Dr. Kay Wiseman	Bianca Galvan	
Fred Armitage	Angelo Alessio	Kriminalhörspiel von
Sir Donald Murdo	Enzo Lori	Francis Durbridge
Charles Zola	Fernando Cajati	
Virginia Van Cleeve	Mariangela Raviglia	Italienisch von
Miss Burke	Mariella Furgiuele	Ippolito Pizzetti
Lanny	Adolfo Fenoglio	
Marcia Christie	Maria Fabbri	Regie:
Madison, Kellner	Alberto Pozza	Giacomo Colli

לפו טמפל ופרשת גרגורי

Israel 1963, Kriminalhörspiel in zehn Teilen, Produktion: Radio Israel, Ausstrahlung: 1963 (keine genauen Sendedaten bekannt)
wörtlicher Titel: *Paul Temple und die Gregory-Affäre*

Paul Temple	Bezalel Levy	Kriminalhörspiel von
Steve Temple	Neely Keenan	Francis Durbridge
Sir Graham Forbes	Schmuel Margolinsir	
ferner mit	Ram Levy	Hebräisch von
	Daniel Parr	Rachel Bar-Dor
	Jehuda Sadeh	
	Jakob Boch	Regie:
	Moti Brachan	Reuben Morgan
	Mordechai Freeman	
	Yitzhak Noy	
	Emmanuel Halperin	
	Ilana Zuckerman	
	Uzi Levy	
	Meir Stein	

Episoden

Es konnten weder die Episodentitel, noch die Sendedaten eruiert werden.

Paul Temple and the Gregory Affair

Großbritannien 2013, Kriminalhörspiel in zehn Teilen, Produktion:
BBC Radio (BBC 4), Ausstrahlung: Mittwoch, 03.07.2013 – Mittwoch, 11.09.2013, jeweils von 11.30 Uhr bis 12.00 Uhr

Paul Temple	Crawford Logan	Peter Davos	Richard Greenwood
Steve Temple	Gerda Stevenson	Dr. Wiseman	Meg Fraser
Sir Graham Forbes	Gareth Thomas	Sir Donald	Simon Donaldson
Vosper	Michael Mackenzie	Coral Slater/	
Charlie/Zola	Greg Powrie	Virgina v. C.	Francesca Dymond
Edward Day/		Miss Marcia	Eliza Langland
Lanny Knight	Nick Underwood	Madison	Robin Laing

Kriminalhörspiel von Francis Durbridge
Produktion und Regie: Patrick Rayner

Episoden:

1. With the Compliments of Mr. Gregory	03.07.2013
2. Introducing Sir Donald Murdo	10.03.2013
3. The Madrid	17.03.2013
4. Mr Davos has an Alibi	24.07.2013
5. Virginia van Cleeve	31.07.2013
6. Concerning Mr Zola	07.08.2013
7. A Woman's Intuition	14.08.2013
8. News of Mr Gregory	21.08.2013
9. Millgate Steps	04.09.2013
10. Presenting Mr Gregory	11.09.2013

Paul Temple und der Fall Gregory

BR Deutschland 2014, Kriminalhörspiel in zwei Teilen, Produktion: WDR/SWR (WDR 5), Ausstrahlung: Samstag, 01.11.2014 (15.05-16.00 Uhr) – Samstag 08.01.2014 (17.05-18.00 Uhr)

Paul Temple	Bezalel Levy	Kriminalhörspiel von
Steve Temple	Neely Keenan	Francis Durbridge
Paul Temple	Bastian Pastewka	
Steve Temple	Janina Sachau	Deutsch von
Sir Graham Forbes/		Hildegard Semmelroth
Bill Harcourt/		
Mr. Zola/		Bearbeitung:
Miss Marcia	Kai Magnus Sting	Leonhard Koppelmann
Peter Davos/		Bastian Pastewka
Edward Day/		
Charlie/		Kompostion:
Wirt/		Mike Herting
Sir Donald Murdo	Alexis Kara	
Dr. Kay Wiseman/		Originalmusik:
Madison/		Hans Jönsson
Virginia van Cleeve/		
Kellnerin/		Regie:
Sergeanten	Inga Busch	Leonhard Koppelmann

Episoden:

1. Erster Teil (53'54'')		01.11.2014
2. Zweiter Teil (54'04'')		08.11.2014

251

BEREITS
BEI WILLIAMS & WHITING ERSCHIENEN

Volume 1

Francis Durbridge
Stichtag für Harry
Kriminalroman

Vorwort, Nachwort und Übersetzung
von Dr. Georg Pagitz

Ein junger Mann namens Peter Gibson sucht Superintendent Max Christian in Scotland Yard auf. Er berichtet, dass er in einem Café in Hampstead arbeitet und ungewollt bei der Arbeit zwei Frauen belauscht hat. Diese sagten, dass ein gewisser Harry Sherwood den Sechzehnten des kommenden Monats nicht überleben würde. Christian geht der Sache nach, muss aber feststellen, dass nichts von dem, was Gibson erzählt hatte, stimmt. Es gibt weder das Café, noch einen Mann dieses Namens. Am Sechzehnten des darauffolgenden Monats wird jedoch in einem Wohnwagen eine Leiche gefunden. Der Täter hat sein Opfer erstochen. Als Superintendent Christian den Toten sieht, glaubt er seinen Augen nicht: Es handelt sich dabei um den angeblichen Peter Gibson, der in Wirklichkeit Harry Sherwood hieß...

Durbridge schrieb diese Geschichte als Fortsetzungsroman im Jahr 1960. Sie blieb jedoch unveröffentlicht und erscheint nun erstmals posthum.
Der Autor versuchte die Story auch als Filmtreatment deutschen Produzenten anzubieten und schrieb sie später zur Episode für eine *Paul-Temple*-TV-Folge um. Dieses Szenarium ist in dem Buch als *Paul Temple und der vorausgesagte Mord* enthalten, den Abschluss bildet eine Abhandlung über Durbridge und die Temple-TV-Serie.

ERSTMALS AUF DEUTSCH!

Francis Durbridge
Schritt ins Dunkel
Drehbuch für einen Kinofilm

Vorwort, Nachwort und Übersetzung
von Dr. Georg Pagitz

In Soho geht ein gefährlicher Mörder um, der Barmädchen mit einem Messer tötet. Scotland Yard steht vor einem Rätsel. Zur gleichen Zeit befindet sich der wohlhabende Immobilienmakler Makler Mike Hilton in einer existentiellen Krise: Nach dem Tod seiner Tochter und schwierigen Phasen in seiner Ehe verlässt ihn seine Ehefrau Ruth. Nach einer Reifenpanne nahe eines berüchtigten Pubs in Soho lernt er die attraktive Selby Brooks kennen und verliebt sich in sie. Als er die junge Dame wenig später auf einem Hausboot besuchen will, findet er ihre Leiche. Mike Hilton gerät unter Mordverdacht. Zur Tatzeit half er einem kleinen Jungen dabei, dessen Papierdrachen aus einem Baum zu befreien. Doch dieses Alibi ist nichts wert, denn der Junge scheint spurlos verschwunden zu sein und gar nicht zu existieren. Gleichzeitig erfährt Mike von Scotland Yard, dass nichts von dem, was Selby ihm erzählt hatte, stimmte. Kann er sich aus dem Teufelskreis, in dem er sich befindet, befreien und den wahren Täter finden?

Die Hintergrundgeschichte zu diesem verschollenen Drehbuch ist ebenso spannend wie die Kriminalgeschichte selbst. Francis Durbridge verfasste das Skript 1961 und verkaufte es 1962 an einen deutschen Filmproduzenten. Letztlich wurde daraus der Spielfilm *Piccadilly null Uhr zwölf,* der bis auf vier Namen nichts mehr mit der Originalstory zu tun hatte.
Im Vor- und Nachwort werden die Hintergründe analysiert und dank erst kürzlich aufgefundener Originalkorrespondenz von Francis Durbridge auch die Umstände und Gründe der Änderungen rekonstruiert.

ERSTMALS AUF DEUTSCH!

Volume 3

Francis Durbridge
Paul Temple muss her!
ein Kriminalstück
Vorwort, Nachwort und Übersetzung
von Dr. Georg Pagitz

Scotland Yard steht vor einem Rätsel. Eine gefährliche Ver-
brecherbande verunsichert London durch Kindesentführun-
gen, Lösegelderpressungen und andererseits durch spektaku-
läre Juwelenraube. Die Ganoven operieren unter dem Namen
»Die Schlagzeilenmänner«. Dies ist gleichzeitig der Titel des
Romans einer unbekannten Autorin, deren Identität niemand
kennt. Nachdem Sir Graham und seine Ermittler nicht weiter
kommen, fordern die Zeitungen nach Unterstützung und ti-
teln: »Paul Temple muss her!« Der erfolgreiche Kriminal-
schriftsteller und Privatermittler schaltet sich daraufhin ein
und weiß bald, dass der große Hintermann ein Superverbre-
cher namens Max Lorraine ist. Aber wer der Verdächtigen
versteckt sich hinter diesem Namen? Wer ist der gefährliche
Schlagzeilenmann Nummer 1?

Dieses im Jahr 1943 in Birmingham uraufgeführte Theaterstück wurde seither nie mehr gespielt. Der Autor zeigt darin
sein ganzes Können und liefert Drehungen, Wendungen und
atemberaubende Cliffhanger im Minutentakt. Vier Personen
sterben auf der Bühne, ebenso viele Leichen gibt es aus Er-
zählungen. Die *Birmingham Post* schrieb damals zur Urauf-
führung: »Leichen fallen aus Aufzügen, Schreie hallen durch
die Nacht, aus einem unverdächtig aussehenden Grammophon
kommen Schüsse und Blausäure findet ihren Weg in harmlose
Whiskyfläschchen. Eigentlich haben wir A oder B als Täter
verdächtigt, aber dann war es plötzlich X.«
Bei dem Stück handelt es sich um eine geschickte Mischung
aus Paul Temples ersten beiden Hörspielabenteuern.

ERSTMALS AUF DEUTSCH!

DEMNÄCHST BEI WILLIAMS & WHITING

Volume 5   Francis Durbridge
Die gelbe Windmühle
Kriminalroman

mit einem ausführlichen Vor- und Nachwort
von Dr. Georg Pagitz

Susan Kelford, die vierjährige Tochter des reichen Sir Cedric Kelford, dem Präsidenten der Londoner Central Bank, wird entführt. Das Mädchen war gerade in einem Londoner Park, als eine kleine gelbe Spielzeugwindmühle ihre Aufmerksamkeit erregte und sie in die Hand ihres Entführers lockte. Dieser zerrte das Kind in seinen Wagen und suchte daraufhin rasch mit seinem Komplizen das Weite. Man fordert 10.000 Pfund Lösegeld von dem Multimillionär Kelford. Inspektor Houston von Scotland Yard macht drei Tage später eine grausige Entdeckung: Sein Sohn Dennis, der in Sir Cedrics Bank arbeitet, sitzt erschossen vor dem Fernsehgerät. In den Bildschirm ist eine gelbe Windmühle eingeritzt. Nobbler Williams, ein wichtiger Zeuge in dem Entführungsfall, wird am selben Abend von einem Auto überfahren. Der Besitzer des Wagens ist ein italienischer Arzt namens Dr. Spedro. Als Inspektor Houston und seine Tochter Rona, eine junge Schauspielerin, zu ihm fahren wollen, wird gerade eine Leichenbahre aus dessen Haus getragen. Es ist ein äußerst schwieriger und komplexer Kriminalfall, den der persönlich involvierte Kriminalinspektor Houston da zu klären hat...

Die gelbe Windmühle erschien 1954 als Fortsetzungsroman in England. Im Jahr 1965 verfasste Francis Durbridge eine eigene Fassung für den deutschen Markt, die hier erstmals als Buch vorliegt.

ERSTMALS ALS DEUTSCHES BUCH!

255

Volume 6

Francis Durbridge
Mitten ins Herz
Kriminalroman

mit einem ausführlichen Vor- und Nachwort
von Dr. Georg Pagitz

Gary Mason, der berühmteste und beliebteste Schauspieler
Englands, wird auf dem Gelände eines Londoner Filmstudios
erschossen. Wer ist der Täter? Und hatte er tatsächlich Mason
als Ziel auserkoren oder war dieser Mord ein Versehen und er
galt eigentlich der überaus attraktiven schwedischen Nach-
wuchsschauspielerin Karin Lund? Diese legt ein seltsames
Verhalten an den Tag, vor allem als sie zwei Tage später dem
Journalisten Michael Collins begegnet, der Augenzeuge der
Tat wurde und sich danach um die junge Frau gekümmert
hatte. Diesmal ignoriert Karin den Reporter und ist in Begleitung eines mysteriösen Fremden. Als Journalist Collins in
der darauffolgenden Nacht von einem weiteren Mord berichten soll, ist er schockiert, als er in der Leiche Karin Lund
wieder erkennt. Sie wurde erstochen...

Mitten ins Herz wurde 1955 als *The Man Who Beat the Panel*
in Großbritannien als Fortsetzungsroman veröffentlicht. Durbridge überarbeitete diese Fassung für den deutschen Markt
im Jahr 1962, erweiterte und verbesserte sie um viele Handlungsstränge und machte aus einem Nichtwhodunit einen
Whodunit. Später entwickelte er daraus auch ein Skript für die
Paul-Temple-Fernsehserie namens *The Elusive Miss Helvin*,
das aber nie Verwendung fand. In dieser Ausgabe sind neben
der deutschen Romanfassung auch erstmals die Über-
setzungen der britischen Fortsetzungsgeschichte und des Sze-
nariums enthalten. Titel: *Der Mann, der das Quiz gewann* und
Paul Temple und die vorsichtige Miss Helvin, beide übersetzt
von Dr. Georg Pagitz.

ERSTMALS ALS DEUTSCHES BUCH!

Francis Durbridge
Sie wussten zu viel
Kriminalroman

mit einem ausführlichen Vor- und Nachwort
von Dr. Georg Pagitz

Victor Merton, der Geschäftsführer der Absteige *High Dive* in Belhampton, zieht beim morgendlichen Schwimmsport die Leiche eines jungen Mädchens aus dem Hotelpool. Julia Nagy, eine aus Ungarn stammende Angestellte und Mister Cooper, ein Privatgelehrter, werden Augenzeugen des Vorgangs. Ein Notizbuch der Toten führt zu einer gewissen Carol West. Außerdem findet sich darin die Telefonnummer von Scotland-Yard-Superintendent Christian Stiller, der die Tote allerdings nicht kannte. Stiller übernimmt die Ermittlungen. Immer wieder wird er in deren Verlauf von einem Anrufer mit sanfter Stimme gewarnt. Wenig später wird auf den Superintendent ein Überfall verübt, kurz darauf ein Anschlag in Scotland Yard. Was weiß das mysteriöse Ehepaar Beckworth? Und welche Rolle spielt der konservative Privatgelehrte Robin Long? Alle Spuren führen erneut in die zwielichtige Absteige *High Dive*...

Francis Durbridge hatte diesen Roman 1959 als Fortsetzungsgeschichte für die Zeitschrift *News of the World* geschrieben. 1963 überarbeitete er die Geschichte für den deutschen Markt. Durch erst kürzlich aufgefundene Originalunterlagen des Autors wurde ersichtlich, dass er die Geschichte unter dem Originaltitel *The Face of Carol West* auch als Filmsujet einigen deutschen Filmproduzenten anbot. Diese lehnten sie jedoch mit der Begründung ab, dass sie die Story besser als Mehrteiler für das Fernsehen geeignet hielten.

ERSTMALS ALS DEUTSCHES BUCH!

Francis Durbridge
Paul Temple und der Fall Valentine
Skript für ein achtteiliges Hörspiel

Vorwort, Nachwort und Übersetzung
von Dr. Georg Pagitz

London, 1946: Seit einigen Wochen wird das Westend von einer geheimnisvollen Selbstmordserie junger Frauen erschüttert. Scotland Yard ist ratlos und kann nur herausfinden, dass es wohl um Drogen und einen geheimnisvollen Hintermann namens »Valentine« geht. Für Sir Graham Forbes ist eines klar: Das ist ein Fall für Paul Temple! Der bekannte Detektiv und Schriftsteller ist zunächst jedoch gar nicht daran interessiert. Erst als eine junge Frau spurlos aus seinem Wagen verschwindet, lässt er sich doch überreden. Dann geht alles blitzschnell: Auf die Temples wird im eigenen Schlafzimmer ein Mordanschlag verübt, eine geheimnisvolle Botschaft führt Paul und Steve zu einem mysteriösen Kapitän in eine Kneipe am Fluss und schließlich findet sich eine deutliche Warnung von Valentine bei einer Leiche in einer Zahnarztpraxis. Es gibt zahllose Verdächtige und undurchsichtige Gestalten und der gefährliche Unbekannte schlägt immer wieder zu...

Das Originalskript zur neuen achtteiligen Hörspielproduktion von Pidax (2022) mit vielen Hintergrundinformationen.
In der Originalreihenfolge handelt es sich hierbei um den sechsten Paul-Temple-Fall.

ERSTMALS AUF DEUTSCH!

Volume 9   Francis Durbridge
Paul Temple und der Fall McRoy
Paul Temple und der Fall Westfield
Skripten für zwei einteilige Hörspiele

Vorwort, Nachwort und Übersetzung
von Dr. Georg Pagitz

<u>Der Fall McRoy</u>: Paul Temple und Steve haben ein paar erholsame Tage in Italien verbracht. Sie befinden sich gerade auf der Weiterreise in die Schweiz, als sie auf dem Mailänder Bahnhof zufällig den Ex-Ermittler Harry McRoy treffen. Gemeinsam tritt man die Weiterfahrt an. Im Zug erzählt Harry von einem rätselhaften Auftrag und bittet Paul, einen Koffer mit geheimnisvollem Inhalt an Sir Graham Forbes zu überbringen, wenn ihm etwas zustoßen sollte. Ehe man Basel erreicht, überschlagen sich die Ereignisse und es gibt Tote. Im weiteren Verlauf spielen eine geheimnisvolle Brosche und Aufnahmen eines Boots namens »Corina« eine wichtige Rolle. Ein brenzliger Fall für Paul Temple...

<u>Der Fall Westfield</u>: Vor Jahren wurde aus dem Hause des Herzogs von Westfield Schmuck im Werte einer Dreiviertelmillion Pfund gestohlen. Es gab keine Spuren und Scotland Yard legte den Fall damals auf Eis. Paul Temple interessiert sich für die Sache, zumal es bald auch eine neue Spur zu geben scheint. Diese ergibt sich aus einem mysteriösen Leichenfund in einem Londoner Hotel. Bei dem Toten handelt es sich um einen Franzosen, der mit gestohlenen Steinen handelte. Bei seinen Sachen werden ein Fahrschein für eine Fähre und ein Rezept eines gewissen Dr. Schumann gefunden. Temple geht der Sache nach. Die Ermittlungen führen ihn schließlich nach Cornwall, wo es bald eine weitere Leiche gibt...

Die beiden Originalskripten zu den neuproduzierten Pidax-Hörspielen (2022).   ERSTMALS AUF DEUTSCH!

Volume 10   Francis Durbridge
Paul Temple und der Fall Dr. Belasco
Skript für ein achtteiliges Hörspiel

Vorwort, Nachwort und Übersetzung
von Dr. Georg Pagitz

Als Paul und Steve nach einem Tanzabend anlässlich Steves Geburtstag nach Hause kommen, werden sie schon von Sir Graham erwartet. Dieser hat Philip Kaufmann von der Kopenhagener Polizei mitgebracht. Sie erklären, dass der berüchtigte Dr. Belasco seine Aktivitäten vom Kontinent nach England verlegt hat. Niemand kennt das Gesicht dieses gefährlichen Mannes, der das Verbrechen organisiert und für Schutzgelerpressungen aber auch Mord verantwortlich ist. Sir Graham und Kaufmann bitten Temple um Hilfe. Bald schon soll der Kanadier Ross Morgan in England ankommen. Er ist ein Handlanger Dr. Belascos. Temple soll ihn im Auge behalten, doch dann gibt es einen unerwarteten Zwischenfall: Bei der Zugfahrt nach London kommt es zu einem Unfall und Morgan stirbt. Der Kanadier kann Temple jedoch noch einen wichtigen Hinweis geben. Bei seinen Sachen findet Temple ein Feuerzeug. Dieses ähnelt jenem, das Steve an ihrem Geburtstag irrtümlich von einem Mr. Nelson eingesteckt hat.

Francis Durbridge verfasste *Paul Temple and Steve,* so der Originaltitel dieses in der Chronologie gesehenen achten Falls, im Jahr 1947.
Mit umfassenden Hintergrundinformationen.

ERSTMALS AUF DEUTSCH!